從北山樓到潛學齋

Letters & Essays

ENDURING FRIENDSHIP

施蟄存、孫康宜——著
By Shi Zhecun and Kang-i Sun Chang

沈建中——編
Edited by Shen Jianzhong

秀威新版序言

孫康宜

當初沈建中先生開始編《從北山樓到潛學齋》一書，主要是想將我與施蟄存先生多年（指一九八〇年代初期到一九九〇年代末）的來往書信公諸於眾，以補充有關施老晚年談讀書論學問的資料。據施老自己說，他給我的書信，是他給海外朋友們寫得最多的。（必須一提，二〇一〇年我已把施老給我的書信，連同我的潛學齋藏書一起捐贈給了北京大學的國際漢學家研修基地永遠存藏）。後來，編者沈建中把我所寫有關施蟄存先生的文章（共七篇）也同時收進了這個集子。

《從北山樓到潛學齋》的簡體版首先在二〇一四年由上海書店出版社發行。該書出版後，一直有不少臺灣讀者（甚至中國大陸的朋友）向我建議，希望能讀到該書的繁體字版。幾個月前我終於有機會與編者沈建中商量有關出版繁體版的構想，他收信後立刻回函，熱情地支持此一想法：「您擬『臺版』，我覺得好事，我想施先生地下有知，一定會首肯」。（電子函，二〇一九年八月三十一日）。接著施老的孫兒施守珪也來函，表示非常贊同此事：「……感謝您對先祖的推崇及對其著作的大力推薦。臺灣如能出版《從北山樓到潛學齋》功莫大焉」。（電子函，二〇一九年九月一日）。同時，馬鳴謙先生和陳文華教授也來信不斷鼓勵我，令我由衷地感激。

讓我感到特別震撼的是，我們很快就得到秀威資訊科技股份有限公司的發行人宋政坤先生的大力支持，這個「繁體版」的構想才終於如願，真令人感恩不盡。同時，我也要向秀威的統籌編輯鄭伊庭女士及副主任編輯杜國維先生，以及編輯許乃文小姐致萬分的謝意。此外，住在費城附近的李保陽博士為我校對書稿，同時也提供了許多有關修改此書的建議，在此一併致謝。

在這段期間，海外的漢學界對施蟄存先生的研究也進入了一番新的高潮。不僅我的幾篇有關施老的文章已相繼在英文的學術刊物中出版（例如，*Poetry as Memoir: Shi Zhecun's Miscellaneous Poems of a Floating Life*, Journal of Chinese Literature and Culture, Duke University, Vol. 3, Issue 3, 2017），而新一代的研究者也開始努力研究施蟄存先生的作品。例如，最近我的耶魯學生Isaiah Schrader就針對施老的〈浮生雜詠〉詩歌做了一次非常精彩的演講。在義大利的羅馬，有一位叫Silvia De Biase的年輕學生，正在以施蟄存的現代主義詩論為研究題目，寫作其碩士論文。我可以推測，將來更多的英文讀者會希望讀到有關施蟄存的英文資料。所以，我就趁著這次秀威資訊出版《從北山樓到潛學齋》「繁體版」的機會，也順便在「附錄」中加了一篇我的短篇近作（有關幼年的施蟄存與女詩人陳小翠的故事）。我要特別感謝譯者Linda Chu（朱雯琪）的幫助。

孫康宜

二〇二〇年四月七日寫於美國康州木橋鄉潛學齋

上海版原序：來自北山樓的信件

孫康宜

本書的題目《從北山樓到潛學齋》乃是編者沈建中先生所擬定的。我必須承認，當初沈君提出這個題目，我感到有些不妥。人人皆知，施蟄存先生是中國現代文學的文壇巨擘，以我之才疏學淺，又屬晚輩，怎敢拿自己的「潛學齋」貿然與施老的書齋「北山樓」相提並論？

只是在沈君的一再建議下，我才接受了他這個命題。不管怎麼說，沈君編此書，主要是想將我和施蟄存先生多年（指一九八〇年代初到一九九〇年代末）的來往書信公之於眾，補充些施老晚年談讀書論學問的資料。確實，我當年能藉著書信往來和施老建立起那樣寶貴的忘年交，並能從他那兒不斷學到廣泛涉獵學問的治學方法，甚至受他那種道德風骨的潛移默化，乃是我個人的幸運。記得每回我收到從北山樓寄來的信件——或由施老的友人轉來的書籍——我都會興奮得怦然心動，總是迫不及待地打開信封，好好地閱讀一番。如今施老已經去世多年，每當我回憶從前通信的情景，難免有流年易逝，人生無常之感。因此我在幾年前就把施老那批信箚整理出來，連同我的潛學齋藏書一起捐贈給北京大學，由該校的「國際漢學家研修基地」永久收藏。現在藉著沈君所編的這本書，讀者終於能看到施老給我的信件的影印本，特別令我感到欣慰，也算是一個紀念。（必須一提，在掃描這批信件的過程中，北大國際漢學家研修基地的顧曉玲女士作出了很大的貢獻，在此特別向她致謝。）

其實，當年施先生不只給我一人寫信。只要參考沈建中先生的新著《施蟄存先生編年事錄》（上海古籍出版社，二〇一三年），讀者就會發現當年施老的海外筆友數量之多，實在驚人。以一個終日在書齋中努力治學寫作的老人，居然還能拿出精力和時間來應付那麼多信件的來往，實在令人不可思議。有關這一點，施先生的女弟子陳文華教授曾在她的〈百科全書式的文壇巨擘──追憶施蟄存先生〉一文中說道：

> 施先生晚年足不出戶，但這並不妨礙他與世界各地學者的聯繫。對於來自港、澳、臺乃至世界各國的後輩學者，他照樣來者不拒，熱情指導和幫助。耄耋之年的先生，每天晚上必做的一件事就是給海內外求教者回信。

在上世紀的八十年代和九十年代期間，我就是那些從海外向施先生「求教者」之一。那時我剛開始研究明清文學和中國女詩人，雖然已在耶魯大學當起「教授」，但我卻把自己視為施老的「研究生」。我經常在信中向他提出有關古籍和研究方法的問題，而他總是每問必答，為我指點迷津，而且還為我旁搜各種典籍和文獻，不斷託朋友帶書給我。記得一九八六年我剛開始研究明末詩人陳子龍時，施老就在信中為我列了一個應讀的書目：《陳子龍詩集》、《陳忠裕公集》，陳子龍的《明詩選》、《史記測議》、《皇明經世文編》，錢牧齋的《列朝詩集》，杜登春的《社事始末》等，而且還指出每部書的特殊性和版本問題。後來他知道我開始在研究明清女詩人，他就為我到處搜尋《柳如是詩集》（包括上卷《戊寅草》、下卷《湖上草》和尺牘）、《名媛詩歸》、《眾香詞》等。他最感遺憾的是，他從前曾擁有一部明末女詩人王端淑所編的《名媛詩緯》，是一九三三年買到的，但可惜在抗戰時因日軍轟炸而毀去——否則他也願意慷慨割愛。後來我從日本獲得《名媛詩緯》以及王端淑本人的詩集《吟紅集》影印本，施老非常高興，還請我影印三卷《吟紅集》給他。可以說，當時我之所以順利收集到許多有關明清女詩人的原始資料，大都得自於施老的幫助。

後來有機會讀施先生的詩作〈讀翠樓吟草得十絕句殿以微忱二首贈陳小翠〉，更加能體會他對古今才女那種深入獨到的認識。在他自己的日記中，他也曾自豪道：「此十二詩甚自賞，謂不讓錢牧齋贈王玉映十絕句也。」「王玉映」即王端淑也。有趣的是，在該組「贈陳小翠」的詩中，施先生曾把現代才女陳小翠比成明代的才女王端淑：

綠天深處藕花中，為著奇書稿作叢。
傳得古文非世用，何妨詩緯續吟紅。

當初讀到施老「何妨詩緯續吟紅」之詩句時，我感到非常興奮，因為那時我剛找到王端淑的《名媛詩緯》和她的《吟紅集》。

一九九一年底，施老送來一張新年賀卡，那原是他於一九八八年為紀念才女陳小翠逝世二十周年而製作的卡片。卡片上注明「北山樓印」，上印有小翠的〈寒林圖〉及題詩「落葉荒村急」等語。後經考證方知，原來少年時代的施先生曾與能書能畫的才女陳小翠有一段奇妙的因緣。一九二一年，周瘦鵑主編的通俗小說半月刊雜誌《半月》在上海出版創刊號。那年施先生才十七歲不到，就為該雜誌封面〈仕女圖〉作題詞十五闋；主編並請天虛我生的女兒陳翠娜（小翠）續作九闋。施先生後來自述：「其每期封面，皆為仕女畫，出謝之光筆。其時余年十七，初學為韻語，遂逐期以小詞題其畫，凡得十五闋，寄瘦鵑，未得報書。《半月》出版至第二卷第一期，忽刊登拙作，並倩天虛我生之女公子陳翠娜女士續作九闋，以足全年封面畫二十四幀之數。瘦鵑以二家詞合刊之，題云〈《半月》兒女詞〉。」（《翠樓詩夢錄》）當時有人想將兩人聯姻，施父亦頗為積極，但年輕的施蟄存卻「聞之大驚異，自愧寒素，何敢仰托高門，堅謝之，事遂罷」。後來又過了四十多年（正是施先生的閑寂時期），由於一個偶然的機會，施先生聽說陳小翠已移居上海（從友人處得到陳小翠的住址），乃於一九六四年一月間前往上海新邨陳小翠的寓所拜訪之。當天小翠贈他新印的《翠樓吟草三編》，幾天後施蟄存即作詩〈讀翠樓吟草得十絕句殿以微忱二首贈陳小翠〉以為答覆。此後兩人陸續有詩文往來。可惜不久文革開始，小翠受不了兇惡的批鬥，竟在一九六八年七月一日以煤氣自盡。後來施先生寫〈交蘆歸夢圖記〉（一九七六）、《翠樓詩夢錄》（一九八五）等短篇以紀其事。

陳小翠的故事令我心酸，經常使我想到古今許多才女的命運。另一方面，施先生對才女的看重與提拔，同樣令我感動。一九六〇年代至一九八〇年代間施先生還先後與陳家慶、陳穉常、丁甯、周錬霞、張珍懷等人交往並搜集她們的作品。一九九六年那年，我到上海拜訪施先生時，曾當面問過他：「您為何特別看重女詩人？」他說：「我看重女詩人，主要是在『發掘』她們，因為她們經常被埋沒。」

由於受到施老的影響，我一直是以「發掘」的態度來研究女詩人的。一九九九年我與蘇源熙（Haun Saussy）合編的那本《傳統中國女作家選集》（*Women Writers of Traditional China*）由斯坦福大學出版社出版。記得書剛一出版，我立刻寫信給施先生：

> 在這個Valentine's Day寄給您這本詩集，特別有意義。此選集剛出版，在序中特別謝了您（見p.vii），但還是語猶未盡，因為若非您的幫助，許多女詩人的作品很難找到。多年來您對我們

（指六十三位漢學家）的幫助，豈是語言可以表達的？書中的書法是張充和女士寫的。這也是值得紀念的！

除了女詩人方面的研究以外，施先生還為我打開他的「北山樓」的四面窗。施老的「治學四窗」是世界有名的；他會按朋友的需要而隨時打開任何一窗。他的四窗包括古典文學研究，西洋文學的翻譯工作，文藝創作和金石碑版之學。此外，我一直是施先生的文學創作（包括詩和小說）的忠實讀者，因而也經常向他提出有關寫作的問題。為了表示對我的肯定和鼓勵，一九九三年六月他還特地為我手書杜甫的佳句「清辭麗句必為鄰」，以為紀念。

到目前為止，我一共撰寫了七篇有關施先生的文章。可以說，每篇的寫作都與我個人當時的研究方向有關，而且都體現了我從施老那兒學到的知識和靈感。必須一提的是，最長的兩篇——即有關施先生的〈浮生雜詠〉和他的逃難詩歌——卻是今年春天才著筆的。在很大程度上，這兩篇的寫作完全是沈建中先生給催逼出來的。

此次蒙沈君不棄，此七篇文章全被收進這本《從北山樓到潛學齋》中，我也只有對沈君心存感激了。

二〇一三年七月七日寫於美國康州木橋鄉潛學齋

目次

下輯　研究篇

上輯

交遊篇

——施蟄存與孫康宜往來信函七十三通

一、施蟄存致孫康宜

（一九八六年九月十四日）

上海愚園路1018號（家）

康宜女士：

昨得大函知《詞學・3》及《陳子龍及其時代》已收到，甚慰。《詞學》希望你惠賜大作，能否寫一短文見惠，或即將你的英文著作譯一二章來亦甚歡迎。陳子龍只有一個《陳忠裕公集》（木刻本），不知你已有否？一九八四年，我將其中詩集部分（附詞）加標點整理，由上海古籍出版社印行，書名《陳子龍詩集》（上下二冊），此書你已得到否？如尚未見，我可以奉贈一部，請即惠示。

李歐梵年底還要來，我仍託他帶上。《詞學・4》亦即可出版，亦仍託李君帶奉。

我仍健安，不過行動不便，故不能自由出門。

手此即問起居

施蟄存一九八六年九月十四日

（此信由我兒子在美轉奉）

（一）《陳子龍詩集》只是《陳忠裕公全集》之一部分，尚有散文數卷未印出，如研究陳子龍，必須用《陳忠裕公集》。

（二）《陳忠裕公集》亦未全，尚有散文、詩、詞，可蒐輯。

（三）陳子龍有《明詩選》，有詩評，可見其詩論，但此書近代無刊本。

（四）陳子龍又有《史記測議》，與徐孚遠合著。又編刊過一大部《皇明經世文編》，一九六〇年代上海古籍刊行社有影印本，今已不易買到。

（五）明末清初詩有兩大派：（1）公安、竟陵。（2）反公安、竟陵。詞有雲間派，以陳子龍為首，浙派興起，而雲間派衰。

（六）錢牧齋《列朝詩集》中之評論可代表反公安、竟陵派。

（七）研究明末清初文學，必涉及東林及幾社復社，關於幾社復社事可參杜登春的《社事始末》，此書在《叢書集成》中，易得。

華東師範大學

上海愚园路1018号（家）

康宜女士：

昨日大函和"词学3"及"陈子龙及其时代"已收到，甚感。"词学"希望你惠赐大作，能否写一篇文章惠我，即将你的英文著作译一二章来，亦甚欢迎。

陈子龙只有一个"陈忠裕公全集"（木刻本）不知你已有否？1984年我将其中诗集部分（包括词）加标点整理，由上海古籍出版社印行，书名"陈子龙诗集"（上下二册）此书你已得到否？如尚未见，我可以寄赠一部，请即惠示。

李欧梵年底回美，我们托他带去，"词学"4本亦即可出版，亦仍托李君带奉。

我仍健安，不过行动不便，故不能自由出门。

手此即问　安好

施蛰存　86.9.14

此信由我儿子安美转奉

(1)陈子龙诗集只是"陈忠裕公全集"之一部分，尚有散文数卷未印出，如研究陈子龙，必须用"陈忠裕公集"。

(2)"陈忠裕公集"亦未全，尚有散文、诗、词，可蒐辑。

(3) 陈子龙有"明诗选"，有诗评可见其诗论，但此书近代无刻本。

(4) 陈子龙又有"史记测议"与徐孚远合著，又编刊过一大部"皇明经世文编"，1960年代上海古籍刊行社曾影印过，今已不易买到。

(5) 明末清初诗有两大派：(1)公安竟陵 (2)反公安竟陵。词有云间派，以陈子龙为首，云间派实开浙派(反公安之前)。

(6) 钱牧斋"列朝诗集"中之评论可代表反公安竟陵/反

(7) 研究明末清初文学，必涉及东林及几社、复社，关于几社、复社事可参考杜登春的"社事始末"，此书在"丛书集成"中易得。

探春令

（宋）趙長卿

笙歌間錯華筵啟。喜新春新歲。菜傳纖手，青絲輕細。和氣入，東風裡。幡兒勝兒都姑嬉。戴得更忔戲。願新春以後，吉吉利利。百事都如意。

余弱冠時曾以此詞歇拍三句制賀年簡，以寄師友。趙景深得而喜之，誌於其文，去今一甲子矣。景深鶴化，忽復憶之，更以此詞全文制柬，聊復童心。奉陳文几，用賀一九八六年元旦，兼丙寅春正。

施蟄存　敬肅

二、施蟄存致孫康宜（一九八八年七月十一日）

康宜女史：

惠寄大作已於七日收到。

此文正是我需要的，來得正好，謝謝。我正在編《詞學》第八輯，立即將大作編入，但恐須明年春季方能出版。大文中有幾個人名未附中文，不知有無中譯名？今附錄請惠告。如無確定譯名，我想代加中譯名了。

附注中許多書名，也想改為中文。因此間排字工人，外文水準太低，讀者中亦有許多人不識外文，故以改排中文為宜。《詞學》第六輯下月可印行，第七輯可望於十月中出版。足下共收到《詞學》幾期？乞惠示。待第六輯出版後，我可以配全一份送你。

如有人從上海去美，請介紹，我可以託帶足下所需要之書，航郵太貴，寄不起也。

施蟄存一九八八年七月十一日

康宜女史：

惠寄大作已于七日收到，此文正是我需要的，来得正好，谢谢。我正在编《词学》第八辑，立即将大作编入，但恐须明年春季方能出版。文中有几个人名未附中文，不知已有定中译名？今附录请惠告，如无确定译名，我想代加中译名了。

附注中许多书名也想改为中文，因此间懂外文之人，外文水平太低，读者中亦有许多人不识外文，故以改排中文为宜。

《词学》第六辑下月可印行，第七辑可望于十月出版。

足下共收到《词学》几期？乞惠示，待第六辑出版后，我可以配全一份送你。

如有人从此地去美，请介绍，我可以托带你所需要之书，邮费太贵，寄不起也。

施蛰存 11/7 '88

Shi Zhi-cun
1018 Yu Yuan Rd.
Shanghai,China
1.10 中国人民邮政
50 中国人民邮政
Mrs. Kang-i Sun Chang
Dept. of East Asian
Language & Literature
1504A Yale Station
Yale Univ., New Haven,CT.06520
U. S. A.
BY AIR MAIL
PAR AVION
美國 孫康宜女士

三、孫康宜致施蟄存（一九八八年七月二十四日）

July 24, 1988

蟄存先生鈞鑒：

七月十一日大函收到，謝謝。知道先生正在編《詞學》第八輯，並已將拙作編入，不勝感激。吾以淺學，謬承獎掖，衷心感銘。

關於拙文原稿有些人名未附中文的原因是：

（一）六月間暑期剛開始，很多人已離開美國到別處去度假，無法聯絡上。無法請教他們的中文姓名。

（二）有些人（例如Burton Watson, John Bishop, Lois Fusek）地址已不得而知。

（三）關於研究英美文學的學者們，問題不大，因為一般並無中文姓名，我儘管可以音譯（例如Paul de Man譯成德曼）但漢學家就不好辦，因為幾乎人人都有中文姓名，除非親近之朋友，很不易探知。問題是，若某一作者把他們的中文名字寫錯了，他們會不高興。於是我在撰寫拙文的期間，曾到處打電話，請教許多漢學家們的姓名（對於無確定中文姓名之學者，只好略之，以英文原名代替）。

但，接您來函後，我再一次打電話給諸位漢學家（及朋友），幸而您所需要的幾個人名都順利得到了：

Egan　艾朗諾

Hightower　海陶瑋

Baxter　白思達（他說年輕時曾用別的名字）

Grace Fong　方秀潔

此外，我也得到以下二位漢學家中文姓名：

Wixted　魏世德（見拙稿p.18）

Birch　白之（見注三、注五）

（又，British Columbia Univ. 應譯為加拿大不列顛哥倫比亞大學），見pp.2, 15。

所以，到目前為至，以下諸位漢學家之中文姓名不詳，亦不敢隨意自加譯名，怕將來得罪他們：

John Bishop（見注一）

Burton Watson（見p.19）

Lois Fusek（見p.19）

Robin Yates（見p.18）

Jonathan Chaves（見p.18）

您說文中附注許多書名，也想改成中文，我極贊成（因為英文字排錯更不好）。於是，我已用紅筆把中譯書名加在原稿影印本上（見附件），請查收指教。

最近看到李歐梵先生介紹您的早期作品（李文出現在《聯合文學》，一九八七年十一號，文章題目是：〈新感覺派小說〉），很有興趣。正想找一本《善女人行品》看看（尚未找到）。

您編的《晚明二十家小品》已成為我那明清文學Seminar的教材之一。（我們用的是一九八四年上海書店影印版）。

另封寄上拙作《六朝詩研究》一書，請您指正。（該書是幾年前我還在當助理教授時的作品，有些不成熟的觀念，特請指出毛病）。

謹此，即祝

暑安

孫康宜敬上

一九八八年七月廿四日

Yale University

East Asian Languages
and Literatures
P.O. Box 1504A
New Haven, Connecticut 06520-7425

Campus address:
Hall of Graduate Studies
320 York Street

July 24, 1988

蟄存先生鈞鑒：

七月十一日大函收到，謝謝。知道先生正在編詞學第八輯，並已將拙作編入，不勝感激。吾以淺學，謬承獎掖，衷心感銘。

關於拙文原稿有些人名未附中文的原因是：

(1) 六月間暑期剛開始，很多人已離開美国到別處去渡假，無法聯絡上。無法請教他們的中文姓名。

(2) 有些人（例如 Burton Watson, John Bishop, Lois Fusek）地址已不得而知。

(3) 關於研究英美文學的學者們，問題不大，因為一般並無中文姓名，我儘管可以音譯（例如 Paul de Man 譯成德曼）。但漢學家就不好辦，因為幾乎人人都有中文姓名，除非親近之朋友，很不易探知。問題是，若某一作者把他們的中文名字寫錯了，他們會不高興。於是我在撰寫拙文的期間，曾到處打電話，請教許多漢學家們的姓名（对於無確定中文姓名之學者，只好略之，以英文原名代替）。

7/24/1988

Yale University

East Asian Languages
and Literatures
P.O. Box 1504A
New Haven, Connecticut 06520-7425

Campus address:
Hall of Graduate Studies
320 York Street

p. 2

但，接您來函後，我再一次打電話給諸位漢學家(及朋友)，幸而您所需要的几個人名都順利得到了：

Egon 艾朗諾
Hightower 海陶瑋
Baxter 白思達（他說年輕時曾用到的名字）
Grace Fong 方秀潔

此外，我也得到以下二位漢學家中文姓名：

Wixted 魏世德（見拙稿 p. 18）
Birch 白之（見註三，註五）
（又，British Columbia Univ. 應譯為加拿大不列顛哥倫比亞大學），見pp. 2, 15.

所以，到目前為止，以下諸位漢學家之中文姓名不詳，亦不敢隨意自加譯名，怕將來得罪他們：

John Bishop（見註一）
Burton Watson（見 p. 19）
Lois Fusek（見 p. 19）
Robin Yates（見 p. 18）
Jonathan Chaves（見 p. 18）

Yale University

East Asian Languages
and Literatures
P.O. Box 1504A
New Haven, Connecticut 06520-7425

Campus address:
Hall of Graduate Studies
320 York Street

7/24/1988

p. 3

您說文中附註許多書名，也想改成中文，我極贊成（因為英文字排錯更不好）。於是，我已用紅筆把中譯書名加在原稿影印本上（見附件），請查收指教。

最近看到李歐梵先生介紹您的早期作品（李文出現在聯合文學，1987年11号，文章題目是："新感覺派小說"），很有興趣。正想找一本"善女人行品"看看（尚未找到）。

您編的晚明二十家小品已成為我那明清文學Seminar的教材之一。（我們用的是1984年上海書店影印版）。

另封寄上拙作六朝詩研究一書，請您指正。（該書是几年前我还在当助理教授時的作品，有些不成熟的观念，特請指出毛病）。

謹此 即祝

暑安

孫康宜 敬上

一九八八年七月廿四日

四、施蟄存致孫康宜
（一九八八年七月二十六日）

康宜女士：

十一日寄奉一函，想必已登芸席。近日又重閱尊稿，發現還有幾個人名未有華文，不知有無已通用之譯名，仍希足下各為附以中文名。

閱足下文，始知北美詞學，近來如此熱鬧。大作發表後，一定會引起此間青年學者之震動，從而推進詞學研究之深度、廣度。

足下文中介紹之「消構式批評」，我覺得關係到中國的「比興說」。從來有許多作品，有人以為有所喻，有人以為無所喻。《樂府補題》，此間已有人認為純是詠物，與「六陵」之事無關。向來對此問題之折中派，則主張「作者未必有此志，讀者不妨有此志」。這就是說文學作品的隱喻性，可以超越作者意志而存在。因此，有許多詩句成語可以被引用於許多方面，例如「為人作嫁」、「曾經滄海」……

我建議足下寫一篇〈消構主義與比興論〉，一定可以成為東西新舊文評的比較研究宏著。

我有一本《唐詩百話》，今年年初上海古籍出版社出版，各方面評論不壞。此書不知美國已運到否？聽說有人在洛杉磯買到。此書中我談到了許多中國詩學問題，我想對西方學者一定很有用處。我希望你找一本賜讀，如果能有幾個人合譯為英語，對漢詩的宣傳必有影響。本來我應該送你一本，只因航空郵資付不起，故至今未寄贈，不怕你見笑，中國大陸知識分子的窮，和他的知識成反比例的。

我又希望你為我編一個「海外詞學書目」，凡近年所出英文本詞學書籍，一並列一目錄，我想與大文一起發表，目錄規格如下：

書名：先英文（括弧中為中文譯名）。

作者：華人則先華文，後英文。洋人則先洋文，後中譯名。

出版處：先洋文，後中譯名。

出版年月。

頁數：序文+正文，例如：「XII+256」。

每一本書占二行，希望能在八、九月間惠寄。

施蟄存一九八八年七月二十六日

康宜女士：

十一日寄奉一函，想已登芸席。近日又重閱尊稿，發现还有幾个人名未有華文，不知有無通用之譯名，仍希足下給与附以中文名。

閱足下文，始知北美詞学近来如此進展，大作發表後，一定会引起此间青年学者之震動，從而推進詞学研究之深度、廣度。

足下文中介紹之"結構式批評"，我覺得関係到中國的"比興說"。從来有許多作品，有人以為有所喻，有人以為無所喻，"紛紛聚訟"。此间已有人認為純是"詠物"与"比興"之事無関，向来对此问题之折中派，则主张"作者未必有此意，读者不妨有此意"；这就是说文学作品的隐喻性可以超越作者原意而存在。因此，有许多诗句成语可以被引用於许多方面，例如"为人作嫁"，"曾经沧海"……

我建议足下写一篇"隐喻之义与比兴论"，它可以成为东西新旧文评的比较研究名著。

我有一本新著"唐诗百话"，今年二月上海古籍出版社出版，各方面评论不坏，此书不知美国已运到否？听说有人已经楚辞买到，此书中我谈到了许多中国诗学问题，我想对西方学者一定很有用处，请转告你我一本赠读，为果能有几个人合译为英语，对汉诗的宣传必有影响。本来我打算送你一套只因邮寄空邮资付不起，故至今未寄呢，不好你见笑，中国大陆知识分子的穷，和他的知识成正比例的。

我又希望你为我编一个"海外词学书目"，凡近年所出英文本词学书籍，一律列一目录，我想与大家一起参考，目录款格如下：

书名　先英文(括弧中为中文译名)

作者　华人则先华文,次英文。
　　　洋人则先洋文,次中译名

出版處　先洋文,次中译名

出版年月

頁數　序文頁數　例如"XII+256"

每一条书佔二行

希望能于八九月間惠寄。

施蟄存
26/7
1988

五、孫康宜致施蟄存

（一九八八年八月三日）

August 3, 1988

蟄存先生鈞鑒：

七月廿四日寄奉一函，並附上「注釋」的中譯書名，料已收到。（信中解釋我之不敢隨意為有些漢學家命名的難處，文中尚有五位漢學家之中文姓名不詳）。

今日又收到您七月廿六日來信，多謝。信中所提「海外詞學書目」一事，是個很不錯的想法。因為我現在甚忙，許多其他文章均得交卷，故決定請本系研究生（兼研究助理）王瑷玲女士為我整理書目，並請她於本月底以前完成編目一事。

大函中所列「目錄規格」，一切知悉。只是「作者姓名」一欄有些難為的問題——因為此地學者之間不喜有「華人」與「洋人」之分野，而一般所謂「華人」均以英文名字出名。

在姓名次序上若有分別，恐怕有「種族偏見」的嫌疑。為求安全謹慎起見，我想採取MLA Handbook的規格，（一九七七年版，P.41）：即凡以英文出版的作者均算Western authors（又"Western authors should follow the known preferences of Oriental persons, even if they differ from normal practice or standard romanization——Y. R. Chao, etc."）這樣看來，或許一律先列英文名字，後加中文姓名為佳。（因《詞學》專刊每期一出來，漢學家即爭先取讀，故在姓名處理上想求公平一致，以免引起誤會）。

又，女士們一般用夫姓（例如Chia-ying Yeh Chao，Kang-i Sun Chang），在必要的情況下，我會考慮用Cross-reference（例如：Yeh, Chia-ying,葉嘉瑩，見Chao, Chia-ying Yeh條）。

以上隨便建議，至祈見諒。若有不同意處，請來信示知。

大函所論「作者未必有此意，讀者不妨有此志」諸點，極中肯綮。將來希望有時間寫「消構主義與比興論」一文，到時請益之處尚多，不勝翹企之至。

多謝告知大作《唐詩百話》已出版。我會去紐約書店找一本，也會向香港書商購買幾冊。我希望能將它介紹給研究生們；此外，許多漢學家也會有興趣。

謹此，即祝

暑安

孫康宜敬上

一九八八年八月三日

（編者按：此函選錄部分內容）

六、施蟄存致孫康宜

（一九八八年八月十一日）

康宜女史：

七月廿四日函及附件、大著《六朝詩研究》已先後收到，勿念，謝謝。這會又麻煩你不少，甚為抱歉。現在我想將大文全用漢字排，書名、人名均排在注文中，一行中文，一行英文。因此間排字工人，排中文者不會排外文，排外文另有一排字車間，故只好將外文集中在三、五頁，使印刷廠工作方便。未有中文名之漢家（學）家，我只好擬一譯名，在注文中說明不是你的原文，這就可以免了你的麻煩。

大著論六朝詩，集中於五個中心詩人，亦是一法。不過我覺得還少一個徐陵，或者還應當加一章〈吳聲歌曲〉。

看了你幾首譯詩，很好。忽然有一個感覺，讀中國詩原文和譯文時，所得到的vision和feeling不一樣，有時原詩平平，讀譯文時卻覺得美了，你說是嗎？

您看過Amy Lowell和Ayscough（中文名「愛詩客」）的通信集嗎？我介紹你找一本來看看，此書專討論中詩英譯，其中Lowell對中國詩的意見大有可取。

李歐梵在八五、八六年來過，我和他談了幾個下午，他全錄了音去。他研究三十年代中國新文學。《善女人行品》上海書店有影印本，我去問問，如有存書可送你一冊，我自己手頭沒有了。

有一位中國人民大學教授茅于美，是橋樑專家茅以升的女公子，將於本月廿九日到美國，在華盛頓大學及普林斯頓大學講學。她有一本詞集已出版，我將託她帶一本《唐詩百話》、一本《善女人行品》送你。如果《詞學》六期本月內能**（康宜注：此為施老一九八八年八月十一日來函，其中第三頁轉寄張充和，已遺失）**

Aug. 11, 1988　1

My reply dated 8/17/88

康宜女史

七月廿四日函及附件，大著《六朝诗研究》已先后收到，十分感谢。这会又麻烦你不少，甚为抱歉。我原想将大文全用汉字排，书名人名的排在注文中，一行中文一行英文，因此间排字工人、排中文者不会排外文，排外文另有一排字车间，故只好将外文集中在三五页，使印刷厂工作方便。未有中文名之汉学家，我只好拟一译名在注文中说明不是你的原文，这就可以免了你的麻烦。

大著论六朝诗集中于几个中心诗人，亦是一法，不过我觉得还少一个徐陵，我也还应当加一章"吴声歌曲"。

看了你最后译诗，很好。总觉有一个感觉，读中国诗原文和译文时所得到的Vission和Feeling不一样，有时原诗

3rd page 云张充和

2

平平读译文时却觉得美了，你说是吗？

你看过Amy Lowell和Ascoutti（中文名爱诗客）的通信集吗，我介绍你找一本来看看，此书专讨论中诗英译，其中Lowell对中国诗的意见大有可取。

李欧梵在85、86年来过，我和他谈了几个下午，他会[illegible]。他研究30年代中国新文学，《善女人行品》上海书店有影印本，我去问问，如有存书可送你一册，我自己手头没有了。

有一位中国人民大学教授茅于美，乃桥梁专家茅以昇的女公子，将于本月廿九日到美国，去华盛顿开会及普林斯顿大学讲学。她有一本词集已出版。我将托她带一本《唐诗百话》、一本《善女人行品》送你。另外《词学》六辑本月内能

七、施蟄存致孫康宜
（一九八八年八月二十二日）

康宜女士：

八月四日惠書收到。

《詞學》從發稿到出版，至少一年時間，你如在明年三月底供我文稿，則出版時已在你們的討論會開過之後一年，沒有意義了。因此，我已放棄這個計畫。

現在，我希望你為我張羅幾篇有關詞的美國學者的論文，只要以前發表過的，無論單行書本或單篇文章，在今年X'mas以前給我一個中文本，人選隨你接洽，我只希望美國方面有四、五萬字，臺港方面可有三萬字，日本可有二萬字，此外南朝鮮、新加坡可有二萬字。如是，則有十萬字以上，這個專號編得成了。

你自己不用寫了，已寄我的那篇已有一萬字了，可以一併計入。已故學者的論述也要，如無人譯為中文，可將英文本寄我，我來譯，或請人譯，不過請早寄。

茅于美譯了全部《漱玉詞》，她說普渡大學一位教授給她寫了長序，但沒有告訴我，這位教授是誰，如果你知道並熟悉，我想這篇序也有用，可否供我一個中譯本。

記得美國已出過一部《李清照全集》，不知有沒有序言，我未得此書，請你查一下，這一類書的序言也歡迎。

七月廿八日有親戚到美國Tucson，我託他帶二本《詞學》七（輯）寄給你，未知收到否？一本送你，另一本可送給張充和女士。

組織文稿事，你考慮一下，如能承辦，請惠一函。

此候起居。

施蟄存一九八九年八月二十二日

（此函亦託人在美付郵）此人忽然不肯帶此信了，只得仍郵寄，此一反覆，亦反映此間人心。

1988

康宜女士：

八月四日惠书收到。

《词学》從發稿到出版，至少一年时间，你如在明年三月底供我文稿，则出版时已在你们的讨论会開過之後一年，没有意義了。因此，我已放棄这个计划。

现在，我希望你為我们組織幾篇有関词的美国学者的論文，只要以前發表过的，無論單行本或單篇文章，在今年X'mas以前給我一个中文本，人選由你擇定。我只希望美國方面有9、10萬字，台港方面可有三萬字，日本可有二萬字，此外，歐、東歐、澳、新加坡可有二萬字，總量則在十萬字以上，这個專号編印成了。

你自己不用寫了，已寄我的那篇也有一萬字了，可以一併计入。已故学者的論述也可以請人譯為中文，可將英文本寄我，我来譯或請人譯，不過請早寄。

蒋英译了全部《陈子龙词》，她说普度大学一位教授给她写了长序，但没有告诉我这位教授是谁，如果你知道，并抄来，我想这篇序也有用，可否供我一个中译本。

(Will check) 记得美国已出过一部《李清照全集》，不知有没有序言，我未见此书，请你查一下，这一本书的序言也欢迎。

七月廿八日，有钦藏到美国Tucson，我托他带二本《词学》七寄给你，未知已收到否？一本送你，另一本乞送给 (O.K.) 张充和女士。

组织文稿事，你考虑一下，是否能承办，请惠一函。

此候 起居

施蛰存 22/8

（此函托访问人至美付邮）此人忽然不肯带此信，只得仍邮寄，此一反常亦反映此间人心。

八、施蟄存致孫康宜（一九八八年九月一日）

康宜女士：

八月十七日手書及英文詞學書目均收到。謝謝你和璦玲女士。

茅于美女士已於二十九日飛美，我託她帶一冊《唐詩百話》奉贈，她在美一個半月，大約十月十五日返國，她說恐怕沒有機會到Yale，書將托人送達郵寄。

九月十五日有一位女士從上海回洛杉磯，我託她帶一冊《善女人行品》，到洛市後寄奉。《詞學》第六期如已印出，亦將託她帶一冊去，待這些書收到後，請覆我一函。

此問起居

施蟄存一九八八年九月一日

康宜女士：

八月廿七日手書及英文詞學書目均收到，謝謝你和瑗玲女士。

茅於美女士已于29日飛美，我託她帶一冊《唐詩百話》奉贈。她去美一個半月，大約10月15日返國。她說恐怕沒有機會到Yale，當將託人送達或郵寄。

9月15日有一位女士從上海回洛杉磯，我託她帶一冊《[illegible]女人作品》，到洛市後寄奉。《詞學》第6輯今已印出，亦將託她帶一冊去，待這些書收到後，請覆我一函。

此問　起居

施蟄存 9/1

九、施蟄存致孫康宜（一九八九年二月四日）

康宜女史：

上月收到X'mas card，昨天又收21 Jan手書及照片三幀，多承關注，謝謝。我早想給您寫信，因天氣轉寒，感冒反復，拖曳至今。

你的那篇文章，對這裡的青年學者大有衝擊，他們想不到美國一地已有這許多人在鑽研詞學。羅馬尼亞去年出了兩本《中國詞選》，似乎東歐方面，也有人在探討中國這種文學類型。因此，他們敦促我組織一個國際性詞學討論會，請海外同行來談談，交換交換意見，見見面，表示欽仰。

葉嘉瑩曾告訴我，哈佛的宇文教授也在組織一個國際性的詞學討論會，時間在一九九〇年，但不知是幾月。我考慮自己年事已高，不敢組織此會，今年已來不及，明年則我又怕未必能安健如常，故躊躇不決了幾個月。現在已決定試探一下，我們擬於一九九〇年五月在上海召開國際性的詞學討論會，國外包括臺港，擬請三十人，國內請四、五十人，合計約一百人左右。美國方面請您幫助代為聯繫，有多少朋友可能來參加，時間與哈佛的會衝突否？今天我只告訴你此一設想，你看這個會辦得起來否？我想在三月分發出第一號通知、邀請書，估計一下參加人數，再作詳細決定。

如果能開這個會，我想將《詞學》第十期辦成一個海外學者研究詞學的專號，即將出席會議提供的文稿編用。昨天收到的三幀照片，放在這一期中，最為適當。你的文章已編入第八期，今年第二季度可印出。

最好再有一幀照片，還要英文本詞學著作的封面照片四幀，我可同時編入第十期。

《陳子龍文集》剛才印出，兩厚冊，包括《陳忠裕公集》、《安雅堂稿》、《兵垣奏議》。聽說上海圖書館館長顧廷龍先生三月中要去加州大學，我想託他將《陳集》帶到加大託人轉交，你可告我，可以帶給加大什麼人？

便賀春禧。

施蟄存一九八九年二月四日

康宜女史

上月收到X'mas card，昨天又收到21 Jan.手书及照片三帧，多承关注，谢谢。我早想给您写信，因天气转寒，感冒反复，拖延至今。

你的那篇文章，对这里的青年学者大有冲击，他们想不到美国一地已有这许多人在钻研词学，还有西德去年出了两本《中国词选》，似乎东欧方面也有人在探讨中国这种文学类型。因此他们就建议组织一个国际性词学讨论会，请海外同行来谈谈，交换交换意见，见之面，表示钦仰。

朱丽芸告诉我，哈佛的宇文教授也在组织一个国际性的词学讨论会，时间在1990年，但不知是几月。

我考虑到己年事已高，不敢组织此会，今年来不及，明年则

我又怕未必能安健如常，故踌躇不决了几个月。现在，已决

定试探一下，我们拟于1990年5月在上海召开国际性的

词学讨论会，国外包括台港，拟请三十人，国内请四、五十人，

合计约100人左右。美国方面请你帮助我们联系，有多少

朋友可能来参加。时间与哈佛的会错开。今天我已告诉

你此一设想，你看这个会办得起来否？我想在三月份发出第

一号通知，邀请书，估计一下参加人数，再作详细决定。

如果能办成这个会，我想将《词学》第十期办成一个海外

学会研究的可以考虑印出席会议提供的文稿编目。

昨天收到的三帧照片，放在这一期中最为適当。你的文章已编入第八期，今年第二季度可印出。

最好再有一帧照片，画家黄永玉和丁聪在看你的封面照片的情景，我可同时编入第十期。

《陈子龙文集》刚才印出，两厚册。已托人《陈去病全集》、《出云楼诗稿》、《云间青议》，听说上海图书馆已出。

顾廷龙先生三月中要去加州大学，我想托他将陈集带到加拿大托人转寄，你可告我，可以寄给加拿大什么人？

便贺 春禧

施蛰存 4 Feb. '89

十、施蟄存致孫康宜（一九八九年三月六日）

康宜女士：

二月二十日函，今日收到。我正在做一個具體計畫，今另紙寫奉。我看你們那個會不必開了，大家到上海來一起開也好。

張充和女史寄我一個扇面，寫作兩絕，但她的郵件左上角地址被損壞，我無法覆，今將覆函一紙奉託轉致。

《陳子龍文集》一部二冊，華東師範大學出版社出版。我已託人送顧廷龍先生，他到加州何校，我尚未知，反正總有人可託帶，你不必向香港去定了。

《柳亞子詩集》不在手頭，下次信中再告你出處，因此文是我的學生馬祖熙起草的。

手此即請，文安。

施蟄存一九八九年三月六日

PS：惠函請改用較堅厚的信封，二次來信均由海關代封，我疑心是有人拆閱。

（另紙附件）

我覺得，無論對古代文學或對現代的創作文學，都不宜再用舊的批評尺度，應當吸取西方文論，重新評價古代文學，用西方文論來衡量文學創作。但是，此間青年一代都沒有西方文學批評史的素養，有些人懂一點，卻不會運用於批評實踐。

你的那篇文章，對我校中青年教師大有推動的影響，他們敦促我開一個國際性的詞學討論會，請國外學者來講講他們對詞（實在就是整個中國古代文學）的各方面觀念。因此，我想開這麼一個會，目的是：

（一）對外國學者，要求聽聽他們的研究方法，以各種文學批評理論來運用於詞的經驗和實踐。

（二）對中國學者，要求他們彙報研究方法及成果，談談詞學研究的前途（也是古代文學研究的前途）。

因此，我作如下設想：

（一）這個會不要求各人交論文，但希望在八九年內交一篇文章，內容為各人所撰詞學著作的「提要」（summary），大約在兩千至五千字的篇幅，我將彙集起來編入《詞學》第十期，趕在開會前出版，即作為會上的文件。

論文提要最好用中文，如用外文，亦可在此間譯出，但希望早些寄來。

（二）擬請海外學者三十位，美、加、日、港及臺灣，歐洲及蘇聯大約也有四五人可來，恐怕要以美方學者為主要來賓。我想每人都送一個請柬，待他們自己決定參加否，我們一律歡迎。

（三）華東師大中文系每年只有二萬元研究經費，各個教研組都要開會，還有人要出國參加學術活動，都在這筆經費中開支。我現在也正在先籌款，故決不定能開此會否。

（四）此間開國際性會議的規格是：（1）外國來賓每人交兩百至三百美元，此款包括材料費、一次正式宴會、一日旅遊參觀（蘇州、杭州）。（2）來賓在滬住宿及伙食自理（可代辦）。（3）來賓來回飛機票自理（可代辦）。

（五）我現在想請與會者每人交四百美元，我們負責五日五夜的住宿及伙食，又一日旅遊。飛機票來回自理。

（六）六、七、八是旅遊旺季，如果我們在一九九〇年八月下旬開這個會，上海賓館都住滿了，很難預定房間。我想改在松江開會，離上海六十華里，這是我的家鄉，有一個好的賓館，在那邊開會，可以少花費些，而且伙食可以比上海好。

（七）會期三日，前一天報到，後一天旅遊或參觀，共五日。假定為八月廿一至廿五日，或八月廿五日至廿九日（一九九〇）。

第一日：上午開會儀式，下午大會發言。

第二日：上午大會發言，下午分組討論（茶話）。

第三日：上午小組討論，下午大會發言、午茶，閉會式。

可能加一個晚上：小組聚談。

（八）我想請你參加Organizing Committee，把美國方面的組織事宜委託你，能同意否？請惠覆！

以上是我的計畫，大致如此，請你考慮一下，得到你的回信，即著手預備請柬。

施蟄存三月六日

又，國內參加者規定副教授以上，國外無此限制，凡對中國古代文學有興趣、有研究者，皆歡迎。

（編者按：此函選錄部分內容）

康宜女士：

二月二十日函，今日收到。我正在做一个具体计划，今另纸写奉。我看你们那个会不必开了，大家到上海来一趟开也好。

张充和女史寄我一个扇面，写作两佳，但她的邮件左上角地址被损坏，我无法覆。今将覆函一纸奉托转致。

《陈子龙文集》一部二册，华东师范大学出版社出版，我已托人送顾廷龙先生，他可加以参校。我尚未去，反正总有人可托带，你不必向香港去定了。

柳亚子诗集不在手头，下次信中再告你出版，因此文是我的学生马祖熙[?]起草[?]的。

专此即请　文安

施蛰存
6/3　1989

88-29?5

P.S.
惠函请改用航空[?]邮的信封。
二次来信均由香港代封，我疑心是有人拆阅。

附錄：施蟄存致張充和

（一九八九年三月六日）

充和四姐芸几：

便面飛來，發封展誦，驚喜無狀。我但願得一小幅，以補亡羊，豈意乃得連城之璧，燦我几席，感何可言。因念《山坡羊》與《浣溪沙》之間，閱世乃五十載，尤深感喟。憶當年北門街初奉神光，足下為我歌八陽，從文強邀我吹笛，使我大窘。回首前塵，怊悵無極，玉音在耳，而從文逝矣。近日此間猶寒，須待春回方能啟蟄，會當奉和一二闋，扇揚詞心墨妙，請少待之。先此申謝，便候

起居儷福

施蟄存頓首

一九八九年三月六日

亮和、亞迪吾兄：

從西雅來，蒙討論詞學之暇，我但願得一小幅，以補壁。豈意乃得遽賜之寶墨，榮我几席，感激何言。因念山陰羊與宛陵心之間，闊世乃五十載，尤深感謂。憶昔年北門街初奉神光，遂下為我歌八聲經文，強邀我吹笛，使我大窘。回首前塵，恍惚猶在，極王音宜取，而紛紛已久矣。近日北間將寫待春回方能赴靜，會當奉和一二闋，庶得詞心契妙，請少待之。先此申謝，並候

吉祥儷福

施議對 拜上

88-2965

6 March. 1989

十一、孫康宜致施蟄存（一九八九年三月二十三日）

March 23, 1989

蟄存先生：

三月六日大函收到，謝謝。信中所述有關詞會的想法很是清楚。衷心希望那詞會能舉辦成功。（能在松江舉辦更是聰明的想法），我會儘量向美國方面的朋友們宣傳。

至於美國方面的coordinator（即您所謂參加Organizing Committee，把美國方面組織事宜委託」的那個人），我認為Prof. Susan Cherniack最為理想（我跟幾位中國文學專家談過，大家一致公認她最能幹，最理想），而且我剛才打電話給她，她已答應做coordinator。由她做coordinator，有以下諸種好處：

（一）她的中文程度好得驚人，是美國人中最會用中文講話、寫信的三人之一（其他二人均是歷史學家，只有她是古典文學教授）。

（二）她是研究杜甫的，但對古典詩詞賦都有貫通的瞭解。（她從前是Yale最優秀高材生）。

（三）青年有為，有辦事能力。且凡事認真，十分熱心。

（四）她認識許多美國方面的學者，由她來聯絡事宜，最為恰當不過。

（五）她經常去中國研究並旅行。而且認識許多方面的中國學者。

（六）她今年六月左右還要去中國一趟，可親自去拜訪您，並仔細商量詞會的Organizing Committee

等事。

Prof. Susan Cherniack早已聞知您的大名，此次能趁著準備詞會的機會認識您，她感到三生有幸。她願意做coordinator，我很高興：我已告訴她，您會直接與她聯絡。她希望您能寫一封信（中文信即可）給她，正式邀請她今年六月到上海去商量Planning Committee等事。（這樣，她或許可向校方申請到去上海一趟的旅費。）她的地址如下：

Prof. Susan Cherniack
Dept. of Foreign languages and Literatures
Perdue University
Stanley Coulter Hall
West Lafayette, Indiana 47907

她的電話是：（317）743-0897（home）
（317）494-3860（office）

我已把您給我的信（有關詞會的想法）影印一份寄給她，故她已熟知一切。以後只要告訴她該做什麼即可。她會儘量辦到。

Susan Cherniack能做coordinator最好。我最近因休假，常在Boston及Wash.D.C.之間跑來跑去，十分忙碌。且病過一場，醫生囑我休息：家中又有三歲女兒，常常裡裡外外照顧不來，現在只能專心做一件事：就是希望把有關陳子龍那書在九月以前如期趕完（是univ. press給我的deadline！），心中頗為著急。

關於詞學書籍封面的攝影，我已取得三幀，現另封寄上，請查收。謹此報告，即祝

康樂

孫康宜敬上

Yale University

East Asian Languages
and Literatures
P.O. Box 1504A
New Haven, Connecticut 06520-7425

Campus address:
Hall of Graduate Studies
320 York Street

March 23, 1989

蟄存先生：

三月六日大函收到，謝謝。信中所述有關討會的想法很是清楚。衷心希望那討會能舉辦成功。（能在松江舉辦更是聰明的想法）。我會盡量向美國方面的朋友們宣傳。

至於美國方面的coordinator（即您所謂「參加organizing Committee，把美國方面組織事宜委託」的那個人），我認為Prof. Susan Cherniack最為理想（我跟幾位中國文學專家談过，大家一致公認她最能幹，最理想），而且我剛才打電話給她，她已答應做coordinator。由她做coordinator有以下諸种好處：

① 她的中文程度好得驚人，是美國人中最會用中文講話、寫信的三人之一（其他二人均是歷史學家，只有她是古典文學教授）。

② 她是研究杜甫的，但对古典詩词賦都有貫通的瞭解。（她從前是Yale最優秀高材

P. 2
3/23/89

Yale University

East Asian Languages
and Literatures
P.O. Box 1504A
New Haven, Connecticut 06520-7425

Campus address:
Hall of Graduate Studies
320 York Street

③ 年青有為，有辦事能力。且用事認真，十分熱心。

④ 她認識許多美国方面的學者，由她来联絡事宜，最為恰当不过。

⑤ 她經常去中國研究並旅行。而且認識許多方面的中國學者。

⑥ 她今年六月左右还要去中國一趟，可親自去拜訪您，並仔細商量討會的organizing committee等事。

Prof. Susan Cherniack 早已聞知您的大名，此次能趁着準備討會的机會認識您，她感到三生有幸。

她願意做coordinator，我很高興；我已告訴她，您會直接與她联絡。她希望您能寫一封信（中文信即可）給她，正式邀請她今年六月到上海去商量planning committee等事。（這樣，她或許可向校方請到去上海一趟的旅费。）她的地址如下：

p. 3
3/23/89

Yale University

East Asian Languages
and Literatures
P.O. Box 1504A
New Haven, Connecticut 06520-7425

Campus address:
Hall of Graduate Studies
320 York Street

Prof. Susan Cherniack
Dept. of Foreign languages and Literatures
Perdue University
Stanley Coulter Hall
West Lafayette, Indiana 47907

她的電話是：

(317) 743-0897 (home)
(317) 494-3860 (office)

我已把您給我的信（有關詞會的想法）影印一份寄給她，故她已熟知一切。以後只要告訴她該做什麼即可。她會盡量辦到。

Susan Cherniack 能做 Coordinator 最好。我最近因休假，常在 Boston 及 Wash. D.C. 之間跑來跑去，十分忙碌。且病過一場，醫生囑我休息；家中又有三歲女兒，常裡裡外外照顧不來。現在只能專心做一件事：就是希望把有關陳子龍那書在九月以前如期趕完（是 Univ. Press 給我的 deadline!），心中頗為着急。

關於詞學書籍封面的攝影，我已取得三幀，現另封寄上，請查收。謹此報告 即祝

康寧

孫康宜敬上

十二、施蟄存致孫康宜

（一九八九年四月四日）

康宜女士：

今天收到你三月二十三日的信，謝謝你的熱心幫助，詞學會事還要等校中決定及高教局批准，此刻我還不能定局，Prof. S. Cherniack處還不能去信，須稍待。

《陳子龍文集》曾託人帶到顧廷龍家中，豈知他已提前幾天飛美，現在託我的一個學生吳琦幸，並為他介紹，可能他會去拜訪你，你可以從而知道此間情況。

匆此即候起居

施蟄存一九八九年四月四日

康宜女士：

今天收到你三月廿二日的信，謝謝你的熱心幫助。討論會事還要等校中決定及高教局批准，此刻我還不能定局。Prof. S. Cherniak處還不必去信，緩些時。

《陳子龍文集》為編人事調動，延擱出版中，豈知他已提前幾天發去。現在託我的一个學生吳繼華帶去，并為他介紹，可能他會去拜訪你，你可以從他知道此間情況。

匆匆即頌 起居

施蟄存 4/4

88-2965

十三、施蟄存致孫康宜

（一九八九年四月十二日）

康宜女史文几：

三月二十三日手書及詞籍封面書影均收到，謝謝。承介紹蘇珊女士，甚感。但不知蘇珊女士有無詞學著述，或是否研究詞學，因為我計畫邀請的以詞學學者為限。

此間要開一個國際性會議，官方手續很麻煩，要由國家教委會、外交部等幾個衙門批准，辦事手續又慢。我剛才向本校首腦申請，由校中科研處及外事處備文申報，看來短期內還不可能獲得批示。由於以上兩個理由，我還不便寫信給蘇珊女士，請你諒解。現在只好請你作準正式的口頭邀請，估計一下，有那幾位可能來參加，時期決定在一九九〇年八月中。

我有一位學生，吳琦幸已於四月五日到柏克萊加州大學，我託他帶去《陳子龍文集》一部二冊，由他寄呈。或託人轉達，我為他寫了一個介紹信，可能他會去拜訪你、或通信，請賜教。另有《詞學研究論文集》上冊（一九四九以前）一部，五月初有人去美，亦將託便帶奉。

此候起居

施蟄存

一九八九年四月十二日

一

康宜女史文几：

三月十三日手书及词籍封面书影均收到，谢谢

承介绍苏珊女士，至感，但不知苏珊女士有无词学著述，或是否研究词学，因为我计划邀请的以词学学者为限。

此间要开一个国际性会议，官方手续很麻烦，要由国家教委会、外交部等几个衙门批准，办事手续又慢，我刚才向本校有关部门申请，由校中科研处及外事处備文申报，看来短期内还不可能获得批示。

由于以上两个理由，我还不便写信给苏珊女士，请你谅解。现在只好请你作非正式的口头邀请，估计一下有那几位可能来参加，时期决定在1990年8月中。

88-2965

我有一位学生吴琦幸，已于四月五日到柏克莱加州大学，我托他带去《陈子龙文集》一部二册，由他寄呈，或托人转达。我为他写了一封介绍信，可能他会去拜访你，或通信，请赐教。

另有《词学研究论文集》上册（1949以前）一部，五月初有人去美，亦将托便带奉。

此候 起居

施蛰存

12 April 1989

88-2965

附錄：吳琦幸致孫康宜

（一九八九年四月十二日）

孫康宜教授：

今有施蟄存先生所託帶之《陳子龍文集》，寄上。我作為中美聯合培養的中國文學批評史博士生，於四月五日抵加州大學伯克力中國研究中心作研究。初來美國，一切都覺陌生，尚有一個熟悉的過程。您久居美國，並在學業上深有造詣，望能指點一、二。

我的博士論文題目為〈語言與中國古典詩的民族性〉，已有部分刊於《文學遺產》、《文藝研究》等刊，亟盼能得到國外同行的賜教。本想到尊府來，奈路途遙遠，且剛來美國，瑣事叢雜。只得有待來日。

我的電話是（415）841-2169

住址：3053 Dohr St.#4.Berkeley

CA 94702

因住址可能變動，寫信請寄

Center for Chinese Studies

U.C.Berkeley, CA 94720

關於詞學討論會情況，不知美國方面如何？

又及

晚吳琦幸拜上

一九八九年四月十二日

孙康宜教授：

今有施蛰存先生所托带之《陈子龙文集》，寄上。

我作为中美联合培养的中国文学批评史博士生，于四月五日抵加州大学伯克力中国研究中心作研究。初来美国，一切都觉陌生，尚有一个熟悉的过程。您久居美国，并在学业上深有造诣，望能指点一二。

我的博士论文题目为《语言与中国古典诗的民族性》，已有部分刊于《文学遗产》《文艺研究》等刊。亟盼能得到国外同行的赐教。本想到尊府来，奈路途遥远，且刚来美国，琐事丛杂，只得有待来日。

我的电话是（415）841—2169。

住址：3053 Dohr St. #4. Berkeley
CA 94702

因住址可能变动，可径寄

Center for Chinese Studies
U.C. Berkeley, CA 94720

关于词学讨论会情况，不知美国方面如何？

文安

晚 吴琦幸 拜上
89.4.12

十四、孫康宜致施蟄存

（一九八九年四月十九日）

April 19,1989

蟄存教授：

本來正要給您寫信，昨日就收到您四月十二日大函，很巧。我原來要給您報告的是，有幾件「壞消息」——美國ACLS的Travel Grant（旅行獎金）已於四月十日公布取消，我原來計畫去參加您的詞會就是想到有這筆獎金，否則我是去不得的（因家中有小孩，經濟負擔太重，每月收入及支出只是抵消而已）。故我已決定不去開詞會，此事老實向您陳情，真是出於不得已，請您特別諒解。

昨日接您來信後，我就開始到處打電話，看看有什麼人想去參加您們一九九〇年八月的詞會。結果很令人失望!!原來Pauline Yu及Shuen-fu Lin兩人很感興趣，現在也因為ACLS取消Travel grant的緣故不能參加了。加上，一九九〇年六月五日至十日間我們這兒（Maine）有個詞會，（四月十二日我才接到通知，知道「Maine詞會」已被基金會approved全費資助）他們都已忙不過來，且因家中小孩緣故，無法常常出外旅行。故兩人均已給我「否定」的答覆。

其他學者，我均已在可能範圍之內打了電話聯絡。主要也是因為經費的問題，均給了「否定」的答覆（可見ACLS此次取消grants一事給人太大的影響！）Prof. Y. K. Kao（Princeton）說他無法去參加詞會，但他願意寫一篇中文文章給您們。Prof. Hsien-Ch'ing Yang（Brown）說他除了經濟問題以外，還有status的問題（因visa問題），根本不能出國。其他人也有大同小異的問題，這樣老實向您報告，讓您有個較清楚的瞭解。

到現在為止，也只有Susan Cherniack一人表示能去參加您們的詞會。（我上回所以推薦她，主要因真正研究詞學者很少；而且真正研究詞學者並不一定像她那般能幹、認真。）我想，如果您們的詞會一定要限定是詞學研究者，美國方面能去參加的人一定很少（至少，我已交涉過我所認識的人，還沒找到一個能去的人）。而Susan認識的人較雜（您上回信中好像說凡是研究古典文學者均歡迎），或許她可能召集一些學者同去中國參加您們的大會（她的朋友圈子正好與我的不同，可以找一些「Maine詞會」以外的人，或者還更有效一些）。加上，美國教育本來就沒有「詞學別是一家」的概念，凡是研究中國文學的Ph.D. candidates都要懂得詞學（因為要通過博士班考試，Comprehensive Exam）。而我們明年六月在Maine召開的詞會中，就有一半以上的人從未寫過詞學著作，反之，許多寫過詞學理論的人並沒被邀請——這是因為這兒scholarship著重通才教育的緣故。

總之，我無法在我的朋友圈子內找到什麼能去中國開詞會的人（除了Susan Cherniack以外）。其中最大原因是經費問題，而且凡是去參加「Maine詞會」的人，都不必花費一毛錢（因為基金會全部資助）；相形之下，他們很難答應去中國一行（除非本來就有事要去中國）。加上，「Maine詞會」的要求繁重，大家都已累得忙不過來，很難在暑期中再多外出。

我帶給您這許多壞消息，也請您諒解。我已盡力，只是無法幫上忙，心中遺憾萬分。

多謝您託吳琦幸先生帶來《陳子龍文集》，屢次蒙您幫助，心中十分感激。（我將在拙作中特別向您致謝；希望趕快寫完拙作，出版後能贈您一冊，只是美國出書很慢！）謹此報告。

祝安康！

孫康宜上

一九八九年四月十九日

（編者按：此函選錄部分內容）

十五、施蟄存致孫康宜（一九八九年七月二十八日）

康宜女士：

六月十八日寄奉一函，想已收到。

今託便人帶寄《詞學・七》二冊，求政。

另有《長河不盡流》一冊新出，順便奉贈一冊，恐張充和尚未收到。

此間文藝書無市場，許多書不能印，我有四本書均已排版，擱淺不能付印。《長河》為紀念沈從文而編，不可不出版，但出版社付不起稿費，故以贈書代稿費，我得到書二十冊，此奉贈者，即其中之一也，便問

起居

施蟄存一九八九年七月二十八日

康宜女士

8/6寄奉一函,想已收到。

今託便人帶寄《詞學七》二冊,求政。另有《長河不盡流》一冊新出,順便奉贈一冊。恐張充和尚未收到。

此間文藝書無市場,許多書不能印。我有四本書均已排版,擱淺不能付印。

《長河》是紀念沈從文而編,可以出版,但出版社付不起稿費,故以贈書代稿費。我得到書20冊,此奉贈者,即其中之一也。便問

起居

施蟄存 20/7

十六、施蟄存致孫康宜
（一九八九年十月二十一日）

康宜女士：

九月十七日收到九月四日大函，具悉足下熱心為我介紹六位美國朋友為《詞學》撰稿，極感高誼。

我現在不便直接致函足下所介紹的幾位朋友，暫時還得請足下聯繫。我想，不必請大家另寫高文，只要將已發表過的，或寫成而未發表的，或已有單行本的，從中選取一章一段，譯成中文惠寄即可。如此則或者容易辦到，時間不妨稍遲，以十二月底為截止期亦可。

我遲遲沒有奉覆，是為《戊寅草》事，此書在一九六一至六五年間浙江圖書館曾影印過，大約只有四五百本，我有一本，校中系資料室亦有一本。我的一本在一九六八（六或七）年「文化大革命」中與其他書籍被抄去了。收到大函後，即向校中查問，始知中文系資料室的一本亦已不見，師大圖書館正在遷至新造大樓，古籍停止出借，需幾個月停頓，因此我無以報命。現在託人向浙江圖書館詢問，不知能否得到一本，至少是一個複印本。此事還需時日，故今天先覆此函。如果辦到《戊寅草》，即當航奉。

手此即頌著安。

施蟄存

一九八九年十月二十一日

PS：《唐詩百話》明年將印第三版（七萬至十萬冊），出版社計畫印一份宣傳品，收集一些讀者及學者評價。足下能否寫一點意見，作為海外學者對拙著的印象，不求吹噓，但希望實事求是的略作評論，不必多寫，百字以內即可。臺灣版已決定由聯經出版公司出版，已在排版。

康宜女士：

九月廿七日收到九月四日大函，具悉足下热心為我介紹六位美國朋友為《詞學》撰稿，極感高誼。

我現在不便直接致函足下所介紹的幾位朋友，暫时还得請足下联系。我想，不必請大家专写論文，只要你已發表过的，或写成而未發表的，或已有單行本的，從中選取一章一段，譯成中文惠寄即可。如此則或者容易办到，时間不妨稍遲，以十二月底為截止期亦可。

我遲遲沒有奉复，是為《戊寅草》事。此书在1961—65年间浙江圖书館曾影印过，大約只有五百本。我有一本，校中系資料室亦有一本。我的一本在1966年文化大革命中古典文學書籍被抄去了,收到大函後,即向校中查問,始知中文系資料室的一本亦已不見,須去圖書館,但正在遷至新造大樓,古籍停止出借,需等幾個月停頓,因此無以報命,現在託人向浙江圖書館詢問,不知能否借到一本,且也是一个複印本,此事還需時日,故今天先覆此函,如果找到《戊寅草》,即當寄奉。

手此即頌 著安

施蟄存
1989. Oct. 21

88—2876

P.S.

《唐诗百话》明年将印第三版（七万五千册），出版社计划印一份宣传品，收集一些读者及学者评价，您能否写一点意见，作为海外学者对拙著的印象，不求吹嘘，但希望能有实事求是的略作评论，不必多写，百字以内即可。

台湾版已决定由联经出版公司出版，已在排版。

88--2876

十七、施蟄存致孫康宜

（一九八九年十一月二十八日）

康宜女士：

十一月二日手書及拙作評介，已於十二日收到。承賜評介，語皆切實，確是你們海外學人的觀點，謝謝。不過你特別欣賞關於女詩人的那一篇，使我有些意外。我知道這是一篇拼湊上去補缺的，寫得很草率的一篇。

《戊寅草》全書已複到一份，還有一本《湖上草・附尺牘》也是柳如是的，上海、杭州兩地均找不到。我有一個學生，曾抄一本，但複印不清。我叫他再用毛筆抄一本，等他抄好，一起寄上。如果你不急要，我想用海郵寄，因航空寄太貴，不過海郵需三、四個月方能寄到，請你惠覆，如果你希望早觀為快，我就用航空寄。（請勿誤會，我不是要你付郵費，我是可省則省。）

詞學論文事仍仰仗你助我徵文，有現成的，譯成中文即可。劉若愚的文字，也希望你找一篇，時間遲一些不妨，反正此間出版工作，一向是牛步化的，我即使如期發稿，出版社和印刷廠也會拖好久。

《詞學》第八期已於上月底發到印刷廠，我希望九〇年一月分可出版，但恐還不易做到。

手此，便賀聖誕及新年愉快。

施蟄存一九八九年十一月二十八日

另一紙費神轉寄葉嘉瑩女士。

康宜女士：

十一月二日手书及我的评介已于十二日收到。

承赐评介，语皆切实，确是你们海外学人的观点，谢谢。不过你特别欣赏关于女诗人的那一篇，使我有些意外，我认为这是一篇拼凑上去补缺的，写得很草率的一篇。

〈戊寅草〉全书已复印一份，还有一本〈湖上草，附尺牍〉也是柳如是的，上海、杭州两地均找不到，我有一个学生有影钞一本，但复印不清，我叫他再用毛笔钞一本，等他钞好，一起寄上。

如果你不急需，我想用海邮寄，因航空寄太贵，不过海邮需二、三个月方能寄到，请你惠

85—2876

* 请勿误会，我不是要你付邮费，我是另有别用。

處如果你希望早收到为快，我就用航空寄*

词学论文事仍仰仗你助我征文，有现成的，译成中文即可。刘若愚的文字也希望你找一篇。时间迟一些不妨，反正此间出版工作，一向是牛步化的，我即使如期发稿，出版社和印刷厂也会拖好久。

《词学》第八期已于上月底发到印刷厂，我希望90年一月份可出版，但恐还不易做到。

手此，候贤[illegible][illegible]及新年愉快。

施蛰存
1989.11.26

另一纸英译件寄
叶嘉莹女士

十八、施蟄存致孫康宜（一九九〇年一月十七日）

康宜女士：

十二月二十八日惠函及支票三十美元已於十二日收到。足下此舉，使我大窘，我先已申明，不是吝嗇，只因為此間生活水準較低，對於用錢的觀念，和你們有差距，以可省則省的原則。也因此，故先函詢，如果你不急需，我就用海郵寄，如果你急於要用，我就航空寄。你只要覆我一信即可，想不到你還是寄了錢來。

今天即將印件航奉，大約郵資不過十美元，餘款一部分買一點小禮物，送二書原收藏者。《湖上草》也印到了，都是從一位浙江圖書館退休館員那裡印得的。還有多餘的錢，留著為你購置其他研究資料。你要什麼，請來示，我不敢收你的饋贈，謝謝你的美意。

便賀春釐。

施蟄存 一九九〇年一月十七日

香港中文大學出版社新出了一本《戴望舒研究》，書名：*Dai Wangshu, (The) Life and Poetry of a Chinese Modernist*。作者利大英（Gregory Lee）是一九八〇年北京大學外國留學生，現在倫敦大學教漢文，此書你可以看看，有我的照片及談話記錄。書無定價，英文本。

19 年 月 日 第 页共 页

康宜女士：

1/12惠函及支票＄30.00已於12日收到。

您以此举使我大窘，我先已申明，不是客套，只因为此间生活水平较低，对于用钱的观念和你们有差距，所以可省则省为原则，也因此，我先函询，如果你不急需，我就用海邮寄，如果你急于要用，我就航空寄，你只要覆我一信即可。想不到你还是寄了钱来。

今天即将印件航寄，大约邮资不过卅10多元，余款一部，分买一点小礼物送二书原收藏者，《湖上草》也印好了，都是从一位浙江图书馆退休馆员那里印得的。

还有多余的钱，留着为你购置其他研究资料。你要什么，请来示，我不敢收你的馈赠，谢谢你的美意。

便贺 春禧

施蛰存 17 Jan. 1990

上海明星纸品厂出品 16开 26格 通线报告纸 60克 书写纸 097

香港中文大学出版社将出了一本《戴望舒研究》，名"Dai Wangshu, Life & Poetry of a Chinese Modernist"作者利大英（Gregory Lee）是1980年北京大学外国留学生，现在伦敦大学教汉文，此书你可以看看，有我的照片及谈话记录。

[illegible]

十九、施蟄存致孫康宜（一九九〇年一月二十七日）

康宜女士：

《戊寅草》、《湖上草》已於十七日航寄，想已收到。為了你這一張三十元支票，我才知道此間對外匯的手續，不勝其煩。

我本想利用你的支票，將此三十美元，匯給一位西德留學生張東書，因為他去年代我買了幾本書。到此間中國銀行去一問，行員說：這張支票要三個月之後方可兌現，先要折合人民幣，再由人民幣折合西德馬克，方能匯出。

這樣一來，時間要三個月，兩種外幣折來折去，損失不小，太划不上了，此間人民幣不通國際匯兌，真丟臉！

現在我只好把你的支票寄回，請你作廢。我還是不收你的這筆錢。

不過，另外，我請你代我匯五十美元給張東書（附上地址）只要平匯，不必加快。這五十元，我在取得臺灣給我的美元稿費後，即從香港匯還你，現在作為暫借，行不行？

歐洲寄書到上海最多四星期，而美國寄海郵要三、四個月方可收到，故我現在只託人在歐洲買書。

此賀春禧

施蟄存／庚午元旦

康宜女士：

《戊寅草》《湖上草》已于17日航空寄出，想已收到。謝謝你這一張30元支票，我才知道此間對外匯的手續，不勝其煩。

我本想利用你的支票，將此30美元匯給一位西德留學生張東書，因為他去年代我買了幾本書。

到此間中國銀行去一問，行員說：這張支票要三個月之後方可兌現，兌現后折合人民幣，再由人民幣折合西德馬克方能匯出。

這樣一來，時間要三個月，而經外幣折來折去，損失不小，太划不上了，此间人民币不通国际汇兑，真[illegible]！

现在我只好把你的支票寄回，请你作废，我还是不收你的这笔钱。

不过另外，我请你代我汇50美元给[illegible]（附上地址）只要平汇，不必加快。这50元，我在收到台湾给我的美元稿费后，即從香港汇还你，现在作为暂借，行不行？

欢迎寄书到上海，最多一星期，而要用寄的海邮，要三、四个月方可收到，故我现在只托人在欧洲买书。

此贺春禧

施蛰存 / 庚午元旦

二十、施蟄存致孫康宜（一九九〇年二月十二日）

康宜女士：

一月十六、二十七日二函均收到，昨日又收到高友工先生一文，俱詳一切。我於一月廿七日（庚午元旦）曾奉一函，內附寄還支票，想亦已登文几。此間雖有版權法，但圖版之類，互相複印借用，並無嚴格規定。你不妨採用。華東師大出版社社長系副校長郭豫適兼任，郭是我的學生，前為中文系講師，今升教授，我已請他覆你一正式公函。

我還有一幅陳子龍石刻像，可以送你一個複印本，待一二星期後尋出寄上。又陳子龍墓中出土他的圖章，在上海歷史博物館，大約一九六〇年代的《文物》月刊上刊載過，你也不妨試找一找。

《柳如是詩集》是正名，上卷《戊寅草》，下卷《湖上草（附尺牘）》。戊寅是一六三八年，崇禎十一年。此書大約印於此年後二三年間，《尺牘》有林天素序，請查一查，有年月否？如有，必為刻書之年。

林天素亦當時名妓，歸茅映（止生）。

詩集原本今尚在浙江圖書館。

高友工先生的大作來得正好，給我很大的鼓舞。我正在喪氣會開不成，似乎連一本專號也編不成，到前天為止，你們美國的文章仍只有你的一篇。有了你的介紹文章，而沒有美國學者的其他文章，終是缺點。現在有了高先生一文，已壯了我的膽。我還想請你為我張羅二篇，不論長短，英文本現成文章也好。你那邊如無人譯，即由我這裡譯成中文也可以。麻煩你再幫我努力一下！

另外，你們緬因之會，我希望也有一篇報導，如果有你的學生參加此會，可以請他／她寫一篇記錄，如能附一二張會時照片，更足以使我的《詞學·9》生色，不情之請，諸祈原諒。

三月中，有人去美，你要什麼書或資料，可即惠示，以便託帶。《詞學》除四、五輯之外，尚有一些存書，你們如要，可託陳邦炎帶奉。

便問好。

施蟄存一九九〇年二月十二日

附致友工先生一簡，乞轉達，省我二元郵資。

康宜女士

一月16、27二函均收到，昨日又收到高友工先生一文，照单一切。 我于一月廿七日（庚午元旦）曾奉一函，内附寄还支票，想亦已登文几。 此间虽有收藏者，但图版之书，亦由该所借用，并有严格规定，你不妨採用。华东师大出版社社长为副校长郭豫适兼任，郭是我的学生，前为中文系讲师，今升教授，我已请他覆你一函，或已函。

我还有一幅徐子龙石刻像，可以照然一张，俟印出后一二星期以寻出寄上。又徐子龙墓中出土他的图章，在上海历史博物馆，大约1960年代的《文物》月刊上刊载过，你也不妨试找一找。

《柳如是诗集》是正名，上卷戊寅草，下卷湖上草，附尺牍，戊寅是1638，崇祯十一年，此书大约印于此年后二三年间。尺牍有林天素序，请查一查，有年月否？如有，必为刻书之年。

2

林天素为明时名妓，归茅元仪(止生)。

诗集原本今尚在，以12圆出售。

高友工先生的大作读了很好，给我很大的鼓舞。我正在叹气，会开不成，似乎第一本专号也编不成，到前天为止，你们美国的文章仍只有你的一篇。有了你的介绍文章而没有美国学者的其他文章，终是缺点。现在有了高先生一文，已壮了我的胆。我还想请你为我征稿二篇，不论长短，英文或现成文章也好，你那边如无人译，可由我这边译成中文也可以。麻烦你再帮我努力一下！

另外，你们缅因之会，我希望也有一篇报导。如果有你的学生参加此会，可以请他/她写一篇记录，如能附一二张会时照片，更足以使我的《词学》生色，不情之请，请你原谅。

三月中有人去美，你要什么书或资料，可即惠示，以便托带。《词学》除四五辑之外，尚有一些存书，你们如要，可以托陈邦炎带奉。

便问好。

施蛰存 12 Feb. 1990

附致友工先生一简，乞转达，省我二元邮资。

二十一、施蟄存致孫康宜（一九九〇年三月二十八日）

康宜女士：

二月二十三日手書，三月七日收到，未能即覆，甚歉。

關於你們的討論會，我已託陳邦炎作記錄，但仍希望你寫一點摘要，不署名、不發表，為陳邦炎文補充。

今寄上陳子龍像一幀，此像在〈雲間邦彥圖〉中，原畫在南京博物館，石刻在松江，這一張是石刻拓本的複印本。《柳如是詩集》不是原題，是浙江圖書館合二本為一函，加題的。原來《戊寅草》與《湖上草》並非一時所刻，現在我弄清楚了，上次所言有誤。

美國方面如再有一篇文章，也夠了，可不必多麻煩人。

餘容後白

施蟄存一九九〇年三月二十八日

（編者按：此函選錄部分內容）

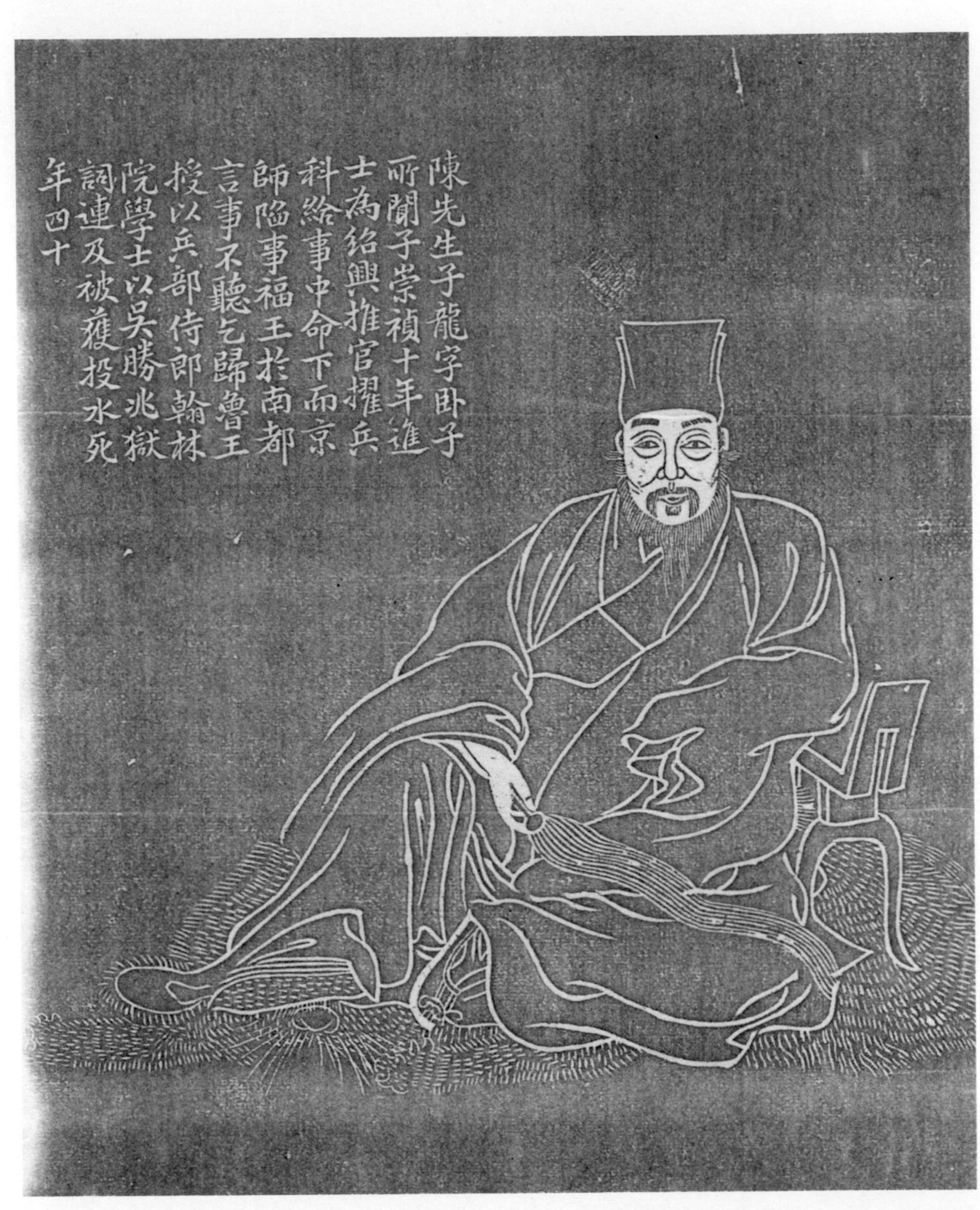
陳先生子龍字臥子
所聞子崇禎十年進
士為紹興推官擢兵
科給事中命下而京
師陷事福王於南都
言事不聽乞歸魯王
授以兵部侍郎翰林
院學士以吳勝兆獄
詞連及被獲投水死
年四十

二十二、施蟄存致孫康宜（一九九〇年五月十日）

康宜女士：

今託陳邦炎兄帶上此書，暫存尊處。我要將此書贈一個朋友，馬成名。此人曾在上海朵雲軒為書畫文物收購處主任，現在美國，我尚未知其地址，待我知其地址後再請你轉寄，或者你能訪得此人，即請代我送去。

此書如你有興趣，也可以奉贈一本。

祝好

施蟄存一九九〇年五月十日

康宜女士：

今託陳邦炎兄帶上此書，暫存尊處。

我要將此書贈一个朋友，馬成名，此人曾在上海朵雲軒為書畫文物收購處主任，現在美國，我尚未知其地址，待我知其地址後再請你轉寄。或者你能訪問此人，即請代我送去。

此書如你有興趣，也可以奉贈一本。

祝好

施蟄存

10 May. 1990

二十三、孫康宜致施蟄存

（一九九〇年七月十一日）

July 11,1990

蟄存教授：

收到錢歌川先生來函，說已收到您贈的大作《北山集》（《北山集古錄》）。寄上錢先生來信影印本，給您做參考。

楊澤先生（楊憲卿）至今仍未把有關「詞會」那篇稿子寄來（原來答應我一個星期就會寫成），我開始懷疑他，或許他交不出稿子來了。（他已去歐洲旅行，我已經聯絡不上他了）。總之，請您不要等他的稿子了，恐怕等來等去白白浪費時間。（將來果真收到再說）。

為了使您對「詞會」的內容有所瞭解，我特寄上一份schedule給您（見影印本），請查收。

昨日北京的施議對先生給我來信，說已開始撰寫「旅美小箚」（準備寫十篇）。不知會不會描寫「詞會」討論之大綱，也不知是否準備投給《詞學》？（我曾把一些重要討論項目給他口頭翻譯了）。

說起施議對，使我想起他在詞會中對您的百般讚揚（我自然是非常高興）。他特別說起那首自撰的〈八聲甘州〉是您潤色過的。此次「詞會」中，我最感遺憾的是：您不在會中。否則憑您中英文俱佳的能力，一定能使中美學術交流更進一步。（此點我已正式向ACLS書面提出，做為對ACLS的一點批評——每次ACLS會議完後，會員必須交出書面的意見）。謹此，即頌

暑安

孫康宜敬上

一九九〇年七月十一日

Yale University

East Asian Languages and Literatures
P.O. Box 1504A
New Haven, Connecticut 06520-7425

Campus address:
Hall of Graduate Studies
320 York Street

July 11, 1990

蟄存教授：

收到錢歌川先生來函，說已收到您贈的大作"北山集"。寄上錢先生來信影印本，給您做參考。

楊澤先生（楊憲卿）至今仍未把有關"詞會"那篇稿子寄來（原來答應我一個星期就會寫成），我開始懷疑他，或許他交不出稿子來了。（他已去歐洲旅行，我已經聯絡不上他了）。總之，請您不要等他的稿子了，恐怕等來等去白白浪費時間。（將來果真收到再說）。

為了使您對"詞會"的內容有所了解，我特寄上一份schedule給您（見影印本），請查收。

昨日北京的施議對先生給我來信，說已開始撰寫"旅美小札"（準備寫十篇）。不知會不會描寫"詞會"討論之大綱，也不知是否準備投給詞學？（我曾把一些重要討論項目給他口頭翻譯了）。

說起施議對，使我想起他在詞會中對您

Yale University

East Asian Languages
and Literatures
P.O. Box 1504A
New Haven, Connecticut 06520-7425

Campus address:
Hall of Graduate Studies
320 York Street

7/11/1990

P. 2

百般讚揚（我自然是非常高興）。他特别
說起那首自撰的"八声甘州"是您潤色过的。
此次詞會中，我最感遺憾的是：您不在會中。
否则憑您中英文俱佳的能力，一定能使中美
學術交流更進一步。（此點我已正式向ACLS
書面提出，做為对ACLS的一點批評——
每次ACLS會議完後，會员必須交出書面的
意见）。謹此 即頌

暑安

孫康宜敬上
1990，7，11

附錄：錢歌川致孫康宜

（一九九〇年六月二十三日）

康宜教授惠鑒：

有勞費神為上海施蟄存先生轉下新刊《北山集古錄》一部，業已妥收無誤，特此專函道謝。施先生早有信來提及贈書事，弟待望已久，今承寄下，快慰何如。

專謝，順頌，

教安

歌川一九九〇年六月二十三日

錢歌川
手稿（甚珍貴）

康宜教授惠鑒：

有勞費神為上海施蟄存先生轉下新刊《北山集古錄》一部，業已妥收無誤，特此奉函道謝。

施先生早有信來提及贈書事，正待望已久，今承寄下，快慰何如。

專謝，順頌

著安。

歌川 1990/6/23

二十四、施蟄存致孫康宜（一九九〇年七月二十八日）

一九九〇年七月二十八日

康宜女史：

七月三日收到你六月二十二日的信，內附詞會照片四幀，又你的論文關於柳如是詞的提要。七月二十四日收到你七月十一日信，內附錢歌川信複印本及詞會討論日程，你把一切事情都安排得異常周到，極為感謝。在我的印象中，你非但好學能文，而且是很有幹練之才，人際關係一定很好，此與你的晉升想必也有關係。

現在，錢歌川、陳邦炎、施議對都已有信來，詞會情況亦已粗知大略。楊憲卿先生文不妨待之。我的《詞學》第八輯至今未能印出，第九輯亦尚未編定，延遲一個月不生問題。

《詞學》第九輯雖未編定，已粗具規模，你要改的地方，我都已改正了。下月初旬可以決定篇目，即當抄奉。

我覺得你對柳如是評價太高了。她的詩詞，高下不均，我懷疑有陳子龍改潤或捉刀之作。當時吾們松江還有一位草衣道人王微（修微），文才在柳之上，其集已佚，名《期山草》，我已輯得其詩詞各一卷，皆有百篇，附二卷為各種記錄資料，書名《王修微集》，希望明年可印出。

你千萬不要吹噓我的「中英文俱佳」！我的英文只能看書，口語很差，近二十年，雙耳失聰，靠一個助聽器，聽洋人說話，總是跟不上，更不善於應對。

上海酷暑，每日室內熱至攝氏三十五度已四星期，甚不可耐。今日不克多談，俟稍涼再奉書。

施蟄存

28 July, 1990

康宜女史

七月三日收到你六月廿二日的信，内附词会照片四帧，又你的论文关于柳是词的提要。七月廿四日收到你七月十一日信，内附钱歌川信复印本及词会讨论日程。你把一切事情都安排得异常周到，极为感谢。在我的印象中，你非但好学能文，而且是很有干练之才，人际关系一定很好，此与你的善外想必也有关系。

现在钱歌川、陈邦炎、施议对都已有信来，词会情况亦已粗知大略。饶宗颐先生文不妨待之。我的《词学》第八辑至今未能印出，第九辑亦尚未编定，延迟一个月不生问题。

2

《词学》第九辑虽然未编定，已粗具规模，你要改的地方，我都已改正了。下月初旬可以决定篇目，即当抄奉。

我觉得你对柳如是评价太高了，她的诗词，尚不太好，我怀疑有陈子龙为她润色或捉刀之作。当时在杭州还有一位草衣道人王微（修微），文才在柳之上，其集已佚，名《期山草》，我已辑得其诗词各一卷，略有百篇，附二卷为各种记录资料，书名《王修微集》，希望明年可印出。

你千万不要吹嘘我的"中英文俱佳"！我的英文只能看书，口语很差，近二十年，双耳失聪，靠一个助听器，听洋人说话，总是跟不上，更不善于应对。

上海酷暑，每日室内热至35°C以上，已一星期，实不可耐。今日不克多谈，俟稍凉再奉书

施蛰存

二十五、孫康宜致施蟄存（一九九〇年八月六日）

Aug. 6, 1990

蟄存教授：

七月二十八日大函前天收到，非常感謝您對拙作〈柳如是〉一文的批評及建議。正巧我一個月以來努力從事於改寫（可說是全部改寫，已成了另一篇文章），一方面為避免版權（copyright）違犯問題——因版權規定著書者不可隨意採用自己新書中的英文翻譯詩歌，而ACLS拙文中則採用了拙作《陳子龍》書中的翻譯。另一方面則是因為這一年來又有新的研究資料及心得，故決定全部重寫。前天正巧寫完新稿（比較柳如是及徐燦的詞風，順便討論「名妓」與「閨閣」詞人兩個傳統）。

收到您來信時，我正在打算把新稿交給ACLS總部（ACLS要設法把會中選出的幾篇英文稿件合編成一本書——當然尚須review, press acceptance等繁複手續），稿件幸而尚未寄出。經您一點出，我也覺得自己的確對柳如是評價太高了，尤其是有關王微「文才在柳之上」一點，很受您之啟發。於是，利用這兩天的期間再把新稿做必要的修訂，俾使理論較為公允（現在是強調柳是做為「symbol」——象徵性人物——的貢獻，不再強調她是第一等詞人；加重於她文化活動的作用，而不是完全討論詞法的優越。）尤其是，不再把陳柳並列。

總之，很感激您的「及時」幫助。順便寄上拙稿title page 及Acknowledgments, 給您作參考。（因

ACLS規定要用Wade-Giles的拼音制度，故把您的名字寫成Shih Chih-ts'un, 把"Shi Zhi Cun"置括弧之中）。

又，知道您將要出版《王修微集》，使我十分興奮!!屆時是否能麻煩您以航空郵寄一套給我（我會寄上郵費給您）。因為我正在研究明清女詩（詞）人，準備將來寫成一書，而尤需第一手的資料。既然您囑咐要耐心等待楊憲卿的文章，我就再等一段期間（他已決定回臺灣教書，不再回來美國；他還在歐洲旅行中）。

謝謝信中給我許多讚語，真是不敢領受。其實「人際關係」我最不善於應付（而且也很怕應付），幸而是在美國工作，同事們只注重「誠實發言」，不重表面討好。若是在其他地區工作，我早已得罪許多人，也必一敗塗地了。現在能安心做書生，不被干涉，最幸運不過了。也因如此，心中特別敬仰您那「躲進小樓成一統」的精神。——這是衷心之言。

知道上海酷暑難耐，很掛念。請多多保重。若需要什麼英文書籍及報刊雜誌，請不客氣告知。能為您服務乃為三生有幸。

謹此　即祝

暑安

孫康宜敬上

一九九〇年八月六日

PS：據一資料說，王微是「揚州妓」，對嗎？若不對，請指示。

Yale University

East Asian Languages and Literatures
P.O. Box 1504A
New Haven, Connecticut 06520-7425

Campus address:
Hall of Graduate Studies
320 York Street

Aug. 6, 1990

蟄存教授：

七月廿八日大函前天收到，非常感激您对拙作"柳如是"一文的批評及建議。正巧我一個月以來努力從事於改寫（可說是全部改寫，已成了另一篇文章），一方面為避免版权（copyright）違犯問題——因版权規定著書者不可隨意採用自己新書中的英文翻譯詩歌，而ACLS拙文中則採用了拙作"陳子龍"書中的翻譯。另一方面則是因為這一年來又有新的研究資料及心得，故決定全部重寫。前天正巧寫完新稿（比較柳如是及徐燦的詞風，順便討論"名妓"與"閨閣"詞人兩個傳統）。

收到您來信時，我正打算把新稿交給ACLS總部（ACLS要設法把會中選出的幾篇英文稿件合編成一本書——当然需經review, press acceptance等繁複手續），稿件幸而尚未寄出。經您一點出，我也覺得自己的確对柳如是評價太高了，尤其是有關王徵

p. 2
8/6/1990

Yale University

East Asian Languages
and Literatures
P. O. Box 1504A
New Haven, Connecticut 06520-7425

Campus address:
Hall of Graduate Studies
320 York Street

"文才在柳之上"一點，很受您之啟發。於是，利用這兩天的期間再把新稿做必要的修訂，俾使理論較為公允（現在是強調柳是做為"symbol"——象徵性人物——的貢獻，不再強調她是第一等詞人；加重於她文化活動的作用，而不是完全討論詞話的優越）。尤其是，不再把陳柳並列。

總之，很感激您的"及時"幫助。順便寄上拙稿title page及Acknowledgments，給您做參考。（因ACLS規定要用Wade-Giles的拼音制度，故把您的名字寫成Shih Chih-ts'un，把"Shi Zhi Cun"置括弧之中）。

又，知道您將要出版玉修徵文集，使我十分興奮！！屆時是否能麻煩您以航空郵寄一套給我（我會寄上郵費給您）。因為我正在研究明清女詩（詞）人，準備將來寫成一書，而尤需第一手的資料。

既然您囑咐要耐心等待楊憲卿的

P. 3
8/6/1990

Yale University

East Asian Languages
and Literatures
P.O. Box 1504A
New Haven, Connecticut 06520-7425

Campus address:
Hall of Graduate Studies
320 York Street

文章，我就再等一段期間（他已決定回台灣教書，不再回來美國；他還在歐洲旅行中）。

謝謝信中給我許多讚語，真是不敢領受。其實"人際關係"我最不善於應付（而且也很怕應付），幸而是在美國工作，同事們只注重"誠實發言"，不重表面討好。若是在其他地區工作，我早已得罪許多人，也早一敗塗地了。現在能安心做書生，不被干涉，最幸運不过了。也因如此，心中特別敬仰您那"孫道不樸成一統"的精神。——這是衷心之言。

知道上海酷暑難耐，很掛念。請多多保重。若需要什么英文書籍及報刊雜誌，請不客氣告知。能為您服務乃為三生有幸。

謹此　即祝

暑安

孫康宜敬上
1990, 8, 6

P.S. 據一資料說，王微是"揚州妓"，對嗎？若不對，請指示。

二十六、施蟄存致孫康宜（一九九〇年八月十六日）

康宜女史：

六日函今日收到。柳如是文改作，想必更好。不過你所擬書名，我有疑問，Tradition有兩性之別，恐怕不妥。我妄為改擬兩個書名，供參考。

王微是揚州人，從南京秦淮河妓寮流轉到松江，最後嫁松江名人許譽卿，入清以後才下世，但年月不詳。我的輯本尚未抄成清本，還談不到找出版社謀求出版，打算年內抄出清樣，或者先複印一本送你。你如果有電腦打字，我也可以把全部草稿寄你，你找令高足打一份，然後複印一份給我，可以快得多。

你研究明清女詩人，有三部書必備，不知有了沒有？

（1）《名媛詩歸》，鍾惺選編，有七十年前有正書局石印本。

（2）《眾香詞》，有卅年代大東書局影印本。

（3）《名媛詩緯》，王端淑編，有詞選，此書只有明原刻本。此書一九三三年我以兩百元得一部，抗戰時毀去。國內各圖書館皆無此書，聽說日本有一部，美國有沒有？（OVER）

王端淑，字玉映，王思任之女。此書收明末清初女詩人之作品，皆不見於其他各種書。

一九九〇年八月十六日

我近來看書，皆消閒娛樂性質。你有看過的雜誌或《紐約時報．文學副刊》（？），用平郵寄我一些，很歡迎。

我孫女在業餘時間學翻譯，譯了一本OZ兒童故事，剛譯完，別人的譯本已出版，前功盡棄。現在她想要一本美國流行的兒童故事書，大約十三四歲孩子看的，英文要淺些的，請你幫助找一二本來，或者你的孩子看過的書也好。

近來我寫幽默文字，寄一份供一笑。

此間酷暑未退，幸託庇安健。

此問起居

施蟄存

1

16 Aug. 1990

康宜女史：

六日函今日收到。新书是大改作，想必更好。不过你们拟的书名，我有疑问。Tradition有两层之别，恐怕不妥。我在后面拟两个书名供参考。

王微是扬州人，往南京秦淮河妓寮流寓到松江，后从嫁松江名人许誉卿，入清以后才下世，但年月不详。我的辑本尚未抄成，清本还没有，不到找出版社也难求出版。打算年内抄出清稿，我先复印一本送你，你如果有电脑打字，我也可以把全部草稿寄你，你将全稿先打一份，然后复印一份给我，可以快得多。

你研究明清女诗人，有三部书必备，不知有了没有？

(1) 名媛诗归　钟惺选编

(2) 众香词　有七十年前有正书局石印本，有卅年代大东书局影印本

(3) 名媛诗纬　王端淑编，有刻本。此书只有明原刻本，

此书1933年我以200元得一部，抗战时失去，国内各图书馆皆无此书。听说日本有一部，不知美国有没有？

(OVER)

2

王端淑，字玉映，王思任之女。此书收明末清初女诗人之作品，恐不见于其他各家书。

我近来看书，只消闲娱乐性质，你有看过的新小说或人物传记、文字幽默的，可用平邮寄我一些，很欢迎。

我以前在某时间写来翻译了一本OZ魔术故事，刚译完，别人的译本已出版，前功尽弃，现在她想写一本美国流行的魔术故事书，大约十三四岁孩子看的，英文浅些的，请你帮助我一二本或你的孩子看过的书也好。

近来我写出此文字，寄一份供一笑。

此间溽暑未退，幸你府安健，

此问起居

施蛰存

二十七、孫康宜致施蟄存（一九九〇年八月二十五日、二十六日）

Aug. 25, 1990

蟄存教授：

多謝八月十六日來函。首先，知道令孫女想要翻譯十三、十四歲孩子看的英文書，很高興。但我不是那一方面的專家（因我女兒——唯一的孩子——只有四歲大），所以收到大函後，立刻請教專家，大家公認Madeleine L'Engle是十三至十四歲teenagers（尤其是女生）的心中偶像。尤以*The Small Rain*一本小說最暢銷（Madeleine L'Engle常向teenagers演講，為年輕人解除心中煩悶）。

我從書店買到了*The Small Rain*，想贈給您的孫女。（另封特寄上此書，並附上最近幾期的book reviews是給您個人閱讀消遣的）。有一點要說明的是，美國人文學方面非常早熟，十三至十四歲看的書已不屬兒童文學，而是teenage literature其中牽涉的生活問題，也頗複雜。有些讀物涉及sex，drug，violence，很是倒胃口，但Madeleine L'Engle的書較classic，較平和，較健康。希望您的孫女會喜歡。

再過一些時日，我會用較大的盒子裝些舊的book reviews，用海運寄給您（我通常很少看book reviews以外的雜誌）。

關於《名媛詩歸》及《眾香詞》等書我尚未細查，但記得《眾香詞》幾年前一直找不到。不知國內還買得到《眾香詞》嗎？

將來您整好王微的輯本時，是否能影印一份給我？（我會寄郵費及影印費用給您）。可惜我這兒沒有中文電腦，學生之中亦無人熟悉中文電腦者，否則可以幫您打出書稿，並能替您省時。其實若您不介意，我倒希望看見您的全部草稿，真不必等到輯本整抄完畢。（因為我也急欲看到王微的詩詞，尤其是詞）。或是只寄來詞的部分亦可——我現在先研究詞的部分哩！

多謝建議拙文改題目，想法很好，我會向Editor Pauline Yu提出，一切看她的意思。看完大作《古文名句賞析》，很欣賞，其中irony, satire成分極深妙，真是「金條」，不是什麼「玩兒」。祝好。

孫康宜敬上

一九九〇年八月二十五日

又及（一）突然想到，《歷代婦女著作考》的作者胡文楷先生是否仍住在上海？據悉他曾「節縮衣食，勤搜博訪」，購買女子佳作不少。不知他（或他家人）有沒有《名媛詩歸》、《名媛詩緯》、《眾香詞》等書？不知他肯不肯把書賣給海外學者（例如敝人）？

（二）突然有個念頭，或許令孫女也喜歡試翻一下給較年幼的通俗故事——例如最有名的*Winnie-the-Pooh*故事（by A. A. Milne）。故也另封寄上*Winnie-the-Pooh*一書，是給令孫女的。不知她已經有那書沒有？

康宜敬上

一九九〇年八月二十六日

Yale University

East Asian Languages
and Literatures
P.O. Box 1504A
New Haven, Connecticut 06520-7425

Campus address:
Hall of Graduate Studies
320 York Street

Aug. 25, 1990

藝存教授：

多謝8月16日來函。首先，知道令孫女想要翻譯13，14歲孩子看的英文書，很高興。但我不是那一方面的專家（因我女兒——唯一的孩子——只有四歲大），所以收到大函後，立刻請教專家，大家公認 Madeleine L'Engle 是13-14歲 Teenagers（尤其是女生）的心中偶像。尤以 The Small Rain 一本小說最暢銷（Madeleine L'Engle 常向 Teenagers 演講，為年青人解除心中煩悶）。

我從書店買到了 The Small Rain，想贈給您的孫女。（另封特寄上此書，並附上最近11期的 book reviews 是給您個人閱讀消遣的）。有一點要說明的是，美國人文學方面非常早熟，13-14歲看的書已不屬兒童文學，而是 teenage literature，其中牽涉的生活問題，也頗複雜。有些讀物涉及 sex, drug, violence，很是倒胃口，但 Madeleine L'Engle 的書較 Classic，較平和，較健康。希望您的孫女會喜歡。

P. 2
8/25/1990

Yale University

East Asian Languages
and Literatures
P.O. Box 1504A
New Haven, Connecticut 06520-7425

Campus address:
Hall of Graduate Studies
320 York Street

再过一些時日，我會用較大的盒子裝些舊的 book reviews，用海運寄給您（我通常很少看 book reviews 以外的雜誌）。

關於名媛詩帰及衆香词等書我尚未細查，但記得衆香词几年前一直找不到。不知國内还買得到衆香词嗎？

將來您整理王微的稿本時，是否能影印一份給我？（我會寄郵費及影印費用給您）。可惜我這兒沒有中文電腦，學生之中亦無人熟悉中文電腦者，否則可以幫您打出書稿，並能替您省時。其實若您不介意，我倒希望看見您的全部原稿，真不必等到稿本整抄完畢。（因為我也急欲看到王微的詩詞，尤其是詞）。或是只寄來詞的部份亦可——我現在先研究詞的部份哩！

多謝建議拙文改題目，想法很好，我會向 Editor Pauline Yu 提出，一切看她的意思。看完大作"古文名句賞析"，很欣賞，其中 irony, satire 成份極深妙，真是"金條"，不是什麼"玩兒"。祝好　孫康宜敬上 1990, 8, 25

P. 3
（續 8/25/1990）

Yale University New Haven, Connecticut 06520

EAST ASIAN LANGUAGES
AND LITERATURES

又及：(1) 突然想到，歷代婦女著作考的作者胡文楷先生是否仍住在上海？据悉他曾"節縮衣食，勤搜博訪"，購買女子佳作不少。不知他（或他家人）有沒有名媛詩歸，名媛詩緯，眾香詞等書？不知他肯不肯把書賣給海外學者（例如敝人）？

(2) 突然有個念頭，或許令孫女也喜歡試翻一下給較年幼的適合故事——例如最有名的"Winnie-the-Pooh"故事（by A. A. Milne）。故也另封寄上 Winnie-the-Pooh 一書，是給令孫女的。不知她已經有那書沒有？

康宜敬上
1990，8，26

二十八、施蟄存致孫康宜（一九九〇年九月十日）

一九九〇年九月十日

康宜女士：

昨日收到八月二十五日手教，敬悉。承賜書與我孫女，謝謝。「兒童文學」此名我前函誤寫，十餘齡學童讀物，此間名為「青少年讀物」，或「少年讀物」。

《名媛詩歸》及《眾香詞》，我已託人向古籍書店詢問，如可得，當為買寄。《眾香詞》我有一部，如買不到，可以我的一部奉贈。

王微詞容當抄寄。

《詞學》專號中美國來文四篇，我把你那篇編在最後，請勿介意，因你此文只能編在第一篇或末一篇，故委屈一下，編在末一篇了。

施蟄存

附件三種。

《詞學》第九輯海外詞學專號

（論文）

〈小令在詩傳統中的地位〉（美）高友工
〈茅于美《漱玉詞》英譯本序〉（美）約翰．休斯
小窗橫幅寄幽思——論姜白石疏影〉（美）劉婉
〈北美二十年來詞學研究〉（美）孫康宜
〈馮延巳詞承先啟後之成就〉（加）葉嘉瑩
〈《花間集》的沿襲〉（日本）澤崎久和
〈吳文英及其詞〉（日本）村上哲見
〈韓中詞學的比較研究〉（韓國）車柱環
〈益齋李齊賢其人及其詞〉（韓國）池榮在
〈李衛公望江南序錄〉（香港）饒宗頤
〈宋詞標題小序不可盡信〉（香港）羅　烈
〈詞論二題〉（香港）黃坤堯
〈論晚清四大詞人在詞學上的貢獻〉（臺灣）林玫儀
（文獻）
〈元高麗詞人李齊賢年譜〉
〈李齊賢墓誌銘〉
（書志）
〈日本所存《漱玉詞》二種〉（日）村上哲見
（其他諸文皆第八輯之續稿）

柳如是佚詩三首

〈**寒食雨後**〉

紅綃蛺霧事茫茫，不信今宵鳳吹長。留得春風自憔悴，傷心人起異垂楊。

（見《柳絮集》卷四十）

〈**清明行**〉

春風曉帳櫻桃飛，繡閣花叢麗晴綺。桃枝柳枝偏照人，碧水延娟玉為桂。朱蘭入手不禁紅，芳草紛甸自然紫。西泠窈窕雙回鸞，蕙帶如聞明月氣。可憐玉鬢茱萸心，盈盈豔作芙蓉生。明霞自落鳳窠裏，白蝶初含團扇情。丹珠泣夜涼波曲，夢入鶯閨漾空綠。斯時紅粉飄高枝，荳蔻香深花不續。青樓日暮心茫茫，柔絲折入黃金床。盤螭玉燕無可寄，空有鴛鴦泣路旁。

（見《明詩歸》卷二，順治刻本）

「吾杭之西溪，奧區也。梅花之盛，不減銅坑。明季江浙耆舊多遁跡於此。故某尚書嘗往來其間。今永興寺猶藏柳如是手書小箋，題云：

〈**次韻永興寺看綠萼梅作**〉

鄉愁春思兩攲斜，那得看梅不憶家。折贈可憐疏影好，低徊應惜薄寒賒。穿簾小朵亭亭雪，漾月流光細細沙。欲向此中為閣道，與君坐臥領芳華。

後署『河東柳隱』，當是和尚書之作，詩字皆婉媚。」

（見《緣庵詩話》卷三，仁和李堂允升撰，道光刻本。）

——以上三詩，皆黃裳輯得，見其《前塵夢影新錄》，齊魯書社版，一九八九年，頁一六四。

10 Sept. 1990

康宜女士：

昨日收到八月廿五日手教，敬悉。承赐寄与我的书，谢谢。“儿童文学”此名我前函误写，应为学龄学童读物，此间名为“青少年读物”或“少年读物”。

《名媛诗归》及《众香词》，我已托人向古籍书店询问，如可得，当为买寄。《众香词》我有一部，如买不到，可以我的一部奉赠。

王微词容当抄寄。

《词学》专号中美国来文四篇，我把你那篇编在最后，请勿介意，因你此文只能编在第一篇或末一篇，故委屈一下，编在末一篇了。

附件三种。

施蛰存

词学　第九辑

海外词学专号

（论文）

小令在诗传统中的地位　（美）高友工

关于姜夔《白石词》英译本序　（〃）林顺夫

小窗横幅寄幽思——论姜白石疏影　（〃）刘婉

北美二十年来词学研究　（〃）孙康宜

冯延巳词风启欧阳之成就　（加）叶嘉莹

《花间集》的编纂　（日本）宇山崎久和

吴文英及其词　（〃）村上哲见

韩中词学的比较研究　（韩国）车柱环

益斋李齐贤，其人及其词　（〃〃）池荣在

李卫公望江南序录　（香港）饶宗颐

宋词标题与小序之可靠性　（〃〃）罗忼烈

词论二题　（〃〃）黄坤尧

论晚清四大词人在词学上的贡献　（台湾）林玫仪

（文献）

元高丽词人李齐贤年谱

16开抄写文稿纸500格

T.O.

李齊賢墓誌銘

（考證）

日本所存〈漱玉詞〉兩種　　（日）村上哲見

其他論文皆第八輯之續稿

柳如是佚詩三首

寒食雨後

紅綃軟護事茫茫，不信今宵風吹長。留得春風自憔悴，傷心人起異鄉腸。（見《柳絮集》卷四十）

清明行

春風曉幌櫻桃飛，綠窗花襯裊晴綺。桃枝柳枝偏野人，碧水延娟玉石梯。紫蘭入手不禁紅，芳草經過自然紫。西泠病花難回首，蕙草如聞明月氣。可憐王孫茱萸心，盈盈競作芙蓉生。明霞自落鳳凰裏，白蝶紅含團扇情。臙脂泣衣涼波曲，夢入鶯聞柔空綠。新時紅粉飄高枝，黃姜香深花不續。青樓日暮心茫茫，柔絲折入黃金床。盤螭高玉燕無可奈，空有鴛鴦泣錦房。（見《明詩歸》卷二，順治刻本）

2

"吾杭之西溪，奧區也。梅花之盛，不減鄧尉。明季，江浙耆宿，多遁跡於此。故某尚書嘗往來其間。今永興寺猶藏柳如是手書小箋，題云：

次韻永興寺看綠萼梅作

緗梅春思雨欹斜，那得看梅不憶家。折贈可憐疏影好，低徊應惜薄寒賒。穿簾小朵亭亭雪，漏月流光細細沙。欲向此中為閣道，與君坐臥領芳華。

後署河東柳隱，當是歸尚書之作，詩字皆婉媚。"

（見《[illegible]詩話》卷三，仁和李堂允升撰[illegible]。）

——以上二詩，皆黃裳輯得，見其《前塵夢影新錄》，齊魯書社版，1989. P.164

二十九、施蟄存致孫康宜（一九九〇年九月三十日）

康宜女士：

十日曾奉一函，想已鑒及。

書二冊、書評四本均已收到。兩本少年讀物都好，A. A. Milne並不陌生，他的書已有過幾個譯本。我孫女想先試譯Milne，因其書篇幅較少，容易譯，我本想叫我孫女寫一封謝函，不巧，她出差到天津去了，只好由我代達謝忱。

倫敦*Times*的文學副刊，我在一九三三至一九三六年是長期定（訂）戶。承你送我，又見到五十年前的「老朋友」，不免有些感喟。《紐約時報》的《書評週刊》也不壞，我看到方勵之一篇文章，還有一篇談魯迅雜文的，都有意思。以後有這類與大陸有關的文章，請你寄我，以資博聞。

《眾香詞》與《名媛詩歸》都買到了，價人民幣九十元。在一九八〇年，大約二十元就可買到，現在被定為「不准出口」的「文物」，故漲價了。這兩部書，恐郵局不肯寄，我想等一個時候，有便人去美，託人帶去，或託人帶到香港去寄，機會較多。過了十月一日，打算先到郵局去試寄，如能收寄最好。現在先附奉發票二紙，因為不便夾在書中。

一九九〇年九月三十日

這兩部書，你不用付我錢，去年你為我付了五十美元，已不止九十元人民幣，此二書就算我奉還的借款，請收下，不必客氣。

此候起居

施蟄存

30 Sept. 1990

康宜女士

十日曾奉一函，想已鉴及。

书二册，书评四本均已收到，两本小说读物都好。A.A.Milne 并不陌生，他的书已有过几个译本，我孙女想先试译 Milne，因其书篇幅较少，容易译。我本想叫我孙女写一封谢函，不巧她出差到天津去了，只好由我代达谢忱。

伦敦 Times 的文学副刊，我在1932—1936年常去翻它，承你送我，又见到五十年前的"老朋友"，不免有些感喟。

纽约时报的书评周刊也不坏，我看到了访方励之一篇文章，还有一篇谈鲁迅杂文的，都有意思。以后有这类与文学有关的文章，请你寄我，以资博闻。

《众[?]香词》与《名媛诗归》都买到了，价人民币90元。至1980年，大约20元就可买到，现在被定为"不准出口"的"文物"，故涨价了。这两部书，恐[?]邮局不肯寄，我想等一个时候，有便人去美，托人带去，或托人带到香港去寄，机会较[?]多。过了十月一日，打算先到邮局去试寄，如能收寄最好。现在先附奉发票二纸，因为不便夹在书中。

这两部书，你不用付钱。去年你为我付了$50，也不止$90[?]，此二书就算我奉还的借款，请收下，不必客气。

此候 起居

施蛰存

三十、孫康宜致施蟄存（一九九〇年十月十四日）

Oct. 14, 1990

蟄存教授：

九月卅日大函已收到。多謝為我買到《眾香詞》及《名媛詩歸》，令我既興奮又感激。寄來二部書的發票亦已收到。您說，不收我這二本書的錢，我自然感激不盡，但我還是堅持，請讓我不久以後寄個money order給您，我現在解釋如下：

（一）我不久以後會有一個book fund，可供買書用。只要有發票又證明我也付了錢，即可由此Book Fund拿回書錢。

（二）因此，我聯想到，現在《眾香詞》及《名媛詩歸》既然「不准出口」，是否可由我出錢請上海的人把它們影印（影印工錢按鐘點算），再請您寄影印本給我？

（三）若是您需要請人抄寫《王修微集》，也可用此法，按鐘點請人抄，由我的Book Fund來付錢。

（四）總之，只要有發票或invoice，我這兒很好辦。（唯一的問題是：我寄去大陸的money order，您們要三個月以後方能取到錢，真不方便！）

（五）我將來收到一些發票或invoice後，想連同《眾香詞》等費用，一併寄一張money order給您如何？關於此事，請老實告訴我，如何行事最為妥當。（因為美、中制度不同，我希望您能坦白以告）。最好是，您不必先為我支付費用，凡事等收到我的money order後才開始進行——這樣就不會給您帶來太多麻煩。

很高興您喜歡我寄去的TLS等文學副刊。再過不久，您大概又會收到一大包reviews（海運），也希望您會喜歡。

我很希望與您的孫女做個朋友（她的大名是什麼？），將來若她需要什麼書籍，也可直接告訴我——我願意儘量幫助她。

不久前讀到臺灣《聯合文學》六卷九期訪問您的文章，其中您之近影很有紀念價值。故請專家將您的相片放大，掛在我的辦公室中。順便再放大一張，已用航運寄上給您，料已收到。謹此，即祝

安康

孫康宜拜上

Yale University

East Asian Languages and Literatures
P.O. Box 1504A
New Haven, Connecticut 06520-7425

Campus address:
Hall of Graduate Studies
320 York Street

Oct. 14, 1990

蟄存教授：

九月卅日大函已收到，多謝為我買到"眾香詞"及"名媛詩歸"，令我既興奮又感激。寄來二部書的發票亦已收到。您說，不收我這二本書的錢，我自然感激不盡；但我還是堅持，請讓我不久以後寄個 money order 給您，我現在解釋如下：

(一) 我不久以後會有一個 book fund，可供買書用。只要有發票，又証明我也付了錢，即可由此 Book fund 拿回書錢。

(二) 因此，我聯想到，現在"眾香詞"及"名媛詩歸"既然"不准出口"，是否可由我出錢請上海的人把它們影印（影印工錢按鐘點算），再請您寄影印本給我？

(三) 若是您需要請人抄寫"王修微集"，也可用此法，按鐘点請人抄，由我的 Book Fund 來付錢。

(四) 總之，只要有發票或 invoice，我這兒很好辦。（唯一的問題是：我寄去大陸的 money order，您仍要三個月

Oct. 14, 1990
P. 2

Yale University

East Asian Languages
and Literatures
P.O. Box 1504A
New Haven, Connecticut 06520-7425

Campus address:
Hall of Graduate Studies
320 York Street

以後方能取到錢，真不方便！）

（三）我將來收到一些發票或invoice後，想連同"眾香詞"等用費，一併寄一張money order給您如何？關於此事，請先生告訴我，如何行事最為妥當。（因為美中制度不同，我希望您能坦白以告）。最好是，您不必先為我支付費用，凡事等收到我的money order後才開始進行——這樣就不會給您帶來太多麻煩。

很高興您喜歡我寄去的TLS等文學副刊。再過不久，您大概又會收到一大包reviews（海運），也希望您會喜歡。

我很希望與您的孫女做個朋友（她的大名是什么？），將來若她需要什么書籍，也可直接告訴我——我願意盡量幫助她。

不久前讀到台灣聯合文學6卷9期訪問您的文章，其中您之近影很有紀念價值。故請專家將您的相片放大，掛在我的辦公室中。順便再放大一張，已用航運寄上給您，料已收到。謹此 即祝

安康

孫康宜 拜上

古今名媛詩歸叙

詩也者自然之聲也非假法律模倣而工者也三百篇自登山涉岨唱爲懷人之祖其言可歌可咏要以不失溫柔敦厚而已安有所爲法律哉今之爲詩者未就蠻牋先言法律且曰某人學某格某書習某派故夫今人今士之詩胸中先有曹劉溫李而後擬爲之者也若夫古今名媛則發乎情根乎性未嘗擬作亦不知派無南皮西崑而自流其悲雅者也今夫婦人始一女子耳不知巧拙不識幽憂頭施紺幕以無非耳及至釵垂簏簌露濕輕容回黃轉綠世事不無反覆而于時喜則反冰爲花于時悶則鬱雲爲雪淸如浴碧慘若夢紅忽而孤邈一線通串百端紛溶箾蔘猗狔蕣歙所自來矣故凡後日之工詩者皆前日之不能工詩者也夫詩之道亦多端矣而吾必取于

名媛詩歸　叙　一

施蟄存先生寄贈孫康宜教授《名媛詩歸》首頁。

三十一、施蟄存致孫康宜（一九九〇年十一月二十五日）

一九九〇年十一月二十五日

康宜女士：

十月十四日手書，及放大複印的照片亦收到，一則事冗，二則兩部書如何處理未定，故遲覆，想勞盼望，歉甚。

那張照片其實你不必印，印也不必花八元美金寄來。這個照片是林燿德照的，不好，甚老醜，我自己也不愛看。老人照片，不宜示人，請千萬收起，不要放在你的辦公室裡。

有一位李歐梵的學生史書美，在北京大學寫博士論文，上月來上海，和我談了三個下午。她說下月有人回美，可以為我託帶一部書去。我已將《名媛詩歸》交給她帶回北京，轉託便人帶去。另外一部《眾香詞》，大約陰曆年終或年初也有人可以帶到美國付郵寄奉。這樣，兩部書的交付問題已解決，不過不能如航空寄的迅速罷了。

錢不必寄來，用以抵去年你代我寄西德的五十元，我還欠你呢，不須客氣。我在此生活粗安，凡有外幣收入，皆存在香港友人處，隨時可託人買物。

今天言止於此，過幾天再會有信，便問安。

施蟄存

25.11.1990

康宜女士

十月廿四日手书及施先生複印的照片都收到，一則事忙，二則兩部书如何處理未定，故遲覆，想勞盼望，歉甚。

那張照片其實你不必印，郵也不必化八元美金寄來。這个照片是林耀德照的，不好，崖老魂，我自己也不爱看，老人照片不宜示人，請千万收起，不要放在你的辦公室裡。

有一位李歐梵的学生，史书美，在北京大学寫博士論文，上月来上海，和我谈了三个下午，她说下月有人回美，可以為我托帶一部书去，我已將《名媛詩歸》交给她，帶回北京，轉托便人帶去。另外一部《衆香詞》，大約陰曆年終或年初也有人可以帶到美國，付郵寄奉。這樣，兩部书的交付問題已解決，不过不能如航空寄的迅速罷了。

錢不必寄來，因以抵去年你代我寄西德的五十元，我還欠你呢，不須客氣。我在此生活粗安，凡有外幣收入，皆存在香港友人處，随时可託人買物。

今天先止于此，过几天再会有信。便問安。

施蛰存

三十二、施蟄存致孫康宜（一九九一年一月十六日）

一九九一年一月十六日

康宜女士：

十二月二十八日函昨日收到，我孫女謝謝你。

《紐約時報書評》一大箱，已於十二月中旬收到，想不到有如許之多。隨便翻閱，也夠我兩個月時間，花了你三十七元寄費，十分感謝。

有人去美，託寄此函，又《眾香詞》一部，收到盼覆。《名媛詩歸》不知已到否？

《詞學》九（輯）上月才發稿，尚不知今年暑中能出版否。

今年南京師範大學有一個「唐詩宋詞討論會」，你能來否？該校有請柬寄你否？祈示及。

匆匆，以後再談，我安健，勿念。此問好。

施蟄存

PS：感冒好了沒有？念念。

今年上海天氣也怪，暑天酷熱，冬季多陰雨，近來我也十分萎靡，無法工作，每日但閒覽書報。

《詞學．八》已出，但至今未送書來，不及帶呈，只好過幾天航寄。

楊憲卿文未來，不必催索了。

16 Jan. 1991

康宜女士：

28/12函昨日收到，我孙女谢谢你。

《纽约时报书评》之大箱已于十二月中旬收到，想不到有如许之多，随便看看阅，也够我两个月时间，花了你不少寄费，十分感谢。

有人去美，托寄此函，又《众香词》一部，收到时请覆。《名媛诗归》不知已到否？

《词学》九上月才发稿，尚不知今年暑中能出版否。

今年南京师范大学有一个"唐诗宋词讨论会"，你能来否？该校有请柬寄你否？祈示覆。

余、以后再谈，我安健，勿念。此问好

施蛰存

P.S. 感冒好了沒有？念念

今年上海天氣也怪，春天酷熱，冬季多陰雨。近來我也十分萎靡，無法工作，每日但閱覽書報。

〈詞學〉八、九已出，但至今未寄書來，不及奉呈，只好由我去購寄。

楊憲所文未來，不必催索了。

89—3247

三十三、施蟄存致孫康宜（一九九一年一月三十日）

一九九一年一月三十日

康宜女士：

一月十九日我的外甥女周聿宸返回紐約，我託她帶去《眾香詞》一部，囑她在紐約寄奉，此刻想可收到？《名媛詩歸》一部託史書美女士在北京找人帶來，不知已收到未？

昨天收到一封影本，已拜讀。我一向以為你是專研中國古典文學的女學究，想不到你會喜歡Paz，真是失敬了。早知你熟悉Paz，我早託你代買他的書了。一本新方向出版的「散文詩」，我想了已十年，還未得到。這回要向你要了。我現在不會看大本書，有Paz的小品著作，也希望給我找一找。另外，給你一個書單，請隨時物色，只要二手書就可以了。

今天收到你的大作《陳子龍》（**編者按：指英文本《情與忠：陳子龍、柳如是詩詞因緣》（耶魯大學出版社，1991年版）**），又為驚喜，你們出書甚快（此間從交稿到出版至少二年）。撫摩不捨，感謝之餘，為你祝賀，文運亨通！

看了前面幾頁，知你此書得顧廷龍之助不少。Wang Shou Ming大約是王曉明，作家王西彥的兒子，新型文論家，去年到過加州，他去美，我不知道，否則兩部書早就託他帶走了。

大作還待慢慢拜讀，有意見，以後再談，今天先專函致謝，便賀春釐！

施蟄存

PS：從大作中得知尊大人也是一位教書匠，可否請示其大名？

你從前寄我兩張照片，都是背影，此次我在護書頁上見到尊容，覺得很有些像蘇雪林。

我寫信不留底，近日天寒，圓珠筆凍結了，色淡，故墊了一張複寫紙，仍未留底。

Sade, Marquis de, *120 Days of Sodom*

我想看此書，聽說七〇年代有新印本，這是一本穢書，我本來不便託你找，但現在知道你是一位開放型的女學人，大膽奉託，你不便去找，請改託一個知道此書的紳士代找。

Sade的書，我在三〇年代有過一本*Venus in Furs*，一九八〇年得到一本*Justine*，只有這一本最notorious的沒有見過。

1

30 Jan. 1991

康宜女士

一月十九日我的外甥女周聿寰返回纽约，我托她带去《众香词》一部，嘱她在纽约寄奉，此刻想可收到？《名媛诗归》一部托史吉美女士在北京找人寄去，不知已收到未？

昨天收到一封复印件，已拜读。我一向以为你是专研中国古典文学的女学究，想不到你会喜欢Paz，真是失敬了。早知你也喜爱Paz，我早托你代买他的书了。一本新方向出版的"散文诗"，我想了七十年，还未得到，这回要向你要了。我现在不会看大本书，有Paz的小品著作，也希望给我找一本。

2

另外，给你一个书单，请随时物色，只要二手书就可以了。

今天收到你的大作《陈子龙》，又为惊喜你们出书甚快，此间从交稿到出版，至少二年，望尘不及，感谢之余，为你祝贺，文运亨通！

看了前面题签，知你此书得顾廷龙之助不少。Wang Shou Ming 大约是王晓明，作家王西彦的儿子，新型文论家，去年到过加州，他去美，我不知道，否则两部书早就托他带去了。

大作还待慢慢拜读，有意见以后再谈。今天先专函致谢，便贺春禧！

施蛰存

P.S.

從大作中得知尊大人也是一位教書匠，可否請示其大名？

你從前寄我兩張照片都是背影，此次我在護書頁上見到尊容，覺得很有些像蘇雪林。

我寫信不留底，近日吳晉圖律師來信給了色談，故墊了一張複寫紙，仍未留底。

Sade, Marquis de
120 Days in Sodoms

我想看此本，聽說70年代有新印本，這是一本禁書，我本來不便託你找，但現在知道你是一位開放型的女學人，大膽奉託，你不便去找，請隨便託一個知道此書的紳士代找。

Sade的書，我在卅年代看過一本 Venus in Furs，1980年得到一本 Justine，只有這一本最 Notorious 的沒有見過。

Kang-i Sun Chang *The Late-Ming Poet Ch'en Tzu-lung*

The Late-Ming Poet Ch'en Tzu-lung

Crises of Love and Loyalism

Kang-i Sun Chang

三十四、施蟄存致孫康宜（一九九一年三月十四日）

一九九一年三月十四日

康宜女士：

你的郵件，像一陣冰雹降落在我的書桌上，使我應接不暇。朱古力一心，書三冊，影本一份，筆三枝，俱已收到。說一聲「謝謝」，就此了事，自覺表情太淡漠，但除此以外，我還能有什麼辦法呢？

出於意外的是，反而是Sade的書先寄到，這是怎麼一回事？

顧廷龍先生處，已託人將你的書送去。他孑然一身，每年冬天到北京女兒（兒子）家過冬。這兩天不知回來了沒有？

汪壽明現任華東師大中文系副主任，他是研究語言文字學的。

你的那篇文章，臺灣可以用，這裡沒有版權約束。你的文章在《詞學》發表，版權仍是你的。只要得到你同意，任何人可以轉載。

你的書名《詞的演進》，用Evolution，我不知和「發展」（Development）如何區別？在文學上，一般總用「發展」，而不用「演進」，你的中譯本，是否還是改用「發展」較好，或者用「演變」，如何？

書單沒有寄上，因為想想不能多麻煩你，以後再說。

惠賜的筆，我用過，似乎不經用，二個月就報廢了。丟掉一個筆捍（桿），也很可惜。我們還不習慣於高消費，這種感情，你一定以為可笑。五六月間，有一位師大同事的女兒要從美國回上海，你要送我的筆，不必郵寄，將來託她帶來，到時候我會通知你的。

你寄來的這冊Sade，好得很，*120 Days*之外，還有別的作品，可謂內容豐富，卷首的序文已看過，本文尚未細閱。此書到一九三五年才公開印，但我在一九三二年已知有此人此書，大約也是從Freud或Ellis的著作中知道的。我以為至今還只能找私印本，卻想不到已印成大眾化的紙面書。上次我的信中曾提到過一本*Venus in Furs*，那是Masoch的作品，我記錯了。這個Masoch，如見有他的書，我也想再看一下。

你看過我的小說《石秀》沒有？李歐梵和嚴家炎都不理解石秀既戀潘巧雲，為什麼要殺死她？我告訴李，這就是Sadism，他大約回美去看了Sade，還給我寄了一本*Justine*來。嚴家炎大概至今不理解。

問候令尊令堂，今天擱筆了。

同時航寄《詞學》八輯一冊。

施蟄存

1

14.03.1991

康宜女士：

你的郵件，像一陣冰雹，降落在我的书桌上，使我應接不暇。朱古力一心，书三册，複印件一份，第三撥其已收到，說一聲"謝謝"，對此事，自覺表情太淡漠，但除此以外，我还能有什么辦法呢？

关于京劇的是，反而是Sade的书先寄到，这是怎么一回事？

顧廷龍先生處已託人將你的书送去，他可能一向每年冬天到北京女兒家過冬，這兩天不知回來了沒有？

汪壽明現任華東師大中文系副主任，他是研究語言文字学的。

你的那篇文章，台灣可以用，这里没有所谓版權问题。你的文章在《词学》发表，版權仍是你的，只要得到你同意，任何人可以轉載。

上海申乐纸品有限公司印制

2

你的书名《词的演進》，用Evolution，我不知和"发展"(Development)如何区别？在文学上一般总用"发展"而不用"演進"，你的中译本是否还是改用"发展"较好，或只用"演变"如何？

书单没有寄上，因为想了不能多麻烦你，以后再谈。

惠赐的笔，我用过，但这笔不经用，二个月就报废了，丢掉一个笔桿也很可惜，我们还不習慣于高消费，这種感情你一定以为可笑。五六月间有一位师大同事的女儿要从美國回上海，你要送我的笔，不必郵寄，将来托她带来，到时候我会通知你的。

你寄来的这册Sade，好得很，120 days之外还有别的作品，可读，内容丰富，卷首的序文也

上海申乐纸品有限公司印制

3

看过，本文尚未细阅。此书到1935年才公開印，但我在1932年已知有此人此书，大约也是從Freud或Ellis的著作中知道的。我以为至今还只能找私印本，却想不到已印成大众化的纸面书。上次我的信中曾提到过一本Venus in Furs，即是Masoch的作品，我記错了，这个Masoch，此地只有他的书，我也想再看一下。

你看过我的小説《石秀》了没有？李欧梵和嚴家炎都不理解石秀從憐惜潘巧雲到什么要殺死她。我告訴李，这就是sadism。他大约回美去看了Sade，还给我寄了一本Justine来，嚴家炎大概至今不理解，

问候令弟全家。今天搁笔了，
同时航寄《词学》八辑一册。

施蟄存

上海申乐纸品有限公司印制

三十五、施蟄存致孫康宜（一九九一年五月十八日）

康宜女士：

Venus in Furs 一冊及附刺，已於四月二十八日收到，謝謝。足下乍升教授，即當主任，晉級之快，似少先例，敬致賀忱！

有沈海燕女士，在加州巴巴拉大學治宗教學，乃敝同事朱碧蓮之女，新產一嬰，將於暑假送回上海託其母撫育。我已與碧蓮談過，請其女帶一點東西來，已承慨允。今將海燕地址附上，請將惠賜之圓珠筆交付與海燕女士，煩為帶來。筆要三分之二藍色的，紅黑二色不常用也。

《詞學》第八輯已收到否？我一切如常，託福康健。此問好。

施蟄存

一九九一年五月十八日

18 May 1991

康宜女士

Venus in Furs 一册及附剪，已于4月28日收到，谢谢。足下在外教授外兼主编，著作之快，似少先例，敬致贺忱！

有沈海燕女士，在加州巴巴拉大学治宗教学，乃故同事朱碧莲之女，新产一婴，将于暑假送回上海託其母抚育。我已与碧莲说过，请其女带一些东西来，已承慨允。今将海燕地址附上，请以惠赐之圆珠笔交付与海燕女士，俾为带来。笔要的蓝色的，红黑二色不常用也。

《词学》第八辑已收到否？我一切如常，近况康健，

此问好

施蟄存

三十六、施蟄存致孫康宜（一九九一年六月二十八日）

康宜女士：

承惠寄關於《樂府補題》之大文二份，已於本月十二日收到，手教一函於十四日收到，具悉一切。《詞學》九期在排版中，恐須本年年底可印出。第十期已發稿，明年出版。大作擬編入第十一出版期恐甚遲。現在想法編入第十期，尚未知能如願否，待決定後再以奉聞，此刻先致謝忱。

沈海燕女士已定八月二日回上海，承惠之筆可在七月下旬送去託其帶來，或交給杜國清、白先勇兩教授轉致亦可，因二君皆海燕之導師。杜國清前年來過，我送了他一本T. S. Eliot詩集，有作者簽名的。

史書美定七月一日返美，她有二十一紙版箱書，我沒有託她帶東西給你。你託她辦的事沒有辦成，北京圖書館不允複印善本書。《名媛詩緯》我曾有一部，毀於戰火。此書中「散曲」部分被盧冀野抄去，題為《明代婦女散曲集》，由上海中華書局印行，大約是一九三八年，線裝本一冊。王微的詩詞我已抄出，編入《王修微集》，今年可編定，明年可印出。此書編者王玉映乃王思任之女，明末一大女詩人，其詩集名《吟紅集》，國內未聞傳本，日本有一部，不記得是否見於《內閣文庫書目》？你不妨查一查。

一九九一年六月二十八日

錢南秀女士的譯文中凡「闋」字皆誤「闕」，請告訴她，不可再誤。大作中我已改正。

關於大作中一些論點，我獲得一些啟發，亦有一些設想，待思考一番之後，再奉函。

近日有感冒，昨日熱至舍社是攝氏三十八點五度，今日猶昏昏然，不多述。即問好。

施蟄存

海燕地址：

Mrs Hai-yan Shen

732 Elkus Walk 103

Goleta CA 93117

28 Jun. 1991

康宜女士：

承惠寄関于《柳永的詞藝》之大文二份，已于本月十二日收到。手教一函，于十四日收到。具悉一切。《詞學》九期已排版中，恐須於明年之底可印出。第十期已滿稿，明年出版。大作只好編入第十一期，出版期恐太遲。現在想法編入第十期，尚未知能如願否。待決定后再以奉聞。此刻先致謝忱。

沈海燕女士已定八月二日回上海。函屬之事可在七月下旬送去。托她帶來，或交給杜國清、白先勇兩教授轉致，亦可。因二君皆海燕之導師。杜國清前年來過，我送了他一本T.S.Eliot詩集，有作者簽名的。

2

史书真已为一时之选美，她有二十一纸的箱书，我没有让她带东西给你。你托她办的事没有办成。北京图书馆不允复印善本书，《名媛诗纬》我曾有一部，毁于战火，此书中"散曲"部分被盧冀野抄去，题为《明代妇女散曲集》，由上海中华书局印行，大约是1935年，线装本一册。王微的诗词我已抄出，编入《王修微集》，今年可编完，明年可印出。此书编者王玉映乃王思任之女，明末一大女诗人，其诗集名《吟红集》，国内未有传本，日本有一部，不记得是否见于《内阁文库书目》？你不妨查一查。

3

钱南秀女士的译文中凡"阕"字皆误为"阙"，请告诉她，不可再误。大作中我已改正。

关于大作中一些论点，我赞同一些意见，亦有一些设想，待思考一番之后再奉告。

近日有感冒，昨日热至38.5°C，今日犹昏昏然，不多述，即问好。

施蛰存

海燕地址

Mrs. Hai-yan Shen
732 Elkus Walk 103
Goleta, CA 93117

三十七、施蟄存致孫康宜

（一九九一年七月十六日）

一九九一年七月十六日

康宜女士：

你五月二十七日的信，不知如何，誤寄到馬尼拉去了，我於七月四日才收到，郵程一個多月，這是少有的事。

承惠賜三物，謝謝。你很細心，看出我不喜歡用大陸所印航空簽條，因此送了我許多美郵簽條，確是得用。

你的張先生，似乎是一位循規蹈矩的忠厚人士，我從面相揣得之。聽說張先生每天要乘火車去上班，想甚勞累。

我久已不用毛筆，寫字亦無此工夫，拙書見不得人，且待稍涼，可以寫一個小尺頁給你，並附奉愚夫婦近影。這些事，總得要到九月下旬，方能實現。

你去臺灣開會，大約必能晤及林玫儀，她去年春與葉嘉瑩一起來看過我，她的治詞方法與你不同路，她還（用）中國乾嘉學派傳統方法。

遼寧的《詞學大辭典》不得你我同意，先將尊作刊出，顯然侵犯版權，但此書審稿人中有馬興榮，此人是華東師大中文系古典文學組主任教授，《詞學》編委。×××擅用大作，可能馬君不知道，因為他也是掛名而已。但有此情況，我就不便交涉，反正已是既成事實，交涉也無補於事，不過你應當寫信去向出版社要幾本書，或者要求他們付稿費。

大陸出版界都不守版權法，去年江西出了一本《心理分析派小說集》，選用了我的舊作二十六篇，二十五萬字，事前未得我同意，書出版後我也不知道，近日才送來一部書，我已去函交涉，要求他們書面道歉，並付給稿酬。

臺灣之會，可能大陸有人去，你要不要什麼東西，可以託帶。我是大陸上海比較文學會的理事，《比較文學》副主編，但都是掛名而已。（正主編方重，去年下世。）

我在一九七八年在華東師大作了一次講演，講的就是「比較文學」，當時大陸學術界都不知何謂「比較文學」。我那次演講推動了北京大學一批學者，於是成立了中國比較文學學會，張隆溪、樂黛雲二位都是從這個會裡顯露頭角的。

絮絮三紙，姑止於此，以後再談。頌儷祉。

施蟄存

（編者按：此函選錄部分內容）

三十八、施蟄存致孫康宜（一九九一年十月二十一日）

康宜女士：

承惠之筆，已如數收到，謝謝。

這種圓珠筆，似乎很不經用，一枝筆只能用兩個月，用完後無筆芯可換，只好廢棄，很可惜。

《詞學》第九期已見校樣，但還要兩個月方能出版。

你有兩個學生，在譯我的《唐詩百話》，先後有信來，劉裘蒂譯了三篇，還不壞，我鼓勵他們全譯，也希望你推動推動，有許多外國人不需要的，可以刪掉，如論韻律之類。

另封寄奉我的〈浮生雜詠〉八十首，是一九九〇年北京《光明日報》發表過的，請你看看，可知我早年的文學生活，如果方便，請複印一份寄加州李歐梵，紙重寄不起二份，只好麻煩你了，很抱歉。

我還健好，今年在忙於編《近代六十家詞》，已發稿三十家，明年可望出版。

此問好

施蟄存一九九一年十月二十一日

Oct. 21, 1991

康宜女士

承惠之筆已如數收到，謝謝。

這種圓珠筆似乎很不經用，一枝筆只能用兩个月，用完後無筆芯可換，只好廢棄，很可惜。

《詞學》第九期已在校樣，但還要兩个月方能出版。

你有兩个學生在譯我的《唐詩百話》，先後有信來到，表示譯了三篇還不壞，我鼓勵他們全譯，也希望你推動推動。有許多外國人不需要的，可以刪掉，如論韻律之類。

另封寄奉我的《浮生雜詠》八十首，是1990年北京光明日報發表過的，請你看看，可知我早年的文學生活。如果方便，請複印一份寄加州李歐梵，紙包寄不去二份，只好麻煩你了，很抱歉。

我還健好，今年正在忙于編《近代六十家詞》，已發稿三十家，明年可望出版。

此問好

施蟄存 21/10

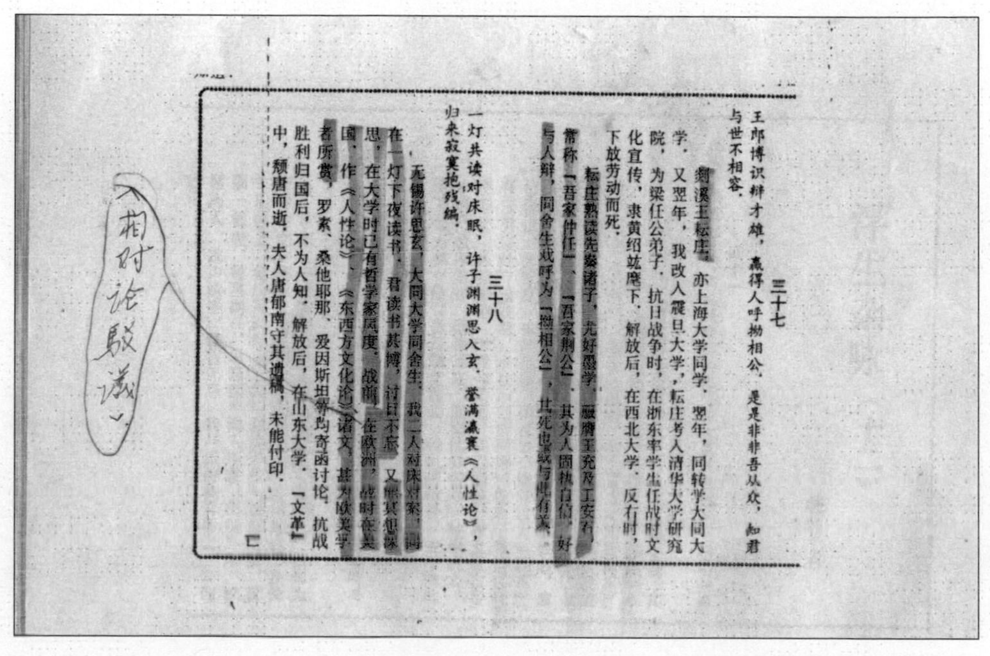

三十七

王郎博识辩才雄，赢得人呼拗相公，是是非非吾从众，知君与世不相容。

剡溪王耘庄，亦上海大学同学，翌年，同转学大同大学。又翌年，我改入震旦大学，耘庄考入清华大学研究院，为梁任公弟子。抗日战争时，在浙东率学生任战时文化宣传，隶黄绍竑麾下。解放后，在西北大学，反右时，下放劳动而死。

耘庄熟读先秦诸子，尤好墨学，服膺王充及王安石，常称「吾家仲任」、「吾家荆公」。其为人固执自信，好与人辩，同舍生戏呼为「拗相公」，其死也殆与此有关。

三十八

一灯共读对床眠，许子渊渊思入玄，誉满瀛寰《人性论》，归来寂寞抱残编。

无锡许思玄，大同大学同舍生，我二人对床对案，同在一灯下夜读书，君读书甚博，过目不忘，又能冥想深思，在大学时已有哲学家风度。战前在欧洲，战时在美国，作《人性论》、《东西方文化论》诸文，甚为欧美学者所赏，罗素、桑他耶那、爱因斯坦等均寄函讨论。抗战胜利归国后，不为人知，解放后，在山东大学。「文革」中，颓唐而逝，夫人唐郁南守其遗稿，未能付印。

七

三十九、施蟄存致孫康宜（一九九一年十月二十三日）

一九九一年十月二十三日

康宜女士：

昨日上午寄奉一函，又印刷品一件。下午即收到你十月二日函及照片一紙，《吟紅集》封面印件一紙，展閱甚慰。

你這封信飛了十九天才到我桌上，不知何故，前所未有。

賤軀尚安健，洪水未淹入上海市，為了保全上海，炸開了郊縣的防水堤，使郊縣青浦、松江等農田成為蓄洪區，有些損失。不過水來時，夏收已過，現在水退，正好秋種，今年仍可豐收，影響不大。

大陸的比較文學，我只立了「開風氣」一功，此後便無有貢獻。七八年我講比較文學，無甚高論，只是介紹給大學生，指示他們：文學研究有這樣一條路徑。當時我還不知道國外也正在掀起比較文學熱潮。一九八〇年印第安那大學的維司坦因教授寄贈我十許卷《比較文學年鑑》（YCGL），我才大開眼界，總算趕上了時代。一九八〇年起專弄詞學，也無意參與比較文學的事。現在，只在中國比較文學會掛一個「顧問」之名，我那次演講只是信口開河，沒有存稿，也不能見人面了。

你得到了《吟紅集》，真有辦法！一九八二年我託日本東北大學的村上哲見教授去找這本書，他也無法獲得，可見還是在日本的美國人有辦法。

此書封面上有「嘯餘」二字，不知是否附有詞、曲？如有詞，可否印一份給我？

又，請你查一查，有沒有王微（修微、草衣道人）的資料，我想，可能有往還詩詞。我輯《王微集》，已得詩詞各一百多首，明年寫成清稿，想印一本《王修微集》，比柳如是的資料多出不少。

承惠那個照片，我當然很喜歡。因為這張照片不容易，美國、臺灣、大陸三點的聯繫，反映了人生聚散的一次蹤跡。

葉嘉瑩講詞，已成一大家；玫儀頗有乾嘉學者氣象。你以西方新評論用於中國古典文學，使外國人對中國文學有現代化的瞭解。劉婉的那篇〈論姜白石詞〉，也是高友工先生的衣缽，你們都是傑出的才媛，大陸尚未見其人，都使我心折。

我今年編《近代六十名家詞》，已發稿三十家，年底發完。明年秋由華東師大出版社印出，也算做了一個文獻保存的工作。

絮絮三紙，姑止於此。

問好。

施蟄存

1

23 Oct. 1991

康宜女士

昨日上午寄奉一函，又印刷品一件，下午即收到你十月二日函及照片一纸，哈红柴封面印件一纸，展阅甚慰。

你这封信飞了十九天才到我桌上，不知何故，前所未有。

我处区尚安定，洪水未侵入上海市，为了保全上海，作用了郊县的防水堤，使郊县青浦、松江等农田成为蓄洪区，有些损失，不过水来时，夏收已过，现在水退，正好秋种，今年仍可望收，影响不大。

大陆的比较文学我只立了“开风气”之功，此后从未有贡献。30年我讲比较文学，亦无高论，只是介绍给大学生，指示他们：文学研究有这样一条路径。当时我还不知道国外也正在掀起比较文学热潮，1980年~~Bloomington~~印第安那大学的维习坦因教授寄赠我十几卷《比较文学年鉴》（YCGL）

2

我才大开眼界，总算赶上了时代。1980年起专弄词学，也无意参与比较文学的事，现在只在中国比较文学会挂一个"顾问"之名。我那次演讲只是信口开河，没有存稿，也不能见人面了。

你得到了《吟红集》，真有办法！1982年我托日本东北大学的村上哲见教授去找这本书，他也无法获得，可见还是在日本的美国人有办法。

此书封面上有"啸馀"二字，不知是否附有词曲？如有词，可否印一份给我？

又，请你查一查有没有王微（修微、草衣道人）的资料，我想，可能有往还诗词。我辑王微集，已得诗词共一百多首，明年写成清稿，想印一本《王修微集》，比柳如是的资料多出不少。

3.

1991年12月23日

缺pp 1-2
Don't know why.

承惠那个照片，我当然很喜欢，因为这个照片不容易，美国、台湾、大陆三边的联系，反映了人生聚散的一次踪迹，

叶嘉莹讲词已成一大家，玫仪颇有乾嘉学者气象，你以西方的评论用于中国古典文学，使外国人对中国文学有现代化的了解，刘婉的那篇论姜白石词也是高友工先生的衣钵，你们都是杰出的才媛，大陆尚未见其人，都使我心折。

我今年编《近代六十家词》，已发稿三十家，年底发完，明年秋由华东师大出版社印出，也算做了一个文献保存的工作。

絮絮三纸，姑止于此。

向好。

施蛰存

四十、孫康宜致施蟄存（一九九一年十一月二十七日）

Nov. 27, 1991

蟄存教授：

十月二十一、二十三日大函早已收到，遲遲未覆，至以為歉。謝謝寄來〈浮生雜詠〉八十首，看過感慨尤深。篇篇俱佳，有關八大山人「有根無地」之畫，對我尤有共鳴之感。（康宜注：〈浮生雜詠〉第六十七首初稿首句原作「八大山人畫建蘭」。後改為「心史遺民畫建蘭」，乃指南宋遺民鄭所南畫蘭有根無地。）那篇「粉膩脂殘飽世情」可謂絕佳的「杜牧rewriting」（美國批評家一定欣賞這種rewriting！）

收到大作〈浮生雜詠〉當日，就已影印一份寄給李歐梵，請放心。

很希望我的學生們能繼續翻譯大作《唐詩百話》。他們動作慢的原因是，功課太忙，抽不出空來。故我常利用開seminar時，請他們以「翻譯大作來代替term paper」如此他們可以細讀大作，也可學習翻譯。

也謝謝寄來〈詩詞小話〉二篇。那篇〈武陵春〉很有意思，「物是人非」做「物在人亡」解，尤其讓人折服。〈別枝〉那篇使我學到許多，「別」做「鑑別」來瞭解，使我恍然大悟（您是理想的「別花人」，「別詞人」，「別人人」——一笑！）

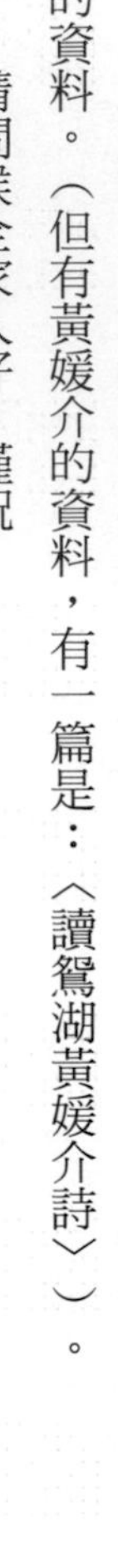

同封附上《吟紅集》詞的部分，數目不多，希望有用。我曾檢視《吟紅集》全書，其中並無王微的資料。（但有黃媛介的資料，有一篇是：〈讀鴛湖黃媛介詩〉）。

請問候全家人好！謹祝

安康

孫康宜敬上

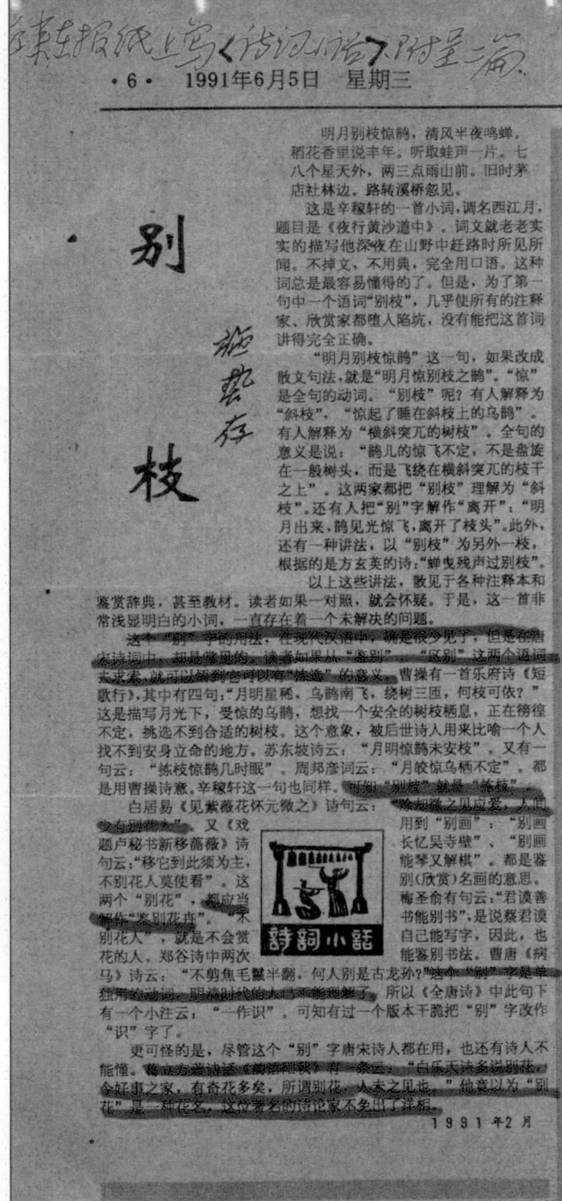

在某报纸上写《诗词小话》附呈一篇

·6· 1991年6月5日 星期三

别枝

施蛰存

明月别枝惊鹊，清风半夜鸣蝉。稻花香里说丰年。听取蛙声一片。七八个星天外，两三点雨山前。旧时茅店社林边。路转溪桥忽见。

这是辛稼轩的一首小词，调名西江月，题目是《夜行黄沙道中》。词文就老老实实的描写他深夜在山野中赶路时所见所闻。不掉文，不用典，完全用口语。这种词总是最容易懂得的了。但是，为了第一句中一个语词"别枝"，几乎使所有的注释家、欣赏家都堕入陷坑，没有能把这首词讲得完全正确。

"明月别枝惊鹊"这一句，如果改成散文句法，就是"明月惊别枝之鹊"。"惊"是全句的动词。"别枝"呢？有人解释为"斜枝"，"惊起了睡在斜枝上的乌鹊"。有人解释为"横斜突兀的树枝"。全句的意义是说："鹊儿的惊飞不定，不是盘旋在一般树头，而是飞绕在横斜突兀的枝干之上"。这两家都把"别枝"理解为"斜枝"。还有人把"别"字解作"离开"："明月出来，鹊见光惊飞，离开了枝头"。此外，还有一种讲法，以"别枝"为另外一枝，根据的是方玄英的诗："蝉曳残声过别枝"。

以上这些讲法，散见于各种注释本和鉴赏辞典，甚至教材。读者如果一对照，就会怀疑。于是，这一首非常浅显明白的小词，一直存在着一个未解决的问题。

这个"别"字的用法，在现代汉语中，确是很少见了，但是在唐宋诗词中，却是常见的。读者如果从"鉴别"、"区别"这两个语词去求索，就可以领会到它可以有"拣选"的意义。曹操有一首乐府诗《短歌行》，其中有四句："月明星稀，乌鹊南飞，绕树三匝，何枝可依？"这是描写月光下，受惊的乌鹊，想找一个安全的树枝栖息，正在彷徨不定，挑选不到合适的树枝。这个意象，被后世诗人用来比喻一个人找不到安身立命的地方。苏东坡诗云："月明惊鹊未安枝"。又有一句云："拣枝惊鹊几时眠"。周邦彦词云："月皎惊乌栖不定"。都是用曹操诗意。辛稼轩这一句也同样。可知"别枝"就是"拣枝"。

白居易《见紫薇花怀元微之》诗句云："除却微之见应爱，人间少有别花人"。又《戏题卢秘书新移蔷薇》诗句云："移它到此须为主，不别花人莫使看"。这两个"别花"，都应当解作"鉴别花卉"。"不别花人"，就是不会赏花的人。郑谷诗中两次用到"别画"："别画长忆吴寺壁"、"别画能琴又解棋"。都是鉴别（欣赏）名画的意思。梅圣俞有句云："君谟善书能别书"，是说蔡君谟自己能写字，因此，也能鉴别书法。曹唐《病马》诗云："不剪焦毛鬣半翻，何人别是古龙孙？"这个"别"字是单独用的动词，明清时代的人已不能理解了。所以《全唐诗》中此句下有一个小注云："一作识"。可知有过一个版本干脆把"别"字改作"识"字了。

更可怪的是，尽管这个"别"字唐宋诗人都在用，也还有诗人不能懂。葛立方著诗话《韵语阳秋》有一条云："白乐天诗多说别花，今好事之家，有奇花多矣，所谓别花，人未之见也。"他竟以为"别花"是一种花名，这位著名的诗论家不免出了洋相。

1991年2月

Yale University

East Asian Languages
and Literatures
P.O. Box 1504A
New Haven, Connecticut 06520-7425

Campus address:
Hall of Graduate Studies
320 York Street

Nov. 27, 1991

蟄存教授：

十月廿一日、廿三日大函早已收到，遲遲未覆，至以為歉。謝謝寄來"浮生雜詠"八十首，看过感慨尤深。篇篇俱佳，有關八大山人"有根無地"之畫，对我尤有共鳴之感。那篇"粉賦臨殘飽世情"可謂絕佳的"杜牧 rewriting"（美国批評家一定欣賞這種 rewriting!）。

收到大作"浮生雜詠"当日，就已影印一份寄給李歐梵，請放心。

很希望我的學生们能繼續翻譯大作"唐詩百話"。他们動作慢的原因是，功課太忙，抽不出空来。故我常利用開 Seminar 時，請他们以"翻譯大作来代替 term paper"。如此他们可以細讀大作，也可學習翻譯。

也謝謝寄來"詩詞小箋"二篇。那篇"武陵春"很有意思，"物是人非"做"物在人亡"解，尤其讓人折服。"別枝"那篇使我學到許多，"別"做"鑒別"來瞭解，使我恍然大悟（您是

P. 2
11/27/1991

Yale University

East Asian Languages
and Literatures
P.O. Box 1504A
New Haven, Connecticut 06520-7425

Campus address:
Hall of Graduate Studies
320 York Street

捏想的"別花人"，"別詞人"，"別人人"—— 一笑！)

同封附上吟紅集"詞"的部份，數目不多，希望有用。我曾檢視吟紅集全書，其中並無王微的資料。（但有黃媛介的資料、有一篇是："讀鴛湖黃媛介詩"）。

請問候全家人好！　謹祝

安康

孫康宜 敬上

四十一、施蟄存致孫康宜

（一九九一年十二月十二日）

康宜女士：

十一月二十七日手書並《吟紅集》三卷收到，謝謝。

映然子詞不甚佳，視柳如是、王修微，瞠乎遠矣。有一疑問：第十五、十六卷為詞，第三十卷為曲，不知第十七至二十九卷是什麼？詞曲之間，不應再有別的文學型式。

又稱詞為詩餘、曲為詞。此一觀念，大可注意，蓋沿襲元人之觀念也。宋人稱詞為詩餘，當時未立詞名，故以詞為詩人之餘事，卑之也。元明人的曲為詞，尊曲也。曲既為詞，則詞為詩餘。此時之詩餘，乃詞之尊稱矣。此意前人所未言，我從《吟紅集》卷目中悟得之，足下以為可取否？

十一月三日晨，張充和、傅漢思夫婦突然惠臨，使我驚喜。充和五十年未見，不意此生猶能一晤，所恨他們來去匆匆，未能盡東道之誼，永為遺憾。你如晤及，請為致意。

北山

一九九一年十二月十二日

12 XII 1991

康宜女士

十一月廿七日來書并吟紅集三卷收到，謝謝。

明清女子詞不容佳，現擬以名媛王修微之，目驗殆盡矣。

有一疑問：第十五、十六卷為詞，第三十卷為曲，不知第廿七至二十九卷是什麼？詞曲之間，不容再有別的文學型式。

又稱詞為詩餘，曲為詞，此一說法大可注意，蓋是當時之人之觀念也。宋人稱詞為詩餘，當時未立詞格，故以詞為詩人之餘事，卑之也。元明人以曲為詞，尊曲也，曲既為詞，則詞為詩餘，此時之詩餘，乃詞之尊稱矣。此意前人所未言，我從吟紅集卷目中悟得之，足下以為可取否？

十一月三日晨，張充和、傅漢思夫婦見訪惠臨，使我驚喜。充和五十年未見，不意此生猶能一晤，可惜他們來去匆匆，未能盡東道之誼，亦以為遺憾。你如晤及，請為致意。

北山

落葉荒村急
寒星破屋明
不眠因酒薄
開户見秋聲
小翠

祝賀

聖誕快樂

新年百福

施蟄存 陳慧華

1991—1992

附錄：張充和致施蟄存

（約在一九九二年一月）

蟄存先生：

得信及祝福詞，至感至謝！回美後本欲修書道擾，奈由港至美乍暖還寒，因致肺炎逾月，現已漸癒。命書蕪詞，詞者不堪入目，乞諒。回來重觀錄相，神采煥發，絕不類八十以上人也，可喜可慶！即請

撰安並問

慧華師母好

充和敬上

樓存先生

得信及稿詞，至感至快！回美後本欲修書道謝，奈由港至美後緩遂寒，因致肺炎逾月，現已漸愈，命書題詞之者不堪入目乞諒。

回來重觀錄相，神采煥發，絕不類八十以上人，也可喜可慶！即請

撰安 並問

蕙華師母好

光和敬上

四十二、施蟄存致孫康宜（一九九二年二月二十日）

一九九二年二月二十日

康宜女士：

整整一個多月，忙於過年過節，今天才開始恢復文字工作。但近來覺得手指神經有損，寫字已較為木僵，恐怕不久即將不能執筆了。

你的自傳及女詩人選集計畫，均已看過。尊大人十年無妄之災，能倖存亦不容易。此間知識分子，從一九五七至一九七五，大多等於服刑，雖未必盡入牢獄，但亦都是勞動改造犯人。我就在農村勞動過三年，回首前塵，大約可算是經歷了佛家所謂「一劫」。

你的詩選計畫，我覺得唐詩選錄太少，《全唐詩》中還可以多選若干首。

看來，你是詩詞不分，統名為「詩」的，是不是？宋代作品，幾乎都是「詞」，似乎「突出」。

第二部分「書目」中有不少書，我未見過。不知你是否都見到？這些書中，美國可以見到的有多少？

擔任翻譯的人手不少，我以為應統一譯法。我以為應該逐句直譯，必要時加注，用Blank Verse形式譯較妥。

最好是用二道工序譯法，先逐行譯為白話漢文，再從白話譯為英文，律詩仍可大致保留對仗形式。

以上管見，提供參考。

附書名二紙，請打聽一下，能否得到此書。一九九〇年印的，大約還可買到，這套中古文學叢書，有四位編者是Yale的人，想必你認識，找一本或不難。此叢書已出三十種，我希望得到一個目錄。不知每一本書中，有否全套書目？

另一箋，煩轉致傅（漢思）張（充和）夫婦。

此候起居

施蟄存

1

20 Feb. 1992

康宜女士

整整一个多月，忙于过年过节，今天才开始恢复文字工作。但近来觉得手指神经有损，写字已较为吃力，恐怕不久也将不能执笔了。

你的自传及女诗人选集计划，均已看过。当文人十年无妄之灾，能幸存亦不容易。此间知识分子，从1957至1975，大多等于服刑，虽未必尽入牢狱，但亦都是劳动改造犯人，我就在农村劳动过三年，回首前尘，大约可算是经历了佛家所谓“一劫”。

你的诗选计划，我觉得唐诗选録太少，《全唐诗》中还可以多选若干首。

看来，你是诗词不分，统名为“诗”的，是不是？宋代作品几乎都是“词”，似乎“突出”。

第二部分“书目”中有不少书我未见过，不知你是否都见到？

2

这些书中，美国可以买到的有多少？

担任翻译的人手不少，我以为应统一译法，我以为应该逐句直译，必要时加注，用Blank Verse形式译较妥。

最好是用二道工序译法，先逐行译为白话散文，再從白话译为英文，律诗仍可大致保留对仗形式。

以上意见，提供参考。

附书名二纸，请打听一下，能否借到此书。1990年印的，大约还可买到。这套中古文学丛书，有四位编者是Yale的人，想必你认识。我一本也不藏，此丛书已出30种，我希望借到一个目录，不知每一本书中，有否全套书目？

另一笺，烦转致傅汉夫妇

此候起居

施蛰存

The One Hundred New Tales
(Les Cent nouvelles nouvelles)

translated by
JUDITH BRUSKIN DINER

Volume 30
Series B
GARLAND LIBRARY OF MEDIEVAL LITERATURE

此書希望你們訂一本，請你訪求、

此紙是從法國圖書館中印來的

Garland Publishing, Inc.
New York & London
1990

The Garland Library of Medieval Literature

四十三、施蟄存致孫康宜（一九九二年五月四日）

康宜女士：

久疏音問，不知起居安善否？常在念中。

入春已（以）來，上海天氣惡劣，陰雨連綿，三個月中，只有七八天見陽光。我今年體質已大差，手腕木強，寫字已不十分方便，恐怕已在開始走向上帝了。

*The 100 New Tales*早已收到，此書是一位女士所譯，法文原本中的粗言穢語，譯文均已雅化，未免失去了中古文學的特徵。

此間出版水準大跌，《詞學》第九期去年十一月已排版完成，至今尚未印出。我已毫無興趣，決定編到十二期，即停刊了。龍榆生編《詞學季刊》出至十一期，我比他多出一期，聊以自慰。不過，《季刊》十一期歷時三年，我的十二期，卻歷時十年矣。

你要什麼書，可來示，六七月間可能有人去美，可以託帶。

今年我決定把一些文稿編成，從明年起，如尚能在世，即不作文字生活了。

手此，問闔第好

施蟄存

一九九二年五月四日

如見傅漢思、張充和夫婦，代為問好。

康宜女士：　　　　　　　　　　4 May. 1992

久疏音問，不知起居安善否？常在念中。

入春以来，上海天气恶劣，阴雨连绵，三个月中，只有七八天见阳光。我今年体质已大差，自觉记忆衰退，写字已不十分方便，恐怕已经开始走向上帝了。

《The 100 New Tales》早已收到，此书是一位女士所译，法文原本中的粗言秽语，译文均已雅化，未免失去了中古文学的特征。

此间出版水平大跌，《词学》第九期去年十一月已排好校完，至今尚未印出。我已意兴阑珊，决定编到12期即停刊了。龙榆生编《词学季刊》出至11期，我比他多出一期，聊以自慰。不过季刊11期，历时三年，我的12期，却历时十年矣。

你要什么书，可来示，六七月间可能有人来美，可以托带。

今年我决定把一些文稿编成，從明年起，如尚能生存，即不作文字生活了。

专此，问合第好

施蛰存

又烦傅汉思、张充和夫妇代为问好。

四十四、施蟄存致孫康宜

（一九九二年五月二十日）

康宜女士：

四月六日收到*100 New Tales*以後，不記得覆了沒有，大約是沒有奉覆。前天收到大著《陳柳情緣》及「方寸世界」照片（**康宜注：「方寸世界」是一九九二年三月三日耶魯大學藝術中心主持的一次展覽，全名是「方寸世界：中國篆刻藝術展覽」，共展出近一百件展品，包括歷代篆刻名家印章，手卷，冊頁，甲骨，銘文，陶器，古硯等，張充和為該展覽會題字**），一併在此道謝。

足下勇於著述，新作迭出，筆健驚人。《陳柳情緣》資料不多，乃能寫出如許妙語，譯文亦甚佳，或者經足下自己定稿。

今春上海天氣甚劣，陰雨三月不止，近日方才轉晴。我體氣亦日益降損，打算在年內結束一切文字工作，明年即擱筆了。

紀曉蘭女士寄來兩篇拙作譯稿，我已為改潤寄回，希望足下看一下。紀譯大體甚好，但對李義山詩意不免誤解。中國詩難解，李詩尤甚，看來我這本書不很容易有英譯本。

在看紀女士譯文時，感到中國詩的各個名詞，必須有一個統一的譯名，不知你們注意到沒有？另紙寫了一點意見，請參考。

一九九二年五月二十日

又一紙，煩轉致張充和，並請代向Frankel先生問候。

書不盡意，敬問起居。

施蟄存

絕句：Quatrain

五言絕句：Five Words Quatrain

律詩：Rhythmic Verse「律」是音律節奏之意，是「律呂」之「律」，不是規律之「律」，故不可譯為Regulated Verse。王力的「詩律學」，把這個「律」字，弄糊塗了。

排律：Paralled Rhythmic Verse

古詩：Old Style Verse

「以意逆志」：to approach the poet's intent with your own mind

詠懷、詠史、詠物、閨情、竹枝、風、雅、頌、賦、比興、樂府詩，以上各種名詞，都必須有一個通用的標準譯名。

前幾年，你參加編過一個中國文學詞典，出版了沒有？我想，應該有一本小字典，解釋中國文學名詞。

一句詩譯為Line，我以為不好，中國詩不分行寫。

20 May 1992

康宜女士

四月六日收到100 New tales以后，不记得覆了没有，大约是没有奉覆。前天收到大著《陈柳情缘》及《方寸世界》二书，并在此道谢。

足下勇于著述，新作迭出，笔健惊人。《陈柳情缘》资料不多，乃能写出如许妙语，译文亦甚佳，或亦经足下自己定稿。

今春上海天氣甚寒，阴雨三月不止，近日方才转晴。我体气亦日益衰损，打算在今年内结束一切文字工作，明年即搁笔了。

纪晓兰女士寄来两篇拙作译稿，我已为改润寄回，希望足下看一下，纪译大体甚好，但对李義山诗意不免误解。中國诗难解，李诗尤甚，看来我这本书不很容易有英译本。

在看纪女士译文时，感到中國诗的名句名词必须有一个统一的译名，不知你们注意到没有？另纸写了一点意见，请参考。

又一纸，烦转致张充和，并请代向Frankel先生问候。书不尽意，敬问起居。

施蛰存

絕句 Quatrian　五言絕句 five words Quatrian

律詩 Rhythmic verse

"律"是音律、節奏之意，是"律呂"之"律"，不是規律之"律"，
故不可譯為 Regulated Verse，

五四的"詩律學"把這個"律"字弄糊塗了，

排律 Parallel Rhythmic Verse

古詩 Old style verse

"以意逆志" "to approach the poet's intent with your own mind,"

詠懷、詠史、詠物、閨情、竹枝、　行、歌、吟、謠、曲、

樂府詩

以上各種名詞，都必須有一個通用的標準譯名

前幾年你參加編過一個中國文學詞典，出版了沒有？我想，應該有一本小字典，解釋中國文學名詞，

一句詩譯為 Line，我以為不好。中國詩不分行寫

方寸世界
The World
Within a
Square Inch:
The Art
of Chinese
Seal Carving

附錄：施蟄存致張充和（一九九二年五月十日）

充和女士：

收到康宜寄來照片及《方寸世界》，謝謝。觀照片，你氣色甚佳，因知安健為慰。你那件Sony毛衣甚為古雅，你穿了極有豐度，不過好像你還在昆明或北京，而不像是在美國。

我發現你有一個聞一多治印，可否印幾紙給我？我正在收拾聞老所治印，不知兆和處有沒有？如果你知道什麼人有聞老治印，請惠示。

有一位張珍懷女士，在上海一人生活，甚不方便，去年到美，依其女為居，住在Kensington。她作詞不壞，要我介紹幾位詞友，我已把你的地址告訴她了，如果她來奉訪，請予接待談談。

問儷祉

施蟄存

一九九二年五月十日

充和女士：

收到来函寄来照片及《方寸幽梦》，谢谢。看照片，你气色甚佳，同知安健为慰。你那件Sony毛衣甚为古雅，你穿了更有丰度，不过，好像你还在昆明或北京，而不像是在美国。

我记得你有一个闺秀信笺，可要印几张纸给我。我正在收拾闺秀信笺，不知那纸还有没有？如果你知道什么人有闺秀信笺，请惠示。

有一位张珍怀女士，是上海人，生病，行不方便，去年到美依其女为居，住在Kensington。她作词不坏，是我介绍的一位词友。我已把你的地址告诉她了，如果她来拜访，请予接待谈谈。

问俪祉。

施蛰存
10/5 '92

四十五、孫康宜致施蟄存（一九九二年七月十六日）

July 16, 1992

蟄存教授：

時間過得真快，五月二十日大函早已收到（又內附〈綠肥紅瘦〉那篇短文甚有趣！），一直想寫信給您致意，不料兩個月又過去了。最近因忙著行政工作（二位祕書同時退休，找新人程序繁雜），也趕著去西部開會，故到如今才定下心來寫信。

多謝您給Mary Ellen Kivlen譯本做了批評指正，已把您寫的那一頁「名詞英譯」給了她。（我很同意您，律詩不是「Regulated Verse」，而且一句詩譯為「line」並不好。但因目前在美漢學界，這些名詞已成術語，若不遵照，恐又迷惑讀者。不過，Mary Ellen Kivlen說，會仔細考慮您的意見。）

今有一事請教：《詞學》中那篇（連載）長文〈歷代詞選集敘錄〉是否出於您的手筆？我一猜就是您的作品，故已在拙作注釋中標明：Shi Zhicun（under pseud. Shezhi）……（請見附件），「舍之」是不是「北山施舍」之簡稱？很抱歉，沒來得及請教您，就自作主張，請指正。

又，（明）王觀微是誰？我想她不是王微吧？因王端淑的《名媛詩緯》卷二十四有王觀微詩，而卷二十九有王微詩，故二者必非同一人，對不對？（附上《青樓韻語》一頁，給您參考）。

順便附上《女性人》雜誌不久前登載之拙作一篇，文中屢次提到您的研究心得，請指正。

我的學生劉裘蒂（也是翻譯大作《唐詩百話》其中一位）想去大陸拜訪您，不知已去了沒有？念念。

請保重身體。祝

儷安

孫康宜敬上

Yale University

East Asian Languages
and Literatures
P.O. Box 1504A
New Haven, Connecticut 06520-7425

Campus address:
Hall of Graduate Studies
320 York Street

July 16, 1992

蟄存教授：

時間过得真快；五月廿日大函早已收到（又內附"綠肥紅瘦"那篇短文甚有趣！），一直想寫信給您致意，不料兩個月又过去了。最近因忙着行政工作（二位秘書同時退休，找新人程序繁雜），也趕着去西部開會，故到如今才定下心來寫信。

多謝您給Mary Ellen Kiulen譯本做了批評指正，已把您寫的那一頁"名詞英譯"給了她。（我很同意您，律詩不是"Regulated Verse"；而且一句詩譯為"line"並不好。但因目前在美漢學界，這些名詞已成術語，完全不遵照，恐又迷惑讀者。不过，Mary Ellen Kiulen說，會仔細考慮您的意見。）

今有一事請教：詞學中那篇（連載）長文"歷代詞選集敍錄"是否出於您的手筆？我一猜就是您的作品，故已在拙作注釋中標明：Shi Zhicun [under pseud. Shezhi] ...（請見附件）。"舍之"是不是"北山施舍"之簡稱？很抱歉，沒來得及請教您就自作主張，請指正。

P.2
7/16/92

Yale University

East Asian Languages
and Literatures
P.O. Box 1504A
New Haven, Connecticut 06520-7425

Campus address:
Hall of Graduate Studies
320 York Street

又，(明)王观徵是誰？我想她不是王徵吧？因王端淑的名媛詩緯卷24有王观徵詩，而卷29有王徵詩，故二者必非同一人，对不对？(附上青樓韻語一頁，給您參考)。

順便附上女性人雜誌不久前登載之拙作一篇，文中屢次提到您的研究心得，請指正。

我的學生刘蕙苹(也是翻譯大作唐詩百話其中一位)想去大陸拜訪您，不知已去了沒有？念念。

請保重身体。祝

儷安

孫康宜敬上

四十六、施蟄存致孫康宜（一九九二年八月十一日）

康宜教授：

七月十六日函及附件，以後又一函，均收到。

我近日病了，七月十四日林玫儀來，談了一天。她走後，我即入醫院，住了十天，在院中為一個粗魯的護士推輪椅，不慎把我拋在水泥地上，幾乎砸破腦殼。當天下午我就回家，以自救老命。

近日仍不健好，正在絕對休息，秋涼以前，不作一事。你的事，我也要到九月中才辦，此刻談不到。但願我不至於生大病，不過年事高了，也很難說。

託裘蒂帶去此信，先以問候。下月健康如能恢復，當再奉函。

此問好。

施蟄存

（編者按：此函據《施蟄存文集．北山散文集》（華東師範大學出版社，2001年）抄錄）

四十七、施蟄存致孫康宜

（一九九二年八月十四日）

此文〈花蕊夫人宮詞考證〉為亡友浦江清教授之力作，十分精審。今複印一份，供參考。此宮詞系五代時作，似不宜列為唐詩，故我的《百話》中沒有提到，我以為你不必講了。

近來手神經大損，以後寫字恐很不自然了。

蟄存一九九二年八月十四日

浦江清（一九〇四—一九五六（七））清華大學教授

此文為亡友浦江清教授之力作，十分精審，今複印一份供參考。此當為京王綫時作，然不宜列為書話，故我的《書話》中沒有提到，我以為你必已讀了。

近來手神經大損，所以寫字總很不自然了。

蟄存 14/8 '92

浦江清（1904—1956）
清華大學教授

附錄：施蟄存致張充和

（一九九二年八月二十一日）

充和女史：

兆和寄來從文之《湘行集》有你題的封面，甚佳。我今年將編好二本文集，欲求妙筆為我題一封面，務望弗卻。

康宜寄來你的照片，望之如古美人，豐度可仰，漢思先生恂恂儒雅，亦似清代學者，絕不似美國人。中國文化，澤至外邦，使我驚異，請為我致敬。

病後尚未康復，不能多敘，俟秋涼後再函候起居。

施蟄存（一九九二年八月二十一日）

《文藝百話》、《人事滄桑錄》，請寫此二書名，橫行。

（編者按：此函據辜健整理《施蟄存海外書簡》（大象出版社，二〇〇八年）抄錄）

四十八、施蟄存致孫康宜

（一九九二年八月二十四日）

康宜教授：

十一日寫了一信，想劉裘蒂來時與其他一些文件合併帶奉。但裘蒂至今未來，不知何故。只好再寫此信，與前信一起郵寄。

我近日略有好轉，天氣已涼，可逐漸健好。但我不是病，而是老；病可醫，老則不可醫。今年八十八，尚能任文字工作，已可謂得天獨厚，不敢有奢望了。

我與足下通信多年，可謂神交莫逆。幾年來，得足下之幫助尤多，常承寄書寄報，郵費也花了你不少。無以為報，衷心感激，雖未有機會一晤，亦不拘形跡，足下亦不須介意，千萬不要為我而來。萬里飛行，我心常惴惴，古語云：「出門千里，不如家裡。」我是老舊人物，終覺此言是真理，足下在耶魯安居樂業，可以與夫婿偕老於斯，尚望善自保重。

（編者按：此函為殘稿，據孫康宜教授回憶施蟄存先生寫作時間為一九九二年八月二十四日，現存文字可參見《施蟄存文集・北山散文集》（華東師範大學出版社，二〇〇一年）

附錄：施蟄存致劉裘蒂

（一九九二年八月二十四日）

裘蒂女士：

今天收到信及郵包，完好不損，煩為我代謝康宜教授。我前兩天已有信給她。等了你幾乎兩個月，終於不來，在我確是有點失望，但對於你，說不定是好事。上海今年奇熱，林玫儀來過，我就生病，至今未痊癒，體質大衰，沒有精力，這兩天還在休息，不作一事。你博士論文通過後，可以來大陸看看北京、西安、洛陽，上海無可看。

〈見證〉寫得好。今年天皇要來大陸，當局是感恩的，人民卻不高興，只是敢怒而不敢言。你們在美的中國人，不妨為大陸人民透露一點感情。

《唐詩百話》如果譯，可以大量刪節，外國人不必知道的一些事，如四聲、平仄、對偶之類，可以簡略不譯。

來過一位新加坡的劉慧娟，你認識嗎？她是李歐梵的學生。

以後再談，此問好。

施蟄存

PS：為我問M. E. Kivlen好。

P.S. 代我问 Z. Kirler 好。　1992

24 August 1992

[illegible]女士

今天收到信及郵包，完好不損，煩為我代謝康宜教授。我前兩天已有信給她。　無了你，我幸而少了，終于不來，在我，確是有點失望，但對于你，倒不完全是好事。上海今年奇熱，你沒領教過，我就生病，已經去住醫院，体質大壞，沒有精力，這兩天還在休息，不作一事。你博士論文通過後，可以來大陸看看，北京、西安、洛陽、上海都可看。

《見證》寄到了好。今年想來大陸，恐怕是成問題的，人民都不高興，只是敢怒而不敢言。你的立場是中國人，不能為大陸人民遺憾一点感情。

《魔法的傳說》如果譯了，可以大量刪節，外國人不必知道的一些東西，全部的声平反，對你之讀者，可以簡略不譯。

來過一位新加坡的劉惠娟，你認識嗎？她是李歐梵的學生。以後再談，此問好。　施蟄存

四十九、施蟄存致孫康宜（一九九二年十月十七日）

康宜女士：

久未奉候，想起居安吉，工作順利。

劉裘蒂未能來大陸，甚為遺憾。但您送我的東西，已收到一半，謝謝。

上星期得張珍懷函，知足下已約請戲劇學院的葉長海……託其代帶《閨秀詞》到美。前日葉長海來，始得認識。

十一月五日，有一位徐永江將去美國，我託他帶奉《閨秀詞》，不必勞葉君了，徐永江之姊永端，是蘇州大學中文系教授，其父徐澄宇是語言學者，母陳家慶是著名女詞人，蘇州大學在一九四九年以前是東吳大學，英文名為Soochow College，美國教會辦華東八大學之一，美國學術界都知道，永端現在亦在洛杉磯，足下要助手，我可為介紹。

我今年急遽衰老，寫字也不方便，不親筆硯，已三個月了。

燈下書此，容後再談。

施蟄存

一九九二年十月十七日

（編者按：此函選錄部分內容）

五十、施蟄存致孫康宜（一九九二年十二月八日）

康宜女士、張先生儷福

恭祝聖誕　並賀新年

施蟄存、陳慧華

一九九二年十二月八日

康宜女士：

十月三十一日曾覆一函，想已收到。

《閨秀百家詞》一部二十冊已託徐永江帶去，已收到否？《詞學》九期已託人帶一冊到西雅圖寄奉，使你見到快一些，其餘諸本，陸續託帶，或海郵寄上。

我近日怕不會好轉，工作未能放下，過幾天再給你寫信。此問

闔第安泰

施蟄存

8 Dec. 1992

康宜女士：

十月三十一日惠書一函，想已收到。

[illegible]一部二十冊已託[illegible]

寄去，已收到否？《詞學》第九期已託人帶

一冊到香港[illegible]寄奉，[illegible]其餘

諸本，陸續託帶，或海郵寄上。

我近日[illegible]，工作[illegible]放下，

[illegible]

合府安泰

施蟄存

康宜女士、張先生儷禧

恭祝聖誕 並賀新年

With all good wishes
for a Merry Christmas and
a Happy New Year!

施蟄存 陳慧華

五十一、施蟄存致孫康宜（一九九三年一月八日）

一九九三年一月八日

康宜教授：

久不得消息，不知安健否？上月初曾寄一聖誕卡，以致遠念，想必收到。我託徐永江帶去《閨秀百家詞》一部，共二十冊，有木夾板。不知已收到否？還有《閨秀詞鈔》一部，未帶出，等機會。

加拿大哥倫比亞教授施吉瑞（Jerry Schmidt）上月來訪，我託他帶去《詞學》第九輯五冊，請他回加拿大後寄給你，收到請覆我一信。內有張珍懷一冊，請你轉致。

此間稿酬不多，尤其是學術性刊物，沒有學術機構補貼，每千字只有人民幣二十元左右，你們四位的稿酬，合起來只有美元一百多些，此款我無法匯奉，是否可以留在這裡代買書，或作別用，請示知如何處理。

我從去年暑假後，精力大降，近月稍稍恢復，而天氣不佳，歲暮天寒，連綿陰雨，甚不好過，但手頭文字工作還多，放不下手，只好「鞠躬盡瘁」了。

寫此函時，找不到你上次來信，不記得應當覆些什麼，且待下次奉函時，或等你有信時，再詳覆。

此問起居。

施蟄存

《詞學》第九輯稿酬

高友工　三百元人民幣

孫康宜　一百五十元人民幣

劉婉　一百二十元人民幣

王瑷玲　一百四十元人民幣

共　六百一十元人民幣

我本想在信中附一張一百美元的現鈔，不過又恐遺失。又以為這一點小數在你們那邊也不算一回事，還是請開一個需要的書目或其他文物，我代為買好，等便人帶去，好不好？乞示知。

蟄存

8 Jan. 1993

康宜教授：

久不得消息，不知安健否？上月初曾寄一圣诞卡，以致远念，想已收到。

我托徐永江带去《百家闺秀词》一部，共二十册，而未见复，不知已收到否？还有《闺秀词钞》一部，未带出，等机会。

加拿大哥伦比亚教授施吉瑞（Jerry Schmidt）上月来访，我托他带去《词学》第九辑五册，请他回加拿大后寄给你，收到请覆我一信。内有张珍怀一册，请你转致。

此间稿酬不多，尤其是学术性刊物，没有学术机构补贴，每千字只有人民币二十元左右，你们四位的稿酬，合起来只有美元100多些，此款我无法汇奉，是否可以留在这里代买书，或作别用，请示知如何处理。

我从去年暑假后精力大降，近日稍稍恢复，而天气不佳，岁暮天寒，连绵阴雨，甚不好过，但手头文字工作还多，放不下手，只好"鞠躬尽瘁"了。

写此函时，找不到你上次来信，不记得你要覆些什么，且待下次奉函时，或等你有信时，再详覆。

此问起居。

施蟄存

词学 第九辑稿酬

高友工　　¥300—
孙康宜　　150—
刘婉　　120—
王璦玲　　40—

共 610—

我本想在信中附一张100美元的现钞，可是又怕遗失，又以为这一点小数在你们那边也不算一回事，还是请开一个需要的书目或其他文物，我替你买好等便人带去，好不好？乞示知。

蛰存

五十二、孫康宜致施蟄存（一九九三年一月二十日）

Jan. 20, 1993

蟄存教授：

剛提筆要寫信給您就收到一月八日大函，真巧！

首先要謝謝您託Jerry Schmidt寄來五本《詞學九輯》（一本給高友工教授，一本給劉婉，一本給王璦玲，一本給張珍懷，一本給我）。我已將各冊分發給大家（其中給我的那本——因為林順夫來信想要，已寄了給他）。因為您早已託人寄來一本給我，所以才捨得把second copy送給林順夫！

來信提到給大家的稿酬，我有一個建議，不知您同意否？——通常由於匯款不便，而且在美國出版東西習慣上不給稿酬（我的意思是指在雜誌上出版文章），所以在美華人總是不expect從大陸雜誌社拿到什麼稿酬。所以，是否可將那一百元美金做為《詞學》有關費用，不必麻煩？（假使您不同意，我可再想出較妥當之法）。事實上，各位作者們能收到《詞學九輯》，也已經十分感謝了。

知道您身體稍稍恢復，很是高興。（我仍盼望不久的將來能親自拜訪您！）不知您收到拙作〈語訛默固好〉影印沒有？（許多讀者已來信說，「看到大作有關施蟄存……」云云，很受鼓舞）。祝

新年快樂！

孫康宜敬上

又及：特寄上Renaissance Woman圖片一張，給您欣賞！

（康宜注：這是我於一九九三年一月從美國華府的國家藝術館（National Gallery of Art）中的Samuel H. Kress收藏部購得的一張〈文藝復興女子〉的圖片。這是十六世紀義大利畫家Bernardino Luini的著名佳作之一，畫中的「文藝復興女子」「手握油瓶」，顯然在扮演聖經裡的古代「聖女」Mary Magdalen（抹大拉的馬利亞）。我把這張富有歷史意味的畫片送給施先生，因為我想他會喜歡）

又及：特寄上 Renaissance Woman 圖片一張給您欣賞！

Yale University

East Asian Languages
and Literatures
P.O. Box 1504A
New Haven, Connecticut 06520-7425

Campus address:
Hall of Graduate Studies
320 York Street

Jan. 20, 1993

蟄存教授：

剛提筆要寫信給您就收到一月八日大函，真巧！

首先要謝謝您託 Jerry Schmidt 寄來5本《詞學九輯》（一本給高友工教授，一本給刘婉，一本給王瑷玲，一本給張珍懷，一本給我）。我已將各冊分送給大家（其中給我的那本——因為林順夫來信想要，已寄了給他）。因為您早已託人寄來一本給我，所以才捨得把 second copy 送給林順夫！

來信提到給大家的稿酬，我有一個建議，不知您同意否？——通常由於匯款不便，而且在美國出版東西習慣上不給稿酬（我的意思是指，在雜誌上出版文章），所以在美華人總是不 expect 從大陸雜誌社拿到什么稿酬。所以，是否可將那一百元美金做為詞學有關費用，不必麻煩？（假使您不同意，我可再想出較妥當之法）。事實上，各位作者能收到詞學九輯，也已經十分感謝了。

知道您身体精神恢復，很是高興。（我仍盼望不久的將來能親自拜訪您！）不知您收到拙作"語訛默固好"影印沒有？（許多讀者已來信說，"看到大作有關施蟄存…"云云，很受鼓舞）。祝

新年快樂！

孫康宜敬上

Renaissance
Women

五十三、施蟄存致孫康宜（一九九三年二月十六日）

一九九三年二月十六日（一九九三－二函）

康宜女士：

今年共收到過你的三封信，第三封是二月二日收到的。〈語訛〉一文影本收到。承為吹噓，甚感好意。但是我希望足下以後不要為我「吹噓」了。我在此有些像是「異端」，國外有人捧場，國內就更加冷淡，我是被視為「非我族類」的。

徐永江還在上海，《閨秀百家詞》已交給他，大約下月他可以回美國了。

四月下旬，林玫儀在臺灣召開一個詞學討論會，你去參加否？如有人去，請告我，以便託帶書物。你們的《詞學》稿費，可以在此代辦書物，請示知，要些什麼？

劉裘蒂已回否？煩為問好。她寄了一個照片給我，是與她的未婚夫合照的，二人都十分Smart，討人歡喜。

如見漢思、充和夫婦，請代問候。

我近來稍稍健好，正在編幾本文集，今年可印出。

此頌儷福。

施蟄存

1993 2.16.
1993（2）

康宜女士：

今年共收到过你的三封信，第三封是二月二日收到的。"语记"文複印件收到，承为吹嘘，至感好意。但是我希望你以后不要为我"吹嘘"了。我在此有些像是"異端"，国外有人捧场，国内就更加冷淡，我是被视为"非我族类"的。

徐永红回去上海，《百家閨秀词》已交给他，大约下月他可以回美国了。

四月下旬，湖北襄樊会开一个词学讨论会，你去参加否？如有人去，请告我，以便托带书物。你们的《词学》稿费可以在此代买书物，请示知，买些什么？

刘东华已回否？烦为问好，她寄了一个照片给我，是与她的未婚夫合照的，二人都十分smart，讨人欢喜。

如见濛思，光和夫妇，请代问候。

我近来精神很好，正在编我的文集，今年可印出。

此颂 俪福。　　　　施蛰存

近影奉

康宜敎授留念

施蟄存

15 Feb. 1993

1993. 2. 3. 攝

五十四、施蟄存致孫康宜

（一九九三年三月二十三日）

一九九三年三月二十三日

康宜教授：

今年曾寄你二函（一月十日、二月十六日），想皆收到。這是第三函，〈語訛〉大文亦收到。

此間印出了一部趙叔雍的《明詞彙刊》，收明代詞集二百八十種，二巨冊。我已用你的稿費代買了一部，但無法寄。如有人來，可託帶，但此書甚重，恐怕每人只能帶一本。

此書每部定價八十八點二元，如有人要買，可託當地中國書店代買。

我今春較健，正在編幾本書。不過上海氣候還不好，陰晴不定，總要到立夏以後，方能爽朗。

你要的資料，抄錄附奉，以備參考，下星期還有一信，請收到後一併惠覆。

此候起居。

傅漢思、張充和請代問安。

北山

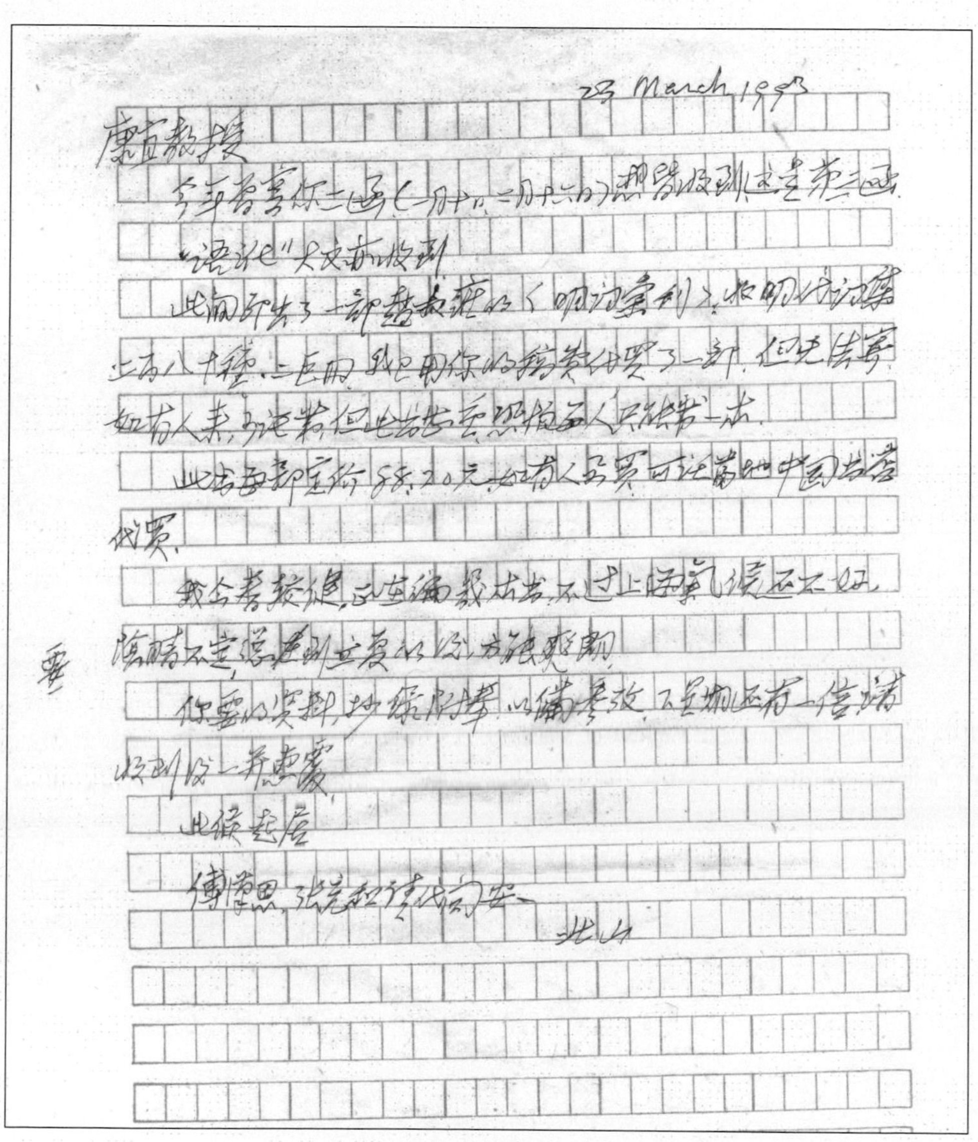

23 March 1993

康宜教授：

今年曾寄你二函（一月十六、二月十六日）想皆收到，此是第三函。

"语丝"大概亦收到。

此间新出了一部赵尊岳的《明词汇刊》，收明代词集二百八十种，二巨册，我已用你的稿费代买了一部，但无法寄。如有人来，可托带。但此书甚重，恐怕每人只能带一部。

此书每部定价 $88.20元，如有人要买，可托当地中国书店代买。

我今春较健，正在编辑古书，不过上海气候还不好，阴晴不定，还要到五月以后方能爽朗。

你要的资料，抄录附奉，以备参考。下星期还有一信，请收到后一并惠覆。

此颂 起居

傅汉思、张充和请代问安

蛰存

五十五、施蟄存致孫康宜（一九九三年三月二十六日）

一九九三年三月二十六日

康宜教授：

廿三日寄上一信，收到否？

今日再寄此函，抄奉一些此間文化人的觀感，以備參考。下星期可能還有一些印刷品寄奉。

林玫儀將在下月開一個詞學討論會，你去參加否？如北美有人去，望通知我，可以託帶《明詞彙刊》。

你如有什麼書物給我，也可帶到臺北。上海、蘇州都有人去參加此會，可以託帶回滬。

《吟紅集》中如有涉及王微（修微）的資料，請抄給我，我輯錄的一本《王修微集》已編成。

便候，起居安健。

施蟄存

一九九三年第四函

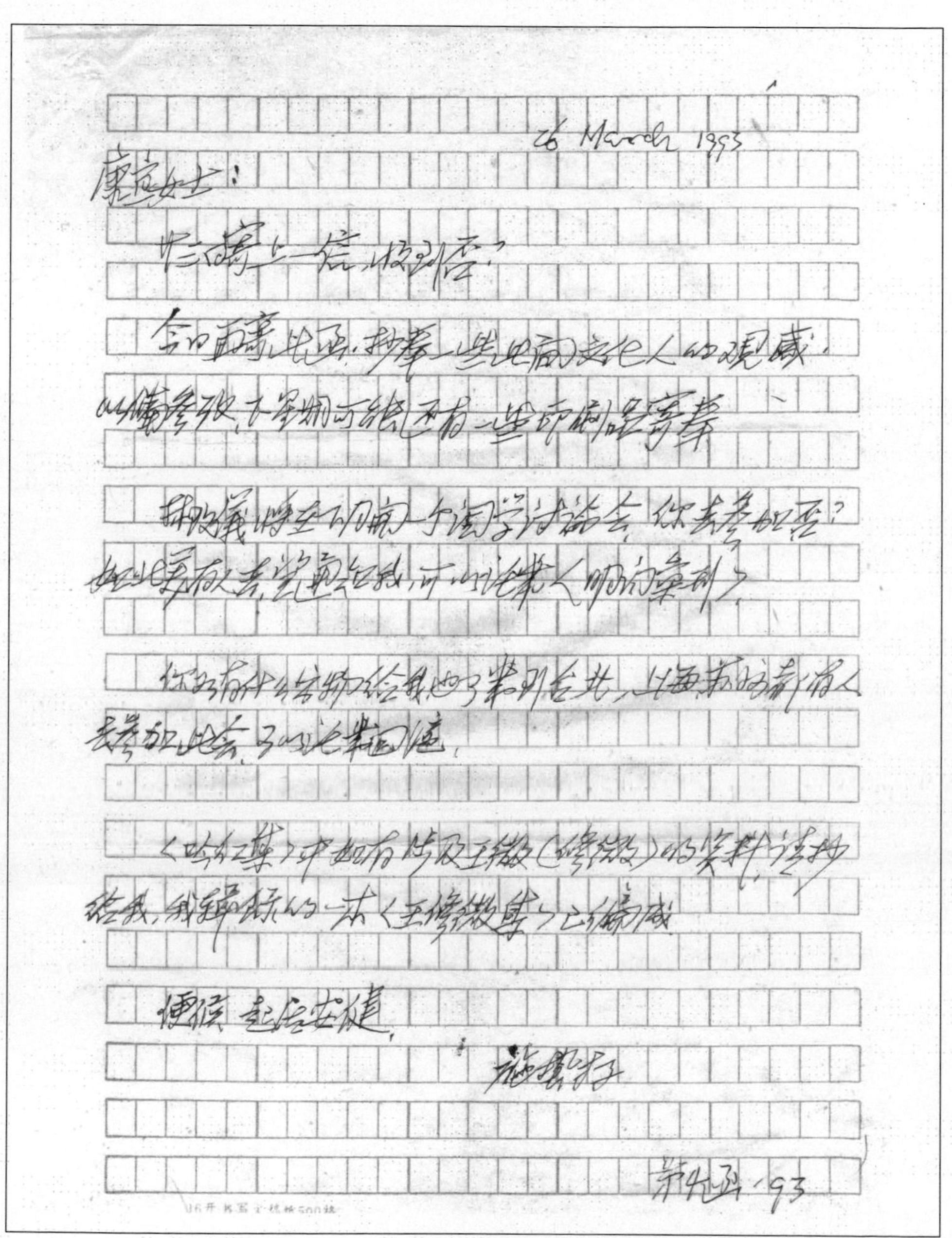

26 March 1993

康宜女士：

廿二日寄上一信，收到否？

今日再寄此函，抄奉一些此間文化人的觀感，以備參攷，下半月可能還有一些印刷品寄奉。

據說義將在明年開一个詞學討論会，你去參加否？如果有人去，望通知我，可以託帶《明詞彙刊》。

你如有什么書物給我，也可寄到台北，上海或許有人去參加此会，可以託帶回滬。

《吟紅集》中如有涉及王微（修微）的資料，請抄給我，我輯錄的一本《王修微集》已編成。

便候 起居安健。

施蟄存

三月廿六 '93

五十六、孫康宜致施蟄存（一九九三年四月三日）

April 3, 1993

蟄存教授：

一連收到三月二十三、三月二十六日二封大函，讀後十分痛快！信中所附「資料」（共四頁），很有價值。我會好好利用，其中（A）條十分精彩，（D）項也是言人所未言，——實際上，每項均值得深思。很想請教，如果我想給這些「參考資料」取個title，如何才合適？——是「二十世紀南北朝」嗎？「文化人觀感」嗎？……請示知。（將來我計畫把這些資料有系統地編列出來——Hope you think it's a good idea）

多謝您為我買《明詞彙刊》，十分寶貴！如果不麻煩的話，是否能託人帶給林玫儀教授？（我可惜不去臺灣，但林玫儀會於六月二十日左右來耶魯開會，或可順便把書帶來）。

又，您需要什麼書物？我或可託人六月下旬帶回大陸給您？（樂黛雲會來，只是她還得從國內轉寄給您）。

今日，夏志清教授說，要向我要一本大作《唐詩百話》，我立刻已寄給他了。

又，最近有人告訴我，杭州市圖書館內藏有《古今名媛百花詩餘》（歸淑芬等輯），康熙二十四年刊本。不知有什麼人在杭州，可設法影印一個Copy？（又，《林下詞選》黃裳先生既有兩部，他肯出售嗎？）很怕麻煩您太多了，但想也只有您能幫我忙，只好冒昧向您請教。若不可能拿到這些本子，就算了。我只是順便請教一下，Just in case！

恭喜《王修微集》編成!!我正在準備寫王微一章，如何能儘快讀您的《王修微集》？請示知最快途經。

祝

快樂！

孫康宜上

April 3, 1993

蟄存教授：

一連收到3/23，3/26二封大函，讀後十分痛快！信中所附"資料"（共4頁），很有價值。我會好好利用，其中(A)條十分精彩，(D)項也是言人所未言，——實際上，每項都值得深思。很想請教，如果我想給這些"參考資料"取個title，如何才合適？——是"二十世紀南北朝"嗎？"文化人观感"嗎？……請示知。（將來我計劃把這些資料有系統地編列出來——Hope you think it's a good idea）。

多謝您為我買"明詞彙刊"，十分寶貴！如果不麻煩的話，是否能託人帶給林玫儀教授？（我可惜不去台灣，但林玫儀會於6月20日左右來耶魯開會，我可順便把書帶來）。

又，您需要什么書物？我或可託人6月下旬帶回大陸給您？（梁燕雲會來，只是她還得從国內轉寄給您）。

今日，嚴志清教授說，要向我要一本大作

p. 2
4/3/93

唐詩百話，我立刻已寄給他了。

又，最近有人告訴我，杭州市圖書館內藏有古今名媛百花詩餘（歸淑芬等輯），康熙24年刊本。不知有什麼人在杭州，可設法影印一個copy？（又，林下詞選董宏先生說有兩部，他肯出售嗎？）很怕麻煩您太多，但想也只有您能幫我忙，只好冒昧向您請教。若不可能拿到這些本子，就算了。我只是順便請教一下，just in case!

恭喜"王修微集"編成!! 我正在準備寫王微一章。如何能儘快讀您的"王修微"集？請示知最快途徑。

祝

快樂!

孫康宜上

附錄：施蟄存致張珍懷

（一九九三年四月十五日）

珍懷同志：

前日寄奉一信，想已收到。

昨日得永端信，及你的附函。

所寄是徐乃昌刻的《閨秀百家詞》二十冊，兩木板函。我不知二副木夾版一起寄出沒有？也不知是海郵抑空郵？如海郵，則須三個月之後方能寄到。

此書還有續刻的《閨秀詞鈔》一部八冊，尚在我處，想等暑假中託人帶去，請告孫康宜。

便問安

施蟄存

一九九三年四月十五日

珍琰同志：

前日寄上一信，想已收到。

昨日得来谕信，及你的附函。

所寄是徐乃昌刻的《闺秀百家词》二十册，而未说明，我不知二刻本要版一起寄出没有？也不知是海邮抑空邮？如海邮，则须三个月之后方能寄到。

此外还有续刻的《闺秀词钞》一部八册，尚在我处，想等着何时有人去美，请告知为宜。

候问安

施蛰存

1993.4.15.

五十七、施蟄存致孫康宜

（一九九三年四月二十一日）

康宜女士：

四月十七日收到你四月三日的信。

我在四月一日所發之第五函，想必你也收到了。

明末清初，女詩人選集很多，《名媛詩餘百花集》我於一九八〇年在北京圖書館看過，沒有什麼好。你如要，可以託林玫儀轉託杭州大學的吳熊和去複印一份，不難辦到。

《明詞彙刻》已託人帶交玫儀，她六月中帶去給你。

聽說費正清有一部《中華人民共和國史》共二冊，其第二冊中有許多「文化大革命」資料，此書能否代我覓一本來？

《王修微集》此刻還無法給你，只有一個未定本，留著還要用。

北山

一九九三年四月二十一日

（編者按：此函選錄部分內容）

五十八、孫康宜致施蟄存（一九九三年五月十六日）

May 16, 1993

蟄存教授：

您好！我寄去的Fairbank書之部分影印，是否收到？甚念。（如果您仍覺得要看到原書較好，而且若並不急需，我或可請書店去order，六月底再請人帶去給您？——無論如何，請示知）。

前幾天與徐永端通電話，才知《閨秀百家詞》是徐永端寄錢給國內親戚，由親戚以「航空」直接寄到我系裡的!!（真沒想到是由大陸寄來的，因每日均是祕書拆信，我沒有看到郵件本身）。我已向徐永端說，我要還給她那美金五十元。她已接受我的堅持作風。

又，張珍懷女士正好來信，說您請她轉告我：說續刻《閨秀詞鈔》一部八冊尚在您處，您想等暑假中託人帶來美國。今天正巧與徐永端又通電話，順便提起此事，徐永端以為最方便而有效的方法是請她那親戚去貴府取《閨秀詞鈔》，再用「航空」郵寄（與上回相同），直接寄到Yale給我。（我答應另外寄美金五十元給徐永端，做為寄《閨秀詞鈔》的費用）。不知您反不反對徐永端家親戚去您處取書？若有問題，請告知。

瘂弦已傳真給我，說已「細讀」，正與聯合報社方研究。順便寄上信函部分影印，給您做紀念。

又，您需要什麼，請誠實以告。若不重，就郵寄給您。若太重，則看六月底有誰可帶去給您。

謹祝

儷安

孫康宜敬上

Yale University

East Asian Languages
and Literatures
P.O. Box 1504A
New Haven, Connecticut 06520-7425

Campus address:
Hall of Graduate Studies
320 York Street

May 16, 1993

蟄存教授：

您好！我寄去的Fairbank書之部份影印，是否收到？甚念。（如果您仍覺得要看到原書較好，而且若並不急需，我或可請書店去order，六月底再請人帶去給您？——無論如何，請示知）。

前几天與徐永端通電話，才知閨秀百家詞是徐永端寄錢給国内親戚，由親戚以"航空"直接寄到我家裡的!!（真沒想到是由大陸寄來的，因每日均是秘書拆信，我沒看到郵件本身）。我已向徐永端說，我要还給她那美金$50元。她已接受我的堅持作罷。

又，張珍懷女士正好來信，說您請她轉告我：說續刻閨秀詞鈔一部8冊尚在您處，您想等暑假中託人帶來美国。今天正巧與徐永端又通電話，順便提起此事，徐永端以為最方便而有效的方法是請她那親戚去負責取閨秀詞鈔，再用"航空"郵寄（與上回相同），直接寄到Yale給我。（我答應另外寄美金$50元給徐永端，做為寄閨秀詞鈔的費用）。不知

P. 2
5/16/93

Yale University

East Asian Languages
and Literatures
P.O. Box 1504A
New Haven, Connecticut 06520-7425

Campus address:
Hall of Graduate Studies
320 York Street

您反不反对徐永端家親戚去您處取書？若有問題，請告知。

施蟄存已傳真給我，說已"細讀"，正與聯合報社方研究。順便寄上信函部份影印，給您做紀念。

又，您需要什麼，請誠實以告。若不重，就郵寄給您。若太重，則看六月底有誰可帶去給您。

謹祝

儷安

孫康宜敬上

五十九、施蟄存致孫康宜

（一九九三年五月二十一日）

一九九三年五月二十一日

康宜教授：

四月十六日函及附件《桂枝香》於四月二十八日收到。費正清書的複印本，於五月十五日收到。

五月五日信，於五月十七日收到，內附影本三紙，一切均悉，費神，謝謝。

《閨秀詞》一部本來託徐永江返美時帶去，不意她還要在大陸聯繫生意，託她的親戚代為寄出。此事非我本意。

你還有《詞學》稿費人民幣一百五十元在我這裡，我已將這筆錢交給永江，算是你自己負擔的郵費了。

《明詞彙刊》一部二冊已託人帶給林玫儀，下月她去美時面奉，這是我送你的。

以後千萬不要複印一大本書給我，這些書，我不一定要看，有，就看看；沒有，就算了。大本影本，勞民傷財，看也很不方便。

我還有幾部文稿，今年要編出來，身體已在衰弱，但工作還不能休止。

我希望《唐詩百話》有一個英譯本。不必全譯，凡是外國讀者不需要的，都可刪去，或者也不用逐句譯，按照每一個段落，用英文重寫也更方便，或者選譯幾十篇，書名不用「百話」也可以。

中國古典詩詞，每一個成語，每一個語詞，差不多都有歷史的審美意義。光從文本去理解，常常不能得到作者的含義。為此，必須有詳細的注解，但不熟悉古典文學的青年，恐怕沒有作注的能力。我看過一本T. S. Eliot的《荒原》，有一百多個注，才能理解這首詩的大部分。譯中國古詩也必然如此。

《林下詞選》，已收在《明詞彙刻》中，不必買了。

手此問安。

施蟄存

（編者按：此函選錄部分內容）

六十、施蟄存致孫康宜（一九九三年六月十三日）

康宜女士：

五月三十一日信，昨日收到。

《閨秀詞鈔》一部，前幾天已交葉長海帶去。大約此信到時，你已收到了，此事告一段落，以後不提了。

我近來日漸衰損，工作無力。今年還有幾種文稿，要成書付印，還得忙幾個月，以後就退閒養老了。

葉長海回來，你託他帶幾本書給我，不要嚴肅的書，不要長篇大塊文章。我要消遣性的書，你看過的無用舊書就可以了，舊雜誌也好，有圖的更好。總之，我開始感覺到老了。

祝你前程遠大。

施蟄存一九九三年六月十三日

（編者按：此函據《施蟄存文集・北山散文集》（華東師範大學出版社，二〇〇一年）抄錄）

附錄：施蟄存致葉長海

（一九九三年六月十四日）

一九九三年六月十四日

長海同志：

昨天我有一信致孫康宜，請她找幾本書託你帶回，還要請她代買兩瓶「海皇」牌魚肝油丸。這封信恐怕要在二十三日之後方能寄到，不知來得及否？故寫此信通知你。你見到她時先告訴她一下。

我要的書不定書名，只要一些消遣性的一般閒書，或報刊雜誌，她看過的舊書亦可，不必特地為我去買新書，但千萬不要長篇小說或嚴肅的文學理論書。

拜託，謝謝。

施蟄存

長安同志　　1993.6.14.

"Sea Emperor"(?)

昨天我有一信致孫康宜，請她找幾本書給你帶回，還要請她代買二瓶"海皇"鱘魚肝油丸。這封信恐怕要在23日之後方能寄到，不知來得及否？故寫此信通知你，你見到她時要告訴她一下。

我要的書不宜太多，只要一些消遣性的一般的書，我指刊物雜誌、她看過的舊書好了，免得她為我去買新書，但千萬不要去買小說或嚴肅的文學理論書。

拜託，謝謝。

施蟄存

六十一、施蟄存致孫康宜

（一九九三年九月十一日）

《詞學》稿酬（第九、十輯）

作者	人民幣	折合美元	期數
高友工	300.00	40.00	9
孫康宜	300.00	40.00	10
劉　婉	120.00	15.00	9
王瑷玲	40.00	5.00	9
葉嘉瑩	340.00	45.00	9（煩代寄去）
	1100.00	145.00	

一九九三年九月十一日

〈词学〉稿酬（第九、十辑）

作者	人民币	折合美元		
高友工	300.00	40.00	9	
孙康宜	300.00	40.00	10	
刘 婉	120.00	15.00	9	
王瑷玲	40.00	5.00	9	
叶嘉莹	340.00	45.00	9	（烦代寄去）
	1100.00	145.00		

1993 9 11

六十二、施蟄存致孫康宜

（一九九三年十一月二十九日）

康宜教授：

好久無信，想闔第起居安吉。

我今年體力大不如前，文字工作已漸停止，每日僅能看幾份報紙及雜誌。

你還有三五百元《詞學》稿酬在我處，無法匯奉，即使能匯，亦不過美金數十元。如有人來上海，請通知我，即送此款去，可以在上海買些東西帶去。

附上小廣告二段，請代索一份書目寄來。凡有舊書店的書目，均請代我收集惠寄。我不一定要買書，亦不過看看書目，「過屠門而大嚼」而已。

張充和夫婦常見否，請代我問候。

今年有一本《文藝百話》可印出，待出版後當寄奉。

手此問候，兼賀耶誕節，不另柬了。

施蟄存

一九九三年十一月二十九日

1993.11.29

康宜教授：

好久没信，想合第起居安吉

我今年体力大不如前，文字工作，已暂停止，每日仅能看几份报纸及杂志

你还有三五百元《词学》稿酬存我处，无法汇奉，即使能汇，亦不过美金数十元，如有人来上海，请通知我，即送此款去，可以在上海买些东西带去

附上小广告二张，请代索一份书目寄来，凡有旧书店的书目，均请代我收集寄寄，我不一定要买书，亦不过看看书目，过屠门而大嚼而已。

张充和夫妇常见否，请代我问候

今年有一本《文艺百话》已印出，待出版得书寄奉，

顺此问候，兼贺圣诞節，不另柬了。

施蛰存

六十三、施蟄存夫婦致孫康宜夫婦

（一九九三年十二月十日）

奉賀

康宜女士及張先生

聖誕愉快，

新歲吉祥，

儷福無涯。

施蟄存、陳慧華

一九九三年十二月十日

奉賀

康宜女士及張先生：

聖诞愉快，

新歲吉祥，

儷福無涯。

施蟄存 陈慧華

1993.12.10

HARVEST
收穫
HARVEST LITERATURE MAGAZINE HOUSE
Merry Christmas

附錄：劉慧娟致孫康宜

（一九九三年十二月十日）

孫教授：

您好。我是李歐梵教授的學生。今年八月間曾照施蟄存先生所囑，給您寄一份影印的去年對施先生的訪問記錄，想您已收到了吧。由於暑期課緊，又急著出國，臨行匆忙，給您寄去影印報紙時未附上一信，請您勿見怪。

今年九月拜訪施先生，施先生交給我一千一百元人民幣，折合美金一百四十五元，託我寄給您。現以我的支票隨信寄上。施先生並交給我兩本詞學（皆第十輯），託我給您寄去。一本是要您寄給葉嘉瑩教授的（書內附有紙條）。我已將這兩本書另外寄給您了，請您留意。

今年見施先生，覺得他精神狀況很好，又比去年快樂，我會給他寫信。敬祝，教安。

劉慧娟

一九九三年十二月十日

孫教授：

您好。

我是李歐梵教授的学生。今年八月间曾照施蟄存先生所嘱，给您寄一份影印的去年对施先生的访问記録，想您已收到了吧。由於暑期课紧，又急着出國，臨行匆忙，给您寄去影印報紙時未附上一信，请您勿見怪。

今年九月拜访施先生，施先生交给我一千一百元人民幣，折合美金一百四十五元，托我寄给您。现以我的支票隨信寄上。施先生並交给我两本词学（第十輯），让我给您寄去。一本是要您寄给葉嘉瑩教授的（书内附有紙條）。我已將这两本书另外寄给您了。请您留意。

今年見施先生，覺得他精神状况很好，又比去年快樂。我會给他写信。敬祝　教安。

刘慧娟

1993.12-10

六十四、施蟄存致孫康宜（一九九三年十二月二十七日）

康宜教授：

惠寄聖誕卡收到，謝謝。

印有全家福的賀卡，我已收到三份，大約是今年美國新產品，以後必然有別處效法。

我在十一月底曾有一信寄你，不知收到否？此信失於登記，已記不清寄發月日。

你明年六月能來，很歡迎，但希望多安排時日，闔第光臨，到北京、西安也去看看。

我們正在計畫明年開一個詞學討論會，或擴大為古典文學研究及教學討論會，地址選在松江，歡迎你能及時參加，不要論文，等我們寄你討論內容，你預備一份發言稿就可以了。

近日上海天寒，我手顫，不能多寫字，以後再談。

此賀新年儷福。

施蟄存

一九九三年十二月二十七日

1993. 12. 27

康宜教授：

惠寄圣诞卡收到，谢谢。

印有全家福的贺卡，我已收到二份，大约是今年美国新风尚，以后必然有则当效法。

我在十一月底曾有一信寄你，不知收到否？此信未挂号，已记不清寄发月日。

你明年六月结束，我欢迎，但希望多安排时日，会第二次到北京西安地去看看。

我们正在计划明年开一个词学讨论会，或扩大为古典文学研究及教学讨论会，地址还未确定，欢迎你能及时参加，不写论文，等我们寄你讨论内容，你预备一篇发言稿就可以了。

近日上海大寒，我手僵不能多写字，以后再谈。

此贺新年
俪福

施蛰存

六十五、施蟄存致孫康宜（一九九四年一月二十三日）

康宜教授：

*Erotica*一冊，書目三冊，一月七日大函及附件二文，均先後收到，不誤，費神，謝謝。

*Ero*收到時似已略損包封，由上海郵局加一塑膠袋送到，但不像有人拆看過，或許我有特權，外洋來件從來不經檢閱，可放心。

康正果處《詞學》十（輯），一二日後即寄去。

《詞學》稿酬少得可憐，請勿見笑。現在一美元兌人民幣八元，我的工資每月不到一百美元，比一個女侍者還低，知識分子是最賤的人民。

詞學會在籌辦，希望能在六月開，但最好你改於七月中來，天氣良好，六月上旬說不定還有梅雨。你來一次不容易，我希望你多在大陸留幾天，到西安去看看，能到敦煌去看看更好。

魏愛蓮教授可以一起參加詞學會，待一切定局後再送請柬。不過我們這個會太窮，怕不能在經濟方面盡地主之誼，詳細安排恐要到三四月間方能布置好，以後再通知你。

*Erotica*此書不好，看來這一類東西，印度第一，有性感；中國第二，好在蘊藉；日本第三，潑剌。西方作品，如此書所用，皆十分粗俗。其實，法國有好的，見過一本*Casanova*，有插圖，較好，

但還比不上印度。

書目一冊，開了眼界，但實在也未有驚人之作。

Edith Wharton，我在三十年代辦《現代》雜誌《美國文學專號》中介紹過，如今又走紅了，卻想不到。說起，你見過我編的《現代》雜誌不？有上海書店的影印本，你們應該有一部。

你來上海，可以住華東師範大學，也許情況比戲劇學院好些。

我希望你推遲一個月來大陸，多走幾個地方，何必來去匆匆。

在上海，如要見什麼人，可開一個名單來。我會約定一個日子，請大家到我家來茶敘，此事就簡化了。

上海天氣還不佳，一個月中見太陽的不到十天。因此，我不甚健，必須挨過冬季，才會好轉。

*Partisan Review*如沒有買，可不必寄了。這個刊物是托派刊物，現在蘇聯也垮了，這一批人也沒有活動了。

此問闔府安健。

施蟄存

1

康宜教授　　　　　　　　　　23 Jan 1994

Erotica一册，书目三册，一月七日大函及附件二文，均先後收到不误，费神，谢谢。

Ero收到时似已破损，包封由上海邮局加一塑料袋，送到，但不像有人拆看过，或许我有疑虑，外洋来件从来不经检阅，可放心。

康正果要《词学》10，一二日后即寄去。

《词学》稿酬少得可怜，请勿见笑，现在一美元兑人民币八元，我的工资每月不到100美元，比一个女侍者还低，知识分子是最穷的人民。

词学会在筹办，希望能在六月前，但最好你改于七月来，天气较好，六月上旬说不定还有梅雨。

你来一次不容易，我希望你多在大陆留几天，到西安去看看，能到敦煌去看看更好。

2

~~23 Jan 1984~~

魏爱莲教授可以一起参加你们会，待一切定局后再送请柬。不过我们这个会太寒伧，怕不能在经济方面尽地主之谊。详细安排总要到三四月间方能布置好，以后再通知你。

Erotica此书不好，看来这一类东西，印度第一，有性感。中国第二，如金瓶梅。日本第三，浮世绘。西方作品，如此书所用，写得十分粗俗。其实，法国有好的，只是一本Casanova，有插图，很好，但还比不上印度。

书目一册，开了眼界，但实在也未有惊人之作。

Edith Wharton我在三十年代的〈现代〉杂志〈美国文学专号〉中介绍过，如今又走红了，却想不到。说起，你见过我编的〈现代〉杂志不？有上海书店的影印本，你们应该有一部。

3

你来上海，可以住華東师范大学，也许情况比戏剧学院好些。

我希望你揀選一个月来大陆，多走几个地方，何必来去匆匆？

在上海不必見什么人，可開一个名單来，我会约定一个日子，請大家到我家来茶叙，此事就简化了。

上海天氣還不佳，一个月中只有太陽的不到十天，因此，我不太健，必须挨过冬季才会好转。

Partisan Review 久没有買了，不必寄了，這个刊物也是托派刊物，现在苏联也垮了，這一些人也没有活动了。

此问合府安健，

施蟄存

六十六、施蟄存致孫康宜

（一九九四年六月四日）

一九九四年六月四日

康宜女士：

五月十七日手書收到。

今託康正果先生帶奉我的小說選集英譯本一冊。此書序文是我寫的，你看看，我已說明了中國文學六十年的歷程了。

此書我未寫dedication，因為上月我兒子回美國，我託他帶了二冊去寄給你，不知此時你收到沒有？如已收到，則這一冊請存在尊處，我打算另送別人。

去年我託你代買的一本*100 Merry Tales*，是耶魯大學出版的。**（康宜注：此處施先生把書名記錯了，正確的英文書名是：*The 100 New Tales*。請參見一九九二年五月四日施蟄存致孫康宜函。）**此書為一老友借去，不久此人即故世，子孫不知，把他的書都賣光。我此書不可再得，想託你再買一本，書款將由我兒子奉還。書名我已不記得，總之是*Cent Nouvelles Nouvelles*的譯本。

匆此，以後再談

施蟄存

1994.6.4.

康宜女士：

五月十七日手书收到。

今托康正果先生带奉我的小说选集英译本一册，此书序文是我写的，你看看，我已说明了中国文学六十年的历程了。

此书我未写dedication，因为上月我要寄回美国，我托他带了二册去寄给你，不知此时你收到没有？如已收到，则这一册请存在尊藏，我打算另送别人。

再，我托你代买的一本100 Merry tales，是耶鲁大学出版的，此书为一老友借去，不久此人即逝世，子女不知，把他的书都卖光。我此书不可再得，想托你再买一本，书款以由我买了奉还。书名我已不记得，总之是Cent Nouvelle Nouvelle的译本。

匆此，以后再谈。

施蛰存

附錄：施蟄存致康正果

（一九九四年六月四日）

正果同志：

傾（頃）得孫康宜函，知足下即將去美，今寄上一書，煩為帶去交康宜。費神，謝謝。

施蟄存

一九九四年六月四日

璪同志：

頃得孫康宜函，知足下月初去美，今寄上一書，煩為帶去交康宜，費神，謝謝。

施蟄存
1994.6.4.

200050 上海市
愚園路1018

六十七、施蟄存致孫康宜

（一九九四年十二月九日）

康宜教授：

久無書簡，想闔第安吉。

二三月間，託人帶去我的小說集二冊，及英譯本《梅雨之夕》（*A Rainy Evening*）一冊，在加州寄奉，不知收到否？

我今年體力大衰，懶得寫信，稽遲至今，弗罪！

此賀新歲！

施蟄存

一九九四年十二月九日

煩代問候漢思、充和。

康宜教授：

久無音問，想念弟安吉。

二三月間，託人寄去我的小說集二冊，及英譯本《梅雨之夕》（A Raing Evening）一冊，至加州寄奉，不知收到否？

我今年体力大衰，懶於寫信，稽遲已久，

專此！

並賀新歲！

Thinking of you and wishing you happiness during the holidays and throughout the new year

施蟄存

9 Dec. 1994

煩代問候廣思先生。

施 蟄 存 Shi Zhi Cun
愚園路1018號上海200050
1018 Yu Yuan Rd., Shanghai
200050 P.R. CHINA

Prof. Kang-i Sun Chang
271 Stevenson Rd.
New Haven, CT 06515
U. S. A.

You'd better send him a card with a nice note.

美國

FIRST, FAST AND RELIABLE
airmail
par avion

六十八、施蟄存致孫康宜（一九九五年十二月十五日）

祝賀康宜女士儷福

吾今年體力大衰，不多用筆，故久未奉候。《詞學》十二輯尚未印出，看來不能繼續下去了。

張充和伉儷請為致意，我不寄賀年卡了。蟄附識

施蟄存、陳慧華

一九九五年十二月十五日

祝贺康宜女士俪福

Season's Greetings and
Best Wishes for
A Happy New Year

施蛰存、陈慧華

1995.12.15

去年体力大衰，不多用筆，故久未奉候。《詞学》12號尚未印出，看来不能继续下去了。张充和、汉思伉俪请为致意，我不寄贺年卡了。

蛰存识

施 蟄 存 Shi Zhi Cun
愚園路1018號上海200050
1018 Yu Yuan Rd., Shanghai
200050 P.R. CHINA
Prof. Kang-i Sung Chang
271 Stevenson Rd.
New Haven CT. 06515
U. S. A.
航 空
PAR AVION
FIRST, FAST AND RELIABLE
airmail
par avion
美国

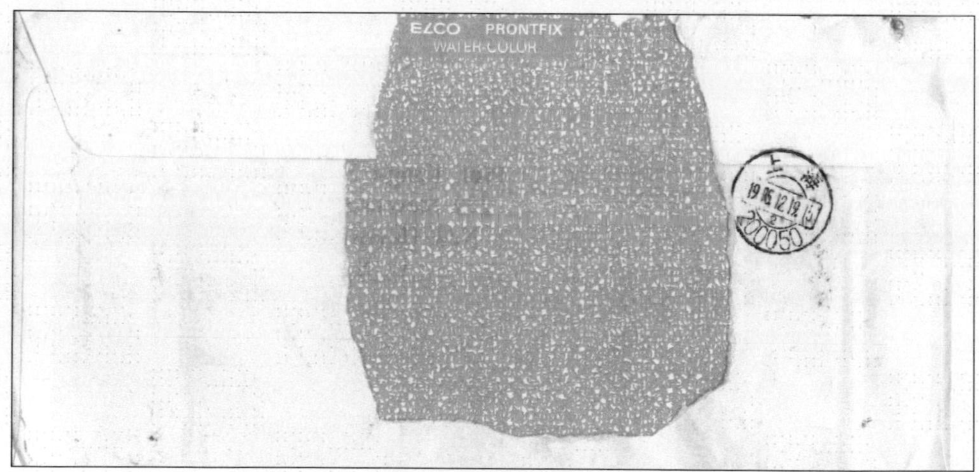
ELCO PRONTFIX
WATER-COLOR
200050

六十九、孫康宜致施蟄存

（一九九六年五月九日）

May 9, 1996

敬呈上海愚園路一〇一八號

施蟄存先生

敬愛的蟄存教授：

您好。每回說要去上海，都去不成，心中一直感到遺憾萬分。這次真的能去上海了，而且是為了要看你，才專程由上海入境。

我將於六月五日晚間抵達上海。在上海要住三天，於六月九日飛往武漢，接著去成都、西安。六月二十三日又由西安返回上海；於六月二十五日早上飛回美國。

我一定要見您，而且為此感到興奮。若要我帶什麼東西去給您，請告知：

傳真號碼：203-432-6729

上海見！祝

好！

孫康宜上

一九九六年五月九日

Yale University

East Asian Languages
and Literatures
P.O. Box 208236
New Haven, Connecticut 06520-8236

Campus address:
Hall of Graduate Studies
320 York Street
Telephone: 203 432-2860
Fax: 203 432-6729

敬呈 上海愚園路1018号　　　　May 9, 1996

施蟄存 先生

敬愛的蟄存教授：

您好。每回說要去上海，都去不成，心中一直感到遺憾萬分。這次真的能去上海了，而且是為了要看你，才專程由上海入境。

我將於6月5日晚間抵達上海。在上海要住三天，於6月9日飛往武漢，接着去成都、西安。6月23日又由西安返回上海；於6月25日早上飛回美國。

我一定要見您，而且為此感到興奮。若要我帶什麼東西去給您，請告知：

傳真号碼：203-432-6729

上海見！　祝

好！

孫康宜上

1996,5,9

七十、施蟄存致孫康宜

（一九九六年五月二十三日）

孫康宜教授：

五月九日信收到。

我今年很衰弱，恐怕只能一晤，我無法招待你，十分抱歉。

你到上海後，可先通一次電話，舍下號碼是：62522924。

我勸你不要乘飛機去武漢、成都。最好是從上海到西安，從西安到北京，即從北京回美。內地飛機，不很放心。

到上海後有伴否？要不要介紹一位女伴，為你導遊？

施蟄存五月廿三日

24/05 '96 09:26 ☎86 21 62570590 INTEL. OFF. ECNU 001

1996
傳真函

第 頁

孫康宜教授：

五月九日信收到。

我今年很衰弱，恐怕只能一晤，我無法招待你，十分抱歉。

你到上海后，可先通一次電話。舍下号碼是：62522924。

我勸你不要乘飛機去武漢、成都。最好是從上海到西安，從西安到北京，即從北京回美。內地飛機，不够放心。

到上海后有伴否？要不要介紹一位女伴，為你導游？

施蟄存 五月廿二日

七十一、施蟄存致孫康宜

（一九九六年五月二十四日）

康宜教授：

昨日託人發一電傳函，不知收到否？今日再寄此函，以免失誤。

我今年體力大衰，承你遠來存問，十分感激。但我已只能晤談一二小時，不能盡地主之誼，有所招待，十分抱歉。

我勸你改變行程，不要乘省級飛機，武漢、成都，不必去了。我建議你從上海去西安看看，然後去北京，遊一下首都，然後返美。

你來上海，有伴侶否？要不要介紹一位女士，為你導遊？

我家電話號碼為：62522924。到寓所後可來一電話。

我已無需要，千萬不要帶東西給我。

施蟄存

一九九六年五月二十四日

第　頁

康宜教授：

昨日託人發一電傳函，不知收到否？今日再寄此函，以免失誤。

我今年体力大衰，承你遠來存問，十分感激。但我也只能晤談一二小时，不能尽地主之誼，有所招待，十分抱歉。

我劝你改变行程，不要乘省级飛機，武漢，成都，不必去了。我建議你從上海去西安看看，然後去北京，遊一下首都，然後回美。

你來上海，有伴侣否？要不要介绍一位女士為你導游？

我家電话号码为：62522924。到寓所後可來一電话。

我已无需要，千万不要带东西给我。

施蟄存

1996.5.24

15×20＝300　　华东师范大学校报稿纸

1996年6月6日終於來到施老的住處：上海愚園路1018號。（陳文華攝影）

很高興終於見到施老。（陳文華攝影）

開始訪問施老：「請問，您為什麼對女詩人有興趣？」（陳文華攝影）

與施師母合影。（陳文華攝影）

七十二、孫康宜致施蟄存（二〇〇〇年二月十四日）

Feb. 14, 2000

蟄存教授：

在這個Valentine's Day寄給您這本詩集，特別有意義。此選集剛出版，在〈序〉中特別謝了您（見p.vii），但還是語猶未盡，因為若非您的幫助，許多女詩人的作品很難找到。多年來您對我們（指六十三位漢學家）的幫助，豈是語言可以表達的？

書中的書法是張充和女士寫的。這也是值得紀念的！

孫康宜敬上
二〇〇〇年二月十四日

（編者按：這是孫康宜和蘇源熙（Haun Saussy）所編、並由六十三位美國漢學家合力譯成的大部頭英譯選集：《中國歷代女作家詩詞及相關評論選集》（斯坦福大學出版社，一九九九年出版）。請參見一九九二年二月二十日施蟄存致孫康宜函，施先生曾為該書的初步計畫提出意見和建議。）

Yale University

East Asian Languages
and Literatures
P.O. Box 208236
New Haven, Connecticut 06520-8236

蟄存教授：　　Feb. 14, 2000

在這個 Valentine's Day
寄給您這本詩集，特別有意
義。此選集剛出版，在「序」
中特別謝了您（見 p. viii），
但還是言猶未盡，因為若非
您的幫助，許多女詩人的
作品很難找到。多年來您
对我們（指 63 位漢學家）
的幫助，豈是語言可以表達
的？

書中的書法是張充和女士
寫的。這也是值得紀念的！

孫康宜 敬上
2000, 2, 14

Women
Writers of
Traditional
China
An
Anthology
of Poetry and
Criticism
EDITED BY Kang-i Sun Chang and Haun Saussy

七十三、唁電（二〇〇三年十一月十九日）

敬悼施蟄存教授

施老千古，

施老千古。

言志抒情，

終其一生。

逝矣斯人，

永懷高風。

——孫康宜

二〇〇三年十一月十九日於耶魯大學

敬悼施蟄存教授

施老千古

施老千古

言志抒情

終其一生

逝矣斯人

永懷高風

——孫康宜

2003年11月19日

於耶魯大學

下輯

研究篇

柳是對晚明詞學中興的貢獻

孫康宜

前言

欠陳幼石教授這篇稿子已經有好些年了，心中頗感慚愧。這些年來我一直在研究陳子龍及柳如是（柳是）的詩詞。當《女性人》創刊之時，陳幼石就催促我撰一篇有關明末女詩人的文章。但因為忙於趕寫陳柳一書（英文書稿），卻無形中疏忽了中文寫作。有負陳幼石之期許，衷心遺憾。現已完成英文書稿，仍念念不忘欠稿一事。姑且將暑期間參加緬因詞學大會宣讀英文稿之中文摘要改訂重錄於此[1]，以就教於讀者。

當明代詞學衰微之際，陳子龍與幾社諸名士致力為詞，形成雲間詞派，因使那被忽視了三百年的詞學重新見中興之盛。在這期間，女詞人的成就尤為突出，諸如王鳳嫻、陸卿子、沈宜修、葉小鸞，

1 緬因詞學大會系加州大學余寶琳教授（Pauline Yu）向北美高等研究基金會（ACLS）申請專款而組成的一個北美研討會。被邀請之學者除去本人之外，尚有高友工、宇文所安（Stephen Owen）、林順夫、魏世德（Tim Wixted）、楊憲卿（楊澤）、方秀潔（Grace Fong）、白潤德（Daniel Bryant）、Stuart Sargent、艾朗諾（Ronald Egan）、葉嘉瑩諸位教授。此外另從中國大陸邀請了三位詞學專家——上海古籍出版社的陳邦炎先生、中國社會科學院的施議對博士，及蘇州大學楊海明教授。

王微（修微）、徐燦、柳是等都是詞中之佼佼者。這些女詞人對文學的貢獻頗被當時學者們重視，即如《四庫全書總目提要》中所言：「閨秀著作，明人喜為編輯。」實際上，不論是閨秀詩人或是名妓（如柳是及王微等）均得到時人之支援與鼓勵。例如，冒愈昌曾輯《秦淮四姬詩》，其中包括馬守貞（月嬌）、趙彩姬（今燕）、朱無瑕（秦玉）、鄭妥（如英）諸位名妓的作品。而周之標更是竭盡畢生之力，勤搜當時婦女別集，其所編之《女中七才子蘭咳集》頗能並重名妓及閨秀詩詞——例如其中卷二及卷三乃是收集名妓王微[2]的〈未焚稿〉、〈遠遊篇〉、《期山草》等。又支如璔在《女中七才子蘭咳二集》序曰：「予謂女子之文章，則月之皎極生華矣。」足見當時男士頗能欣賞婦女之才氣[3]，而明清之際婦女普遍識字，更加強才女的自信。雖然婦女的社會地位低落，但其文學地位不可抹殺。據胡文楷先生考證，僅只清朝一代，婦女之總集及別集數逾三千。我個人研究心得所獲之結論是：不是明清男士忽視女性之作品，而是近代二十世紀以來學者們（無論是男是女）普遍忽視了傳統女詩人的地位。以致於使一般研究中國詩詞者得不到全面的認識，也導致許多重要婦女選集的亡佚，殊為可惜。[4]

2 王微是揚州人，原是秦淮妓，後流轉至松江（與柳是生平經驗頗似）。最後嫁松江名人許譽卿，入清後才下世，自稱「草衣道人」。（關於王微之生平事蹟，有賴上海施蟄存教授供給寶貴資料，在此特別申謝）。

3 見胡文楷《歷代婦女著作考》（上海古籍出版社，一九八五年增訂本），頁八四六。有關後來清代妓女詩人逐漸稀少的原因，我已另撰一文說明（英文稿，尚未發表）。一般學者認為這是因為理學之興起，使得十八世紀以來的文人及閨秀才女對妓女產生歧視。姚品文所云頗有見地：「就是在明末，秦淮河畔也還有一批文學修養很高的名妓，如馬湘蘭、鄭如英等。到了清初她們當中如顧橫波、董小宛、柳如是等成了名人侍妾的，詩名也很響亮，但後來以詩名傳名的妓女就很少了……由於理學的壓制，妓女們即使有作品也難以流傳」。（見姚品文〈清代婦女詩歌的繁榮與理學的關係〉，《江西師範大學學報》（哲學社會科學版），一九八五年第一期，頁五七）。

4 就詞而言，徐乃昌所輯之《閨秀詞鈔》（小檀欒室刊本，一九〇六年）尚還完整易得，但其他選集大多已不全（甚至亡佚）。如《眾香詞》有三十年代的大東書局影印本，《名媛詩歸》有二十年代有正書局石印本，但除了少數圖書館以外，已不易看到。而《名媛詩緯》（文人王思任之女王端淑編，收輯明末清初女詩人作品，皆不見於其他種限於篇幅，拙文只從柳是詞作的藝術性來看一般明末女詞人創作的梗概。關於柳是不凡的生平事蹟，陳寅恪先生在《柳如是別傳》中已詳細討論過。故拙文只專重於柳是的豔詞，擬從柳是「和」陳子龍的詞作中進一步探討女詞人的藝術成就，並肯定其在雲間詞派中的重要地位。

首先必須指出的，就是柳是與陳子龍在模擬前代詞人（Poetic models）一事上互相影響，故在宗法方面，二人的選擇十分一致。例如，在古詩方面，陳柳共同推崇曹植；而在詞作方面，則都力學秦觀，因此在婉約詞派的推動上起了積極的作用。這都說明陳柳二人對雲間詞派之建立有著同等的貢獻。而柳是以一青樓才女精通音律，對陳子龍的影響自不待言。個人以為陳柳所以偏好秦觀詞風，除了二人一致推許秦觀詞的婉約格調之外，乃因他們亦賞愛秦觀對「情」的專注。而晚明正是情的觀念特別流行的時代，加以馮夢龍所輯有關秦觀的一段愛情佳話〈蘇小妹三難新郎〉適在晚明期間風行一時，欣然自比為才子才女的陳柳也自然對秦觀之詞更深為推許。尤可注意者，陳柳二人對情這方面的重視則無形中促成了詞之中興及發展，因為詞之為體，實以「情致」為主。

但是，陳柳最大的貢獻，乃是一方面在形式上追求婉約派的復古，另一方面又吸取了明傳奇對情之戲劇性描寫。因此他們都能在思想感情上表達出一種傳奇式的深情愛戀。例如，柳是的〈金明池〉不但效法秦觀詞（與秦觀〈金明池〉同一韻），而且廣採湯顯祖《紫釵記》及《牡丹亭》劇中之用語及意象，蓋女詞人實以劇中女主角自比也。僅從這些愛情詞觀之，稱柳是為明末詞學中興之一員大將，洵非過譽。

（孫康宜注：一九九〇年三月間，顧廷龍（起潛先生）送我的手書《陳子龍事略》碑刻拓本，是託施先生郵寄給我的）

選集者）。現在只剩原刻本，北京圖書館及臺灣中央圖書館各有一部。

陳子龍事略

明季文學家詩人陳子龍生于萬曆三十六年（一六〇八）雲間（今松江）人字卧子人中懋中號鐵符大樽後易姓李號穎川明逸于陵孟公崇禎十年（一六三七）進士任紹興推官擢兵科給事中曾參加復社為該社後期共戴的領袖並與夏允彝徐孚遠等創建幾社兩社既是文學團體又是政治性團體均旨在復興絕學以文章氣節相砥礪團結了大批愛國知識份子當時言文章者必稱兩社稱幾社者必推夏陳而子龍文名尤盛

崇禎十七年（一六四四）李自成破北京清兵隨即入關福王建弘光朝於南京子龍復原官目覩危局連續上疏匡議時政致為權奸所嫉憤然辭歸故里朝政更趨腐敗翌年南都不守清軍連下江南諸郡在松江嘉定等地遇到了激烈的抵抗兩社傑出之士相繼蹈義成仁子龍鬥志益堅乃托蹟浮圖去名衰信號瓢粟以僧裝為掩護積極組集義兵展開抗清活動南明監國魯王授以兵部職銜於監國二年（一六四七）即永曆元年順治四年聯絡吳勝兆結兵太湖舉義事敗被執矢志不屈於舟解途中猝起投水英勇犧牲表達了崇高的民族氣節事見明史墓在廣富林

子龍生平著述甚富清初文網森嚴無論已刊未刊均遭禁毀乾隆間清廷頒行勝朝殉節諸臣錄追謚子龍為忠裕始得蒐集編印其遺作自嘉慶以迄清季續有刊佈子龍詩詞別具風格為雲間派首席南社領袖詩人柳亞子自謂生平私淑雲間派而尤重子龍可見影響之深遠今子龍遺作已分別輯為詩集文集先後問世此外尚有子龍與徐孚遠合撰的史記測義及主編的明經世文編徐光啓撰農政全書明詩選幾社壬申合稿等皆係卷帙浩瀚為世所重視的學術名著懿歟偉哉千秋萬世浩氣長存

公元一九八八年十一月　日

顧廷龍謹撰并書

趙嘉福刻石

後記

以上僅為我在會中演講之摘要。詞會結束以後，我立即將此摘要郵寄上海的施蟄存教授，請他批評指正。（我很感激施教授的不斷教誨，自一九八六年以來，凡涉及明末清初的文學研究，我一直請教他，自以為有如入室之弟子一般。）不久施教授即來信，他在信中說：「我覺得你對柳如是評價太高了，她的詩詞高下不均，我懷疑有陳子龍改潤或捉刀之作。」一閱函至此，我暗自心想，莫非施教授也是個大男人主義者，故意貶低柳如是的文才？但當我把全信閱畢，才瞭解施教授的評語終是有其莫大的啟發性的。他說：「當時吾們松江還有一位草衣道人王微（修微），文才在柳之上。」關於王微的詩詞，我一向讀得不多[5]。經施教授一指點，我開始細心追查。其《期山草》惜已亡佚，但我零碎找到數首，有二首小詞我特別賞愛，今錄於此[6]：

〈搗練子〉
心縷縷，愁踽踽，紅顏可逐春歸去。夢中猶是惜花心，醒來又聽催花雨。

〈憶秦娥〉
多情月，偷雲出照無情別。無情別，清暉無奈，暫圓常缺。

5 從前唯讀過謝無量先生《中國婦女文學史》書中所錄王微作品（中華書局，第三編第九章，頁六〇－六二）。其中一首七律〈舟次江滸〉早已有英譯（見鐘玲教授及Kenneth Rexroth合作之*Women Poets of China*, New Directions, 一九八二年，頁六五）。

6 見裔柏蔭《歷代女詩詞選》（當代圖書出版社，一九七一年），頁一五四。

傷心好對西湖說，湖光如夢湖流咽。湖流咽，離愁燈畔，乍明還滅。

聽說明末施子野特別讚許王微詩詞，而尤喜以上所錄〈憶秦娥〉之首二句：「多情月，偷雲出照無情別。」以為其風流蘊藉不減李清照。從各方面看，王微確是一位具有特殊才華的女詩人。最近施蟄存教授告訴我，他已輯得王微詩詞各一卷，皆有百篇，附二卷為各種記錄資料，書名《王修微集》，希望明年可印出。這消息頗令我喜出望外。

將來我擬撰文比較明末名妓柳是與王微二人之詞。我以為二妓均堪稱難得之才女。在來日之研究中，我希望強調柳是是一位象徵性人物（Symbol），她的生活範例代表中國文人所嚮往之才女——既纏綿癡情又敢於賦詩明表鍾情之意。例如其〈夢江南〉二十首可謂此方面之代表作，末闋尤為大膽[7]：

人何在，人在枕函邊。只有被頭無限淚，一時偷拭又須牽。好否要他憐。

這一首陳寅恪先生以為是〈夢江南〉全部詞中「警策」之作[8]。我認為他所以如此看重此詞，並非詞中語句優雅（從語句看，倒有些粗俗），而是因為女詩人之無限鍾情。另一方面，王微詞中則表達一種較為超越的清才，蓋王微自號草衣道人，頗致力於詞之雅化，即便是豔情，也以淡雅之意表出。關於這一方面的思考，尚有待於進一步的探討。

（原載於《女性人》，一九九一年九月號）

7 《戊寅草》（一六三八年），頁三八，見浙江圖書館存本，《柳如是詩集》。

8 陳寅恪《柳如是別傳》（上海古籍出版社，一九八〇年），卷一，頁二六五。

（編者按：孫康宜所撰有關陳子龍和柳如是的英文本於一九九一年二月由美國耶魯大學出版社出版，中文譯本由李奭學翻譯，於一九九二年由臺灣允晨文化公司出版。中譯本修訂版於二〇一二年由北京大學出版社出版，題為《情與忠：陳子龍、柳如是詩詞因緣》。）

語訛默固好——簡論施蟄存評唐詩

孫康宜

我從一九八四年開始，由於某種機緣，有幸與施蟄存先生成為「筆友」。大約每個月總會收到他的一封回信，信中的他像源源不絕的活水，帶給我許多文學及生命中的靈感。可惜我至今仍然尚未面識這位鼎鼎大名的老作家，但我自以為由於這些年來這段不尋常的筆墨之交，使我已成了他的知音，頗能領略他的智慧心靈。或許因為如此，我並不以不能見面而感到遺憾。

近代讀者總記得施蟄存先生是三十年代的「新感覺派小說大師」（例如一九八七年《聯合文學》十月號，李歐梵教授所策劃的「新感覺派小說」一欄即稱施先生為該派小說家的先驅）。但或許因為施先生在小說界的名聲太大，反而容易使人忘記他在古典文學研究中的輝煌成就。其實五十多年來，他的獨特功力完全放在研究古典詩詞上，可謂「晚節漸於詩詞專」。

從一九八八年起，我年年採用施著《唐詩百話》（一九八七年出版）為教科書。我的耶魯研究生一致公認，歷來論詩從未能如此深入淺出者。而且書中篇篇俱佳——不論是論初唐、盛唐、中唐、抑是晚唐詩，都令人體驗到其理論之新、其文體之佳。因為書中共有一百篇論文，每篇精簡易讀，令人雅俗共賞。有些學生甚至把全書當日記來讀，每日一篇，從不間斷。另外，學生裡有幾位「有心人」，因感於該書的獨特創意，打算用分工合作的方法，把它一篇篇地譯成英文，以饗美國讀者。

至於我，則是以一貫閱讀書信的態度，仔細玩味那一篇篇思想的涵義，詮釋那精心安排的文字。讀其書有如閱其信，閱其信有如見其人。在我想像中，施先生近來的思想創意代表的是一種疏淡反省的「中唐詩」境界，而非那種情感浪漫的「盛唐詩」境界。因此他的論點常常呈現出一種非比尋常的創意，一種因生活經驗累積而成的體會，一種灑脫的生活藝術。

我最欣賞施先生討論韓愈〈落齒〉的那一篇。奇怪的是，以前我從未注意到韓愈這詩（其實，即使讀到這詩，那沉醉於美感世界的年輕的我，也必定不能領會韓愈的「落齒」經驗）。而今日的我，由於人生閱歷漸多，初讀到施先生所引的這首韓愈詩，內心產生一種難以形容的感動。底下引這首韓愈〈落齒〉詩：

去年落一牙，今年落一齒。
俄然落六七，落勢殊未已。
餘存皆動搖，盡落應始止。
憶初落一時，但念豁可恥。
及至落二三，始憂衰即死。
每一將落時，懍懍恆在己。
叉牙妨食物，顛倒怯漱水。
終焉舍我落，意與崩山比。
今來落既熟，見落空相似。
餘存二十餘，次第知落矣。

倘常歲一落，自足支兩紀；
如其落並空，與漸亦同指。
人言齒之落，壽命理難恃，
我言生有涯，長短俱死爾。
人言齒之豁，左右驚諦視，
我言莊周云：木雁各有喜。
語訛默固好，嚼廢軟還美，
因歌遂成詩，時用詫妻子。

這首詩酷似一篇小品文，描寫的是一件極平常的事，敘述的是一般老年人所經過的階段——人老了，牙齒一顆顆掉落的經驗。或許因為這個題材太尋常了，這首〈落齒〉詩從不被選集選取，也幾乎沒有「齒及」。施蟄存算是第一個撰寫專文討論此詩的學者專家。

這首詩表現的是中唐詩人一種從憂患裡漸入清境的心理過程——與盛唐詩以美感取勝的體裁截然不同。其實韓愈這首〈落齒〉詩幾近宋詩風格——頗與吾友柯慶明教授所謂宋詩之「以意念造作形象」的風格（一九八八年耶魯大學專題演講）酷似。細細玩味咀嚼此詩，我尤其喜愛詩中那句「語訛默固好」（末尾一絕首句）所呈現的意念——意思是說，牙齒落光了，說話多誤，那麼就經常保持緘默也不錯。從這一詩句中，我領悟出一個老年詩人所創出的另一種自由空間——一種對生命過程的信心，一種把握人生風浪的智慧心靈。人老了，不必怨這怨那，最好安靜下來，憑自己的智慧來思考，使那生命之樹永不枯萎，不斷啟發生命的再思。

也就是這種「啟發再思」的詩意，使我深深珍視施先生給我的每一封信。其實，我也喜歡看施先生寫給其他友朋的信件（當然要在友朋的允許之下才能看），因為他的書信總是流露出清澈鑑人的言語。例如，不久前，他給著名詞家張珍懷（現旅居美國）寫信，信中勸道：「孤獨一些，閉目養神，弄弄花鳥，也可消磨時日。」在我想像中，施先生像個辛勤的老前輩，以自己的智慧繼續開拓出滿園花開的生命境界，雖已是八十六歲高齡，仍不斷流露出堅毅的神采。

從前施先生在其〈浮生雜詠〉（八十首）中曾詠出一絕：

湖上茶寮喜雨台，
每逢休務必先來。
平生佞古初開眼，
抱得宋元窯器回。（第七十九首）

那是記載他年輕時，每逢星期日喜歡至湖濱「喜雨台」茶樓古董商處飲茶，並購取文物的玩古之癖。而數十年後的今天，他仍保持那一塵不染的生命境界，徜徉於清淨的自由空間。他說，現在我是四大皆空，一塵不染，非但富貴於我如浮雲，連貧賤也如浮雲了。（《聯合報》海外版，一九八八年七月十九日，施蟄存文，〈不死就是勝利——致瘂弦〉）。這是陶淵明的境界，也是中唐詩裡「語訛默固好」的疏淡境界。

（原載《聯合報》聯合副刊，一九九二年十二月二十四日）

施蟄存著《唐詩百話》（上海古籍出版社1987年出版）

施蟄存對付災難的人生態度

孫康宜

1996年6月23日孫教授返美前夕再次來到施先生寓所探望，並與施先生在曬臺上合影。（陳文華攝影）

「你怎麼到現在才來看我？你再晚來一點，就看不見我了」。這是九十一歲的施蟄存先生在我初訪他時不斷重複的一句話。我完全能理解他這句話中的期待與責備，因為自從十多年前我們開始通信以來，我一直打算來上海看他，但每次在安排前往上海的計畫之後，又臨時因為家累或其他緣故而取消行程。我常常為此而感到遺憾。一直到今年春天，自己許下心願，無論如何要克服一切困難來實現多年的願望。我終於在六月四日由美國飛往上海。次日抵上海後才聽說施先生近日身體大衰，本來要立刻做全身檢查，但他堅持要等見了我之後才放心進醫院。如此忠誠的「等待」令我感動。

我與施先生的特殊友情始於一個偶然的文字因緣。一九八四年春我突然接到由普林斯頓大學出版社轉來施先生短函，信中說他多年來熱衷於詞學研究，不久前聽說我剛出版了一本有關的英文專著，希望我能寄一本給他。

現代文學巨星專攻古典文學

施先生的來信令我感到喜出望外：沒想到曾以三個「克」erotic, exotic, grotesque（色情的、異國情調的、怪異的）的文體聞名於上海文壇的三十年代先鋒作家會對古典文學有興趣。後來才慢慢發現，這位現代文學巨星早已於一九三七年左右轉入古典文學的研究領域，可以說他的後半生（其實是長達約六十年的大半生）一直在與中國古典詩詞、歷史、金石碑版等題材打交道。他的治學態度之嚴肅與認真給我提供了一個最佳典範，於是十年來我自然而然把他當成學問上的導師。後來我研究陳子龍和柳如是的詩詞，接著又從事於女詩人作品的探討及編纂，有很大部分是得自施先生的鼓勵與幫助。我每有詩詞版本方面的問題，都必向施先生請教，而他總是一一作覆，其中所獲得的切磋之益與相知之樂，可以說是述說不盡的。

尤其讓我感激不盡的是，他把多年珍藏的善本書——例如《小檀欒室匯刻百家閨秀詞》、《眾香詞》、《名媛詩歸》——都給了我。多年來他在郵寄與轉託的過程中所遭遇的麻煩與困難，更是一言難盡。總之，我很珍惜自己與施先生之間的忘年之交，覺得如此可貴的神交，看來雖似偶然，實非偶然。

此次終於如願以償，與施先生初次見面，內心喜悅之情，自難形容。我覺得自己有許多話要說，不知從何說起。最後我鼓起勇氣，問了一個較富哲學性的問題：「你認為人生的意義何在？」對於這個坦率而不甚實際的問題，九十一歲的長者起初報以無言的微笑，接著就慢慢地答道：「說不上什麼意義。不過是順天命、活下去、完成一個角色……」

沒想到我提出的問題激起了施先生的回憶，在他愚園路的寓所中，我們展開了長達近四小時的對話。老作家由大學生活談到抗戰期間的流離遷徙，由抗戰勝利說到自己創作生涯的變化，又從後來的反右說到文革的個人經驗。原來早在文化大革命以前他就開始了「靠邊站」的生活：一九五七年他正式被貶為農民，在嘉定做苦工；一九六〇年以後被派在華東師範大學中文系資料室工作。雖被剝奪了任何著作的出版權利，但從此過著與世無爭的淡泊生活。可以說，多年來在創作與學術的領域中，他一直扮演著被遺忘的角色。施先生一再強調，人生的苦難只有使他更加瞭解自己真正要的是什麼：「反正被打成右派也好，靠邊站也好，我照樣做學問。對於名利，我早就看淡了……」

利用機會讀書做學問

這種對付災難的人生態度特別引起我的注意，所以我進一步請他說明文革期間的個人經驗。他說：「我從不與人爭吵，也從不把人與人之間的是非當成一回事。在文革期間，我白天被鬥，晚上看書，久而久之我就把這種例行公事看成一種慣常的上班與下班的程序……總之，無論遇到什麼運動，每天下午四點鐘以後就可以回家去讀自己的書了。」換言之，無論在任何環境中，施先生的一貫心態是：利用機會，趁機讀書做學問。我認為他之所以能持有如此超然的態度，乃是因為他在書中找到了真實的精神世界，所以對任何外界的干擾（包括別人給他的傷害和侮辱）都能置之不理。因此，他雖然在反右及文革期間受盡了折磨，但政治形勢所造成的不利和隔離的環境卻反而造就了他在學術上的非凡成就。

這幾年來，施先生不斷出版了各種各樣有關古典文學的作品：從《唐詩百話》到《陳子龍詩集》（與馬祖熙合編），從《花間新集》到《詞籍序跋萃編》，無論是評論還是版本校析，一切都給人縱覽而深入的啟發作用。然而多數人並不知道，這些作品的背後意味著長達半世紀的努力與思考。哪怕只是一首詩、一個字，施先生也要找遍資料來論證。他說：「過去，包括我自己，只是就詩講詩，從詩的文學本身去理解和鑑賞，因而往往容易誤解。一個詞語，每一位詩人有他特定的用法；一個典故，每一位詩人有他自己的取義。每一首詩，宋元以來可能有許多不同的理解。如果不參考這些資料，單憑主觀認識去講詩，很可能自以為是而實在是錯的。」

另一方面，他的批評方法又十分「現代」，他主張「無論對古代文學或對現代的創作文學，都不宜再用舊的批評尺度，應當吸取西方文論」。

施先生所經歷的漫長的治學過程正是中國政治上特殊時期。他的經驗觸發了我對生命意義的反思：我覺得災難確是一個人生命旅途中的試金石。在面對政治壓力與災難的環境中，許多人不是被逼向自我毀滅的途徑，就是被迫改變人格：原本勇敢的人變得膽小怕事，原本待人忠誠的人變得玩世不恭。但另有一些人，他們像施蟄存先生一樣，在政治壓力的逼迫下，努力利用機會發展自己的潛能，所以雖然遭遇大災大難，卻終究能把壞事化為好事，在生命的旅途中，他們永遠是勝利者。在這些「勝利者」的身上，我們看見了生命的奧祕：即使在絕望的現實中，我們也可以通過想像與信心，把生命的境界無止無盡地提升和擴大。

發掘者與被發掘者

其實我以為生命的關鍵完全在乎「角色」的認定：一個人應當認清自己該做什麼，而一旦選中適當的角色，就必須下決心把它做好。在這一方面，施先生的親身體驗正好成了一個真實的範例：從一九二六年到一九三六年期間，他受到西方文學的影響，成為一個「運用佛洛德學理論來創造心理分析小說最早、也最為成功的一位作家」。（見秦賢次〈施蟄存簡介〉《聯合報・副刊》，一九八八年七月十九日）但後來，創作的外在條件及內在衝動已經過去，施先生立刻便很有覺悟性地轉入古典文學的領域。他說：「文學也像女人的時裝一樣，風行一時，很快就會成為過時貨，一個文學作品愈有時代性，也愈容易過時。」最後，外在環境與個人的機遇終於使他在古典文學的領域內找到了歷萬古而常新的文學永恆性。是一種對生命本身的信心與好奇心使他不斷尋找新的體驗和角色。

與他的生命態度相同，施先生在文學研究方面始終扮演著一個「發掘者」的角色：他喜歡發掘一些被常人忽視的文學作品及作家。他反覆對我說：「Discover、Discover、Discover才是我真正的生活目標。」

有趣的是，在大半生扮演了被遺忘的角色之後，近一二十年來施先生卻成了一個「被發掘者」。突然間，他三十年代所寫的創作小說「卻和秦始皇的兵馬俑同時出土」，一夕之間頓成寶物，也使一些年輕作家有意無意地模仿起來。這個突來的榮譽使施先生感到驚奇，也有點兒招架不住。一般人並不理解，對於名利，他早已淡然處之。在上海時，我曾聽說，不久前上海市頒給他「文學藝術傑出貢獻獎」，但他卻當眾宣布：「這種獎不要給老年人，應當給年輕人。」還聽說，最近臺海兩岸有人爭著為他拍電視，他都一一謝絕了。

生命境界包羅萬象

尤可注意者，這些大眾的吹捧都千篇一律把焦點放在施先生六十年前所寫的文學創作上。人們在「發掘」施蟄存的同時，卻完全忽略了他半個世紀以來在古典文學研究上的勝利果實。事實上，施先生的生命境界與成就是包羅萬象的：它既是現代的，也是古典的；既是創作的，也是包含學問的。從多年來的通信經驗中，我早已深深體會到施先生那種無所不包，雖能窺見卻無法窮盡的生活意境。

在返回美國之前，我又去探望施先生一次。臨別時，雙方都有一種無言的衝動，因為我們不知道何時能再見面。面對如此學養高深的前輩作家，我只有以安靜來表達我出自衷心的惜別之情。最後，施先生慢慢立起身來，交給我一包雨花石：「這是我八十年代初從南京帶回來的紀念品，現在送你做禮物。」

回到美國的家中，我迫不及待取出那包珍貴的雨花石。發現其中還夾著一張小條子，上面有施先生的親手筆跡：「南京雨花臺的雨花石。放在玻璃盆中，加水，作擺設品用。」我立刻按其指示，找了一個圓形的玻璃盆來存放這些雨花石。接著，我加上一點水，把玻璃盆放在燈光下左右展玩。突然間，我看見一個奇蹟：那些原先看起來並不怎麼起眼的小石頭一個個都顯出瑰麗的色彩、奇妙的紋理和圖形。我仔細地觀賞著這些水中的石頭，同時也想起了施先生硬朗的身軀、溫和的神容，以及他講給我的每一句話。

（一九九六年六月三十日寫於耶魯大學，刊於《明報月刊》一九九六年十月號）

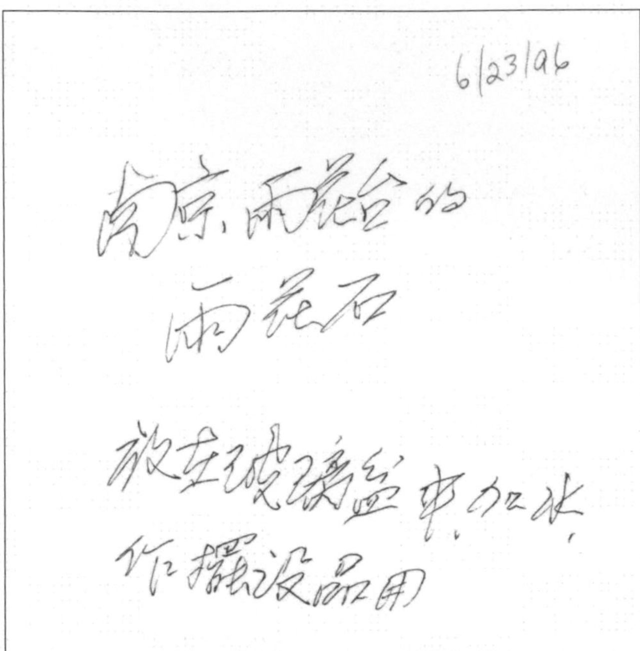
6/23/96

南京雨花台的

雨花石

放在玻璃盆中，加水，

作擺設品用

施先生贈給孫教授雨花石時的手箋。

潛學齋中陳列的施先生贈送的南京雨花石。（張欽次攝影）

「童化」與「教化」

孫康宜

臺北中央研究院著名研究員林玫儀教授最近突然來信，說希望我能在匆忙中趕出一篇論文，題材不拘，文章將收入一本慶祝施蟄存先生百歲華誕的文集中。多年來，施先生一直是我的忘年之交，是我生命中很重要的人，所以對於林教授約稿寫論文的事，我自然欣然同意。關於文章的題材，後來經過考慮再三，我決定還是寫一篇較為感性的散文為佳。首先，施蟄存先生很早就鼓勵我要多用中文撰寫散文。從二十世紀八十年代初期，我們成了筆友開始，他一直不斷來信給予指示。他說，許多移居海外多年的華僑早已經不會用中文從事寫作了，他以為那是很可惜的事。因此，他希望我無論如何要繼續勤寫中文散文。

後來一九九六年六月六日那天，我終於有機會在上海拜見了施先生。記得他老先生那天精神特別好，滔滔不絕地講了三個鐘頭的話，臨別之前還不忘叮嚀我，要我努力從事中文寫作。他說：「對你來說，成天活在英語的世界中，用英語寫作自然較為容易。但你一定要下定決心，最好把自己訓練成一個散文作家。通常人大多像一塊麵團，總是很被動地接受了社會環境的塑造。但我勸你無論如何要用自己的毅力來塑造你的生活環境。其實說穿了，每個人的人生都像一個大舞臺，開始時你總是不太

1996年6月6日孫康宜教授由美來滬訪問施蟄存先生途經外灘和平飯店留影。

清楚自己所要扮演的是什麼角色。但後來隨著自己的努力，就會成為劇中的女主角、男主角、丑角等。我看你從此就扮演一個『文化使者』的角色吧。我勸你一方面能繼續用英文把中國文化介紹給西方讀者，一方面也能多用中文把西方文化介紹給中國的讀者……」他邊說邊微笑，依依不捨地把我送出了他家門口。

至今我仍然忘不了施先生對我說的那段話。可以說，只要時間許可，我總會在生活的空隙中抓緊機會，努力學習用中文寫作。而每每在構思和寫作的過程中，也經常會想起施先生來。可以說，施先生不但是我的中文寫作的導師，也是我生命中的榜樣。就如他所說，他的人生目標就是超越名利，並且「順天命，活下去，完成一個自己喜歡的角色」。

於是這次我決定寫一篇散文獻給施先生。我決定寫有關美國的Rogers先生的事蹟。因為與施先生相同，Rogers也扮演了一個十分不尋常的角色。——二〇〇三年三月，作者孫康宜謹識。

這些年來，經常有人問我，對於美國目前的教育制度有何感想。有關這個問題，我總是感到很難回答。這主要是因為六十年代以來的這一代美國青年人，他們所受的教育與上一代的美國人十分不同，而且其對「教育」的概念也不同，一切都顯得較為複雜，並非三言兩語就可以說清楚的。

首先，這一代的青年人堪稱為半個世紀以來電視教育的特殊產物。有一回，我問一個耶魯的大一學生：「你年紀還那麼輕，今年還不到十八歲，就這麼會寫詩？你是從哪個中學來的呀？是哪個中學老師教你寫詩的？」

「啊，我從三歲開始就會朗誦詩歌了。是從電視上的Mister Rogers那兒學來的。你知道嗎，我們這一代的人都是看Mister Rogers的電視節目長大的。Mister Rogers就是我們生命中的第一個老師……」她一面說著，一面強調「Rogers」那個字，把每個音節都清楚地念了出來。

美國人確實很感激Rogers（Fred Rogers）先生，因為他們知道Rogers把他的一生完全奉獻給了兒童教育。在五十年代上大學的期間，Rogers原來是攻讀音樂的，同時也研究心理學。畢業之後他就到電視臺工作，開始在電視上開創一系列專為兒童表演的「木偶」節目。一九六二年之後，他正式成為電視上獻身於傳教工作的長老教會牧師，不久就發展出一個名為"Mister Rogers' Neighborhood"（羅斯家的鄰居）的節目，其目的是針對兩歲至五歲之間兒童的需要而設的，但由於它的精彩內容，連很多成年人也受到了吸引。該節目每天播出三十分鐘，Rogers先生每次登場都輕鬆地唱著那首名叫"*Won't You Be My Neighbor?*"（〈你願意是我的鄰居嗎？〉）的主題曲，他邊唱邊換上鮮豔的毛衣外套和運動鞋，然後就開始介紹當天的節目內容。他要告訴兒童的問題可謂無所不有，連死亡、父母離婚、戰爭等一向為人所忌諱的題材他都能給小孩子講得娓娓動聽。接下來他會唱幾首和主題有關的歌曲，最後就領著大家乘坐一輛玩具火車，前往一個"Neighborhood of Make-Believe"（想像中的鄰里）去了。從六十年代後期開始，這個節目一直受到觀眾的歡迎和讚賞，故多年來Rogers先生屢次獲獎，包括二〇〇二年布希總統頒給他的「總統自由獎」（Presidential Medal of Freedom）。

最使觀眾難忘的就是Rogers先生和藹可親的態度，還有他那慢條斯理的言談風度，以及令人永遠感到溫馨的微笑。

這樣，三十多年來，Rogers每天都在電視上和兒童見面（當然，有些節目是屬於轉播性質的）。無形中隨著時光的流轉，那些「兒童」都已經長大成人，而他們對於Rogers先生的教誨卻還是刻骨銘心。因此，Rogers成為美國校園裡最受歡迎的來賓。例如，他曾經有一年在耶魯的畢業典禮中榮獲榮譽博士，後來其他學校也紛紛頒給他同樣的頭銜。他最近一次的榮譽博士是二〇〇二年在波士頓大學得到的——據說，那天畢業典禮中，當頭髮灰白的Rogers先生慢慢走上主席臺的時候，全體師生興奮得一直高聲喊叫，以至於他一句話也說不出。大約有幾分鐘之久，Rogers先生只能面對觀眾微笑，最後他說，「你們可以和我一齊唱歌嗎？」沒想到全體在場的五千多位學生立刻大聲唱起了那首Rogers先生的主題曲，一時歌聲此起彼落，陣容盛大：

這是一個美好的日子在這個鄰里
對於一個鄰居這是一個美好的日子
你願意做我的鄰居嗎？
你能是我的鄰居嗎？……

上個月底，Rogers先生終因胃癌不治而去世，享年七十四歲。他逝世的消息公布之後，美國的媒體紛紛報導他的生平故事。同時，電視上陸續轉播Rogers的節目，網上也出現了許多網客的來函。這三十多年來，Rogers一共完成了一千多個兒童節目，製作了數百首曲子。從作曲、編故事、導演、準備材料到演木偶，都是他一個人的精心傑作。其成就之可觀，自不待言。難怪有人把他稱為「美國偶像」（American Icon），連他那有名的毛衣外套也在華府的Smithsonian Institution博物館中展出（據說，Rogers先生一共有兩打相同樣式、但不同顏色的毛衣外套，其中有許多件是他母親親自編織的）。一般美國人只要看見那毛衣外套，就會立刻想起Rogers先生，且頓生敬慕之心。那種感覺，極其自然，不學自會。

對我來說，Rogers一直是我多年來教學方面的榜樣。我經常看Mister Rogers的節目，可以說自己是一步一步地跟著他走過來的。我教的這些大學生當然非看兒童節目的小孩子可比，但在我看來，Rogers的教育哲學其實對各個層次的教學都有一定的適用性。一般說來，Rogers的教育方法可用「童化」和「教化」兩個觀念來概括。所謂「童化」就是把自己「變成」小孩、用孩童的觀點來看世界。而所謂「教化」應當是一種愛心的感化，而非嚴肅的說教。

記得一九八〇年代後期，當女兒Edie還很小的時候，我幾乎天天陪她看Mister Rogers的節目。女兒最喜歡的就是"Neighborhood of Make-Believe"裡的那個國王（King Friday）和那隻貓頭鷹（Owl）。我以為那是因為"Make-Believe"的世界本來就是遊戲的世界。當遊戲被提升為一種儀式化（ritual）的場景時，人們自然會走進一個比現實更真實的幻境，教化的資訊便以奇蹟的方式活生生顯示給每一顆單純的心。在那個遊戲的世界中，Rogers真的把自己變成了兒童，並用孩童的方式來教小孩，所以他的教育方式最能產生教化的功能，其影響也最能持久。

一直到現在，我的十七歲的女兒還念念不忘Rogers的「想像中的鄰里」。她經常會對我說：「我從Rogers先生那兒學到，無論是對人或是對動物，最重要就是要凡事發自內心，絕不可虛偽。可惜今天許多電視節目都不是這樣。」

女兒的話使我回憶起許多年前、我們一起看過的幾個令人難忘的節目。記得有一次，Rogers請當時波士頓交響樂團的總指揮Seiji Osawa來給兒童表演。那天Rogers安排了一個別出心裁的「動物合唱團」——只見Osawa先生站在臺上很賣勁地指揮，而合唱團裡的許多小狗、小貓、小鹿、小熊都在一齊張口大聲歌唱。（當然那些全是玩具動物）女兒在電視機前看得很開心，邊跳邊說道：「我也要參加合唱！」接著就跟著Osawa指揮起來了。另有一次，Rogers請著名的音樂家馬友友來演奏大提琴。馬友友一開始就閉著眼睛在拉琴，好像很陶醉的樣子；女兒於是拍手叫道：「真好，他在睡覺也能演奏，Good for him！」我當時忍不住大笑了起來。誠然，孩童是永遠純真的；他們的想像也是無邊無際的。尤其在遊戲的世界裡，他們更能自由自在地創造新的想法。

Rogers非常瞭解兒童心理。他以為在今日人情日漸複雜的世界裡，我們的首要之務就是要幫助兒童們建立他們的安全感。因此，他喜歡告訴所有的小孩，讓他們知道，不管他們生於何處、處在任何環境，他們每個人都是世界上最重要、最特殊（special）的人。我永遠忘不了Rogers在電視上曾為兒童唱的那首"It's You I like"（〈我喜歡的就是你〉）：

我喜歡的就是你
不是你的穿戴，
也不是你的髮型——
我就是喜歡你
喜歡眼前的你，
喜歡你的內心——
但不是任何掩蓋你的東西，
也不是你的玩具——

因為那全是外在於你的東西……

記得第一次聽到這首歌曲時，我的心裡感受到了一種震撼。我發誓，我一定要以同樣的態度來教我的學生，要把每個學生視為世界上最重要、最特別的人。

這些年來，有好幾次，在個別的場合裡，我曾經為我的學生們朗誦這首歌曲。有一年，班上一位成績優異的女生Ivanna，她感情突然受到挫折，正在憂鬱症的邊緣上掙扎。她來找我談話，我於是勸她唱Rogers這首曲子，也鼓勵她開始勤寫詩歌，把心裡的憂鬱儘量寫出來。幾天後，她交來了幾首詩，其中一首題為“Music”（〈音樂〉），結尾寫道：

Reflecting wilderness,the wild within rejoicing,
I drown in glory,
Enveloped by the silence that folds.
面對荒野，我心歡騰激盪，我沉浸在榮耀中，
躺在安靜的懷抱裡。

看完這首詩，我終於安心了。真的，這一代的年輕人，常會感到孤獨和寂寞。但因為他們曾經受了Rogers先生的感情教育的陶冶，所以在緊要關頭時，大多能回到那個想像的詩歌的世界裡，而不至於陷入極端的情況中。尤其是，他們在很小的時候就已經聽過Rogers唱的那首“What Do You Do?”（〈你怎麼辦？〉）的歌了：

當你氣得快要發瘋的時候你怎麼辦？
當你氣得想要咬人，
當整個世界都那麼糟糕的時候……
哎，不管你怎麼做都不對頭！
你怎麼辦？難道你要打皮包出氣？
難道你要搗泥土或摔麵團？……
啊，若能適可而止最好
當你想要做壞事的時候。……
你知道在我們的內心深處
總有一股幫助我們成長的力量……

Rogers以為一個人在憤怒的時候，最好能藉著音樂來取得心理的平衡。因此，在以上這首曲中，他還勸小孩子們能通過歌唱來息怒。

我以為Rogers最成功的地方就是用音樂教育來取得孩童的共鳴——那是一種心靈的共鳴，而非理論的解說。這種音樂的共鳴很容易讓兒童潛移默化，因而達到實際的教育效果。說穿了，這種「實際」的教學方法正好代表了美國人凡事追求實際的精神。最近有一位同事曾對我說：「我看，那些解構學派的大師、那些搞形而上學的人還不如Mr.Rogers呢！Mr.Rogers是用『心』來教學，因此他的教法更為直接、更能觸動人的感情。」

其實，Rogers的「心」教就是音樂教育的本質。這使我想起了中國古代的人對音樂的看重。《禮記》中的〈樂記〉篇裡曾經說過：「樂者，心之動也」，又說「致樂，以治心者也……心中斯須不和不樂，而鄙詐之心入之矣……故樂也者，動於內者也。禮也者，動於外者也。樂極和，禮極順……」意思是說，音樂本來就淵源於人的內心，所以一個人若能努力於音樂，就可以陶冶心性（治心）。再者，人的內心只要有片刻不和順不快樂，那卑鄙詭詐的念頭就會乘虛而入，十分危險。但音樂可以補救人心錯誤的動向，因為音樂本來就是一種內心的活動——相對來說，禮則是外在的活動。古人認為音樂能使人達到和平的境界，禮可以使人謙順。所以，我經常在課堂上告訴學生們，中國古代所謂「詩歌」原來指的是音樂的力量，《詩三百》其實也以禮樂的內容為重，一直到後來詩歌才成了以文字為主的文本的。因此，我總是強調，研究詩歌，若只是套用今日盛行的文學和文化理論，確實是「失其真」了。那種詩歌研究不但不能陶冶自己的心性，也無法感人。

但Rogers的教育方法之所以感人，乃是因為他所用來教小孩的音樂是一種「仁聲」，一種充滿了愛和關切的聲音，因而才更能引起孩童和大人們的共鳴。據說，有一次，一個美國小孩在醫院裡將要接受一個大手術，他心中很害怕，所以一直不停地哼著Rogers先生的歌曲，以為壯膽。他的父母聽了那些歌曲深受感動，特別去信給Rogers先生致謝。另外，有一位念博士班的女生，因論文一直寫不出來而感到氣餒。後來，她突然想到童年時聽到Rogers先生唱的一首歌，而得到鼓勵：「你就是必須做下去……一點一點地做，當你完全做完工作的時候，你會說，啊我終於做完了。」（那歌曲的原文是："You've got to do it...every little bit...and when you're through, you can say you did it."）

這些故事給了我許多啟發。無論如何，它們說明了一點——那就是，Rogers先生的「童化」與「教化」乃是最佳的教育方式。有時候，那種教育的成果要到多年後——甚至數十年後——才能見效。但那也正是教育的本來目的，即所謂「十年樹木，百年樹人」也。

（原載華東師範大學中文系編《慶祝施蟄存教授百歲華誕文集》，
上海古籍出版社，二〇〇三年十月）

《施蟄存先生編年事錄》序言：重新發掘施蟄存的世紀人生

孫康宜

施蟄存先生（一九〇五至二〇〇三）是中國現代文學的一顆巨星。在上世紀的三十年代，二十多歲的他已經聞名於上海的先鋒文壇。他早年初露鋒芒的小說《上元燈》作於一九二六年，後來陸續發表〈梅雨之夕〉、〈在巴黎大戲院〉等許多注重心理描寫的新潮小說，一直寫到抗日戰爭前夕。僅在此短短的十年間，他便在現代中國小說創作的領域裡樹立了經典的地位。

但許多讀者或許不知道，施蟄存的後半生（其實是長達六十多年的大半生）轉而致力於古典詩詞、金石碑版等研究，並取得十分輝煌的成就。可惜直到他八十歲以後才有機會出版這方面的專著——包括《唐詩百話》、《北山談藝錄》、《北山談藝錄續編》、《北山集古錄》、《水經注碑錄》、《詞學名詞釋義》和《唐碑百選》等。這是因為，早在文革以前，他就開始了「靠邊站」的生活：一九五七年他正式被貶為右派，此後被派在華東師範大學中文系資料室工作。在那段將近三十年的漫長期間，政治形勢所造成的不利環境反而給了他「安靜」做學問的機會。例如在嘉定當農民的時候，他白天做苦工，晚間苦讀《漢書》；在華東師大資料室工作時，他白天被批鬥，晚上則專心編撰他的《詞籍序跋萃編》。此外，在一連串的政治災難中，他斷斷續續寫成了文史交織的《雲間語小錄》。然而，當時他卻被剝奪了所有著作的發表權利。可以說，一九八〇年代以後他之所以不斷出書，乃是因為這些作品大多是在那段漫長的動亂期間默默積累而成的。諷刺的是，他從前三十年代所發表的那些早已被遺忘的小說，也在他生命的最後幾年同時「出土」。在一個頗富自嘲的〈簡歷表〉中，他曾經寫道：「……三十年代：在上海作亭子間作家。四十年代：三個大學的教授。五十年代：從資產階級知識分子上升為右派分子。六十年代：摘帽右派兼牛鬼蛇神。七十年代：『五七』幹校學生，專業為退休教師。八十年代：病殘老人，出土文物」。

施先生曾說，「活著就是勝利」。他不僅多產又長壽，而且目睹了整個二十世紀中國人所身歷的翻雲覆雨的變化。聽說他長壽的祕訣就是每天早晨八顆紅棗和一個雞蛋。但我以為施先生的真正祕訣乃是：不論遇到任何挫折和磨難，總是對生命擁有希望和熱情，只要人還活著，每天都要活得充實。他曾親口告訴我，他一向不與人爭吵，即使在被鬥的文革期間，他總是保持「唾面自乾」的態度，那是「一種類似基督精神的中國傳統精神」。總之，他凡事原諒人，容忍人，儘量保持豁達的態度。所以他說，生命的意義就是要「順天命，活下去，完成一個角色」。他這種生命哲學觀確實充滿了智慧。二〇〇三年十一月十九日他以九十九歲高齡在上海去世，當天我託他的女弟子陳文華轉呈我對他的悼念：「施老千古，施老千古。言志抒情，終其一生。逝矣斯人，永懷高風」。

我一共只見過施先生兩次；那兩次會面都在一九九六年六月我去中國訪問期間。但早在那之前我已經通過書信與施老建立了一種「神交莫逆」的情誼。那段友誼始於一九八四年一次偶然的因緣。那年春天我接到由普林斯頓大學出版社轉來施先生的短函，大意說：他多年來熱衷於詞學研究，前不久聽說我剛出版一本有關詞的英文專著，希望我能贈送一本給他。那封來信令我喜出望外，沒想到我一直敬佩的三十年代老作家會突然來信！我一時按捺不住興奮之情，就立刻用國際特快把書寄到上海給他。那段期間我正在開始研究明末詩人陳子龍和柳如是，正巧施先生剛出版了一本《陳子龍詩集》（與馬祖熙合編），所以他很快就寄來該書（共兩冊）給我。後來他陸續請友人（包括顧廷龍、李歐梵、Jerry D. Schmidt等人）先後轉來《柳如是戊寅草》、《小檀欒室匯刻百家閨秀詞》、《眾香詞》、《名媛詩歸》等珍貴書籍。一九八八年他又託茅于美教授（已於一九九八年去世）轉來他剛出版的《唐詩百話》，該書深入淺出，篇篇俱佳，其論點之深刻、文體之精練，都讓我佩服至極。我於是把它作為耶魯研究生課的教科書。從此施先生每次來信都不忘為我指點迷津，並指導我許多有關明清文學及女性詩詞的課題，後來我與蘇源熙(Haun Saussy)合編《傳統女作家選集》（*Women Writers of Traditional China*），大多受到施老的啟發和幫助。最讓我驚奇的是，他在西方語言和文學方面的知識也十分豐富，所以我開始按期郵寄美國的《紐約書評》（*The New York Review of Books*）、英國的《泰晤士文學副刊》（*Times Literary Supplement*）以及一些外文書籍給他。從此，上海和紐黑文兩地之間，那一來一往的通信就更加頻繁了。

一九九一年施先生從上海寄來他的詩稿〈浮生雜詠〉八十首，尤其讓我感動。他自己說，他的詩集乃是效龔定庵之〈己亥雜詩〉而寫——那就是，不但悉心校訂每一首詩歌，並特意加上注解。應當說，是那部自傳體式的詩集，使我開始真正認識到這位「世紀老人」的不尋常。從那個詩集裡，我深深地體驗到：施老自幼的教育背景、長年以來所培養的閱讀習慣以及個人的才華和修養，都很自然地形成他這樣一個人。首先，在「暮春三月江南意」那首詩（第二十三首）的自注中，我發現他的幼年教育始於古典詩歌的培養。那時他才剛上小學三、四年級，國文課本中有一課，文云：「暮春三月，江南草長，雜花生樹，群鶯亂飛」。他的同班同學「皆驚異，以為無意義，蓋從來未見此種麗句也」。唯獨幼年的施先生已經得到啟發，自此以後他「始知造句之美」，後來讀杜詩「清詞麗句必為鄰，」更加相信「文章之內容當飾之以麗句」。後來上中學三、四年級，英文教育又成為他人生的一大關鍵：「三年級上學期讀莎氏《樂府本事》，三下讀霍桑之《丹谷閒話》。四上讀歐文之《拊掌錄》，四下讀司各特之《撒克遜劫後英雄略》」（第二十七首自注）。從此他開始廣泛地閱讀外國文學，學習翻譯，也讀《新青年》、《新潮》諸雜誌，並「習作小說、新詩」等。難怪他二十歲不到就開始投稿了，而且一生中不論有什麼遭遇，他都能持續地認真求知，並能選擇當時所最適合自己的文體來「言志抒情」。因此，他在文學事業中，一直扮演著「發掘者」的角色。他要發掘生命中一些被常人忽視的內容。

其實，對我來說，他的〈浮生雜詠〉之所以如此動人，乃是因為在那部詩集裡，我可以自由地「發掘」出許多我們這一輩人所不熟悉的「文化記憶」。該詩集記錄施先生從幼年時期一直到中日大戰前夕所經歷的一些個人經驗。他說：「〈浮生雜詠〉初欲作一百首，以記平生瑣事可念者，今成八十首，僅吾生三分之一，在上海之文學生活，略俱於此」。但那一段早期的歷史也正是我最想知道的。所以當我讀到他所敘述有關與大學同舍生「一燈共讀對床眠」、與戴望舒等人在二十年代白色恐怖中害怕國民黨「奉旨拿人犬引狼」的往事，以及有關松江老家「蕪城門巷剩荒丘」的景象時，心中尤其感到震撼。此外，施先生寄來的那本〈浮生雜詠〉校樣中有好幾處有他的親筆「更正」，所以特別珍貴，我因而小心珍藏之。

我喜歡閱讀施先生的文字，不論是他的詩或是他的信件，都讓我有「如見其人」的感覺。其中有幾封施老的來信至今令我難忘，例如一九九一年春天他寄來了一封信，開頭寫道：「你的郵件，像一陣冰雹，降落在我的書桌上，使我應接不暇。朱古力一心、書三冊、影本一份、筆三枝，俱已收到。說一聲『謝謝』，就此了事，自覺表情太淡漠，但除此以外，我還能說什麼呢。」其形象之生動，文字表達之誠懇，令我百讀不厭。又次年暑假聽說他身體不適入住醫院，我心想專程到上海看他，但一時由於家累及其他原因無法動身，他立刻來信安慰我：「我近日略有好轉，天氣已涼，可逐漸健好。但我不是病，而是老；病可醫，老則不可醫。今年八十八，尚能任文字工作，已可謂得天獨厚，不敢奢望了。我與足下通信多年，可謂神交莫逆……雖尚未有機會一晤，亦不拘形跡，足下亦不須介意，千萬不要為我而來……」他那種朋友間「如能心心相通，見不見面無所謂」的態度，令我感動。但四年後我還是到了上海拜見他，終於如願。

後來辜健（古劍）先生把許多施老給我的信函收入了他所編的《施蟄存海外書簡》中。順便一提，是施老的另一位學生張索時首先代替辜健向我索取那些信件的影印本的。（**康宜按：施蟄存先生給我的信件手稿等，我已於二〇一〇年秋捐贈給北京大學國際漢學家研修基地**）。誠如辜健所說：「書信乃私人之交流……言而由衷，可見其真性情，真學問。」尤其在那個還沒有電子郵件的年頭，每封信都得親自用筆寫出，信紙也必須因收信人而有所講究，所以私人信件就更能表達寫信人的「真性情」。我一直很喜歡用「抒情」二字來形容文人書信的特色，有一年甚至從頭到尾朗誦了一大本美國小說家Henry James和Edith Wharton兩人之間的書信集（*Henry James and Edith Wharton: Letters, 1900-1915,* edited by Lyall H. Powers,New York, 1990），我將之稱為「抒情的朗誦。」

據我觀察，文人之間的書信往來常常會引起連鎖反應的效果，而這種「連鎖的反應」乃是研究文人傳記最寶貴的材料。例如，八十年代開始我和施老的通信無形中促成了他和老朋友張充和女士（另一位世紀老人）之間的通信。他們早在三十年代末就互相認識了，當年正在抗戰期間，許多知識分子都流寓到了雲南，施蟄存也隻身到了昆明，開始在雲南大學教書。正巧沈從文先生就住在雲南大學附近的北門街，有一天施先生到沈家去參加曲會，那天正好輪到充和女士表演清唱，所以彼此就認得了。後來經過半個世紀，居然還能以通信的方式重新敘舊，其欣喜之情可想而知。作為他們的後輩，我很願意為他們兩位老人家服務，我告訴他們，凡是轉信、帶話之類的事對我都是義不容辭的。同時我也能從他們兩人之間的交往學到許多上一代人的寶貴文化。我一直難忘一九八九年春天施先生託我轉送的一封信，那是在沈從文先生逝世將滿一周年時，他因收到充和贈他的一個扇面，感慨萬千而寫

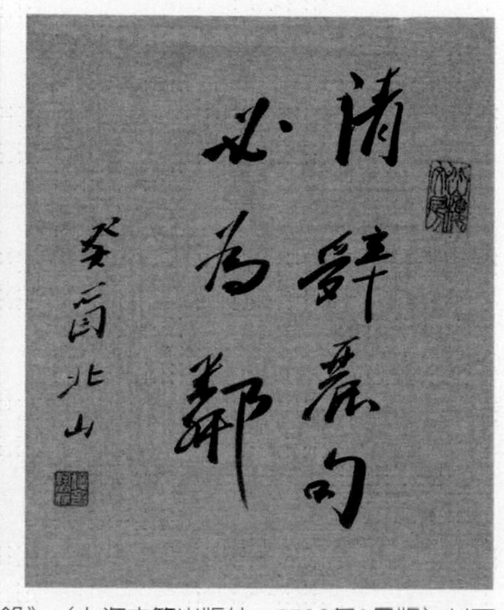

施蟄存先生編年事錄
充和敬署

左：沈建中編撰《施蟄存先生編年事錄》（上海古籍出版社，2013年9月版）封面。
中：施蟄存先生1993年6月書贈孫康宜教授。
右：張充和先生為《施蟄存先生編年事錄》題簽。

的回信：「便面飛來，發封展誦，驚喜無狀。我但願得一小幅，以補亡羊，豈意乃得連城之璧，燦我几席，感何可言？因念山坡羊與浣溪沙之間，閱世乃五十載，尤其感喟。憶當年北門街初奉神光，足下為我歌八陽，從文強邀我吹笛，使我大窘。回首前塵，怊悵無極，玉音在耳，而從文逝矣……」（一九八九年三月六日函）。

兩位老人之間的通信之所以特別感人，乃在於彼此曾經在過去戰亂時期炮火紛飛中有過共患難的經驗。三十年代的昆明乃為一文化大本營，當時知識分子之間所建立的那種堅固情誼，實與中國傳統文化的精神息息相關。那是一種終身不忘的情誼。

最讓我動懷的是，施老與充和兩人的交情一直延續到下一代的師生傳承關係。在施先生去世四、五年之後，有一天我忽然接到上海陳文華教授的來信，她告訴我，施老的另一位弟子沈建中正在編一部《施蟄存先生編年事錄》，希望我能幫他索求張充和女士的題字。我接信後立刻趕到充和處。充和看信後十分激動。她那時已經九十五歲高齡，但一聽說是老朋友施蟄存的學生要的題字，就立刻起身「奮筆成書」。她一直嘆道：「我萬萬沒有想到，在老朋友離世之後，還有機會為他題字……」但她又說：「我今天寫的，只是練習而已。你是知道我的，我每次題字，至少要寫上數十遍，在紙上寫了又寫，試了又試，直到自己完全滿意之後，才能算數。你改天再來拿吧！」

一個星期之後，充和女士如期交卷。後來陳文華教授和沈君也都分別來信致謝。但在那以後許久，我一直沒聽到《編年事錄》的出版資訊。我當然知道，這樣一部大書確實不容易寫，也絕對快不得。心想：編撰者沈建中也夠幸運，幸虧他要題字要得早，否則再遲一、兩個月就得不到充和的題字了。這是因為，近年來張女士身體大衰，早已拒絕所有題字的請求。尤其是，自從二〇一二年春季張女士過百歲生日後，她已經正式封筆，而那張寫字桌也已成為專門養蘭花的地方了。

兩個月前我終於收到沈建中所寫這部《施蟄存先生編年事錄》的電子稿，很是興奮。我發現，這是一部非比尋常的大書，編寫歷時十五年之久（即在施老生前已經開始編寫），全書共得百餘萬字。最令人感佩的是，沈君白天在金融界上班，長年利用業餘時間致力於對近現代文化、學術和文獻文物的研究。目前他的專著已出版有九種；並編有二十多種與學術文獻相關的書籍。但他自認最勤、最用力的就是這部為施老所寫的《編年事錄》。此書投入精力之大可謂空前。從頭到尾，沈君力圖精耕細作，他雖採取傳統編年的紀事方法，但他卻很巧妙地把施先生的個人經歷放在中國二十世紀歷史的大框架中來展現。所用的材料，除了施老自己的日記、書信和作品之外，還廣泛包括地方史、校史、報刊史、出版史、抗戰史、反右史、文革史，以及許多與施先生交遊者的信件、筆記、年譜等。此外，書中還有多處反映沈君個人的思考和刻意探究的史實，比如：施蟄存與魯迅、茅盾等人的關係，一九三三年後他不斷受到圍攻，抗戰遠赴內地的情況，反右前的「疏忽大意」等等，一切給人一種包羅萬象的充實感。可以說，這是一部以「編年」形式撰成的翔實「傳記」，也是供給二十世紀「文化記憶」的寶貴資料庫。我想任何一位讀者都能從如此龐大的《編年事錄》中挖掘出他所想得到的資料和資訊。

以我個人為例，我目前最想考證的就是有關施蟄存於一九三七年逃難至雲南的旅途經驗，以及他對那段經驗的文字描寫。尤其是，我所熟悉的施著〈浮生雜詠〉正好以那個歷史的轉捩點作為結束——最後一首（第八十首）寫道：「倭氛已見風雲變，文士猶為口號爭。海瀆塵囂吾已厭，一肩行李賦西征。」作者本人的「自注」也清楚地解釋道：「我以朱自清先生之推轂，受熊公聘。**（康宜按：熊公指熊慶來先生）**熊公回滇，而滬戰起。我至八月尾始得成行，從此結束文學生活，漂泊西南矣。」那個自注很有誘惑性，使我更想探尋他下一個人生階段的心靈活動。

其實，有關施先生的逃難經驗，我不久前又重讀他的《北山樓詩》，已頗能探知一二。例如，我讀到「乾道忽變化，玄黃飛龍蛇。自非桃花源，日夕驚蟲沙。客從東海來，歷劫私嘆嗟」（〈車行浙贛道中得詩六章〉）、「辰溪渡口水風涼，北去南來各斷腸」（〈辰溪待渡〉）、「遲明發軔尚惺忪，惡道崎嶇心所虞」（〈沅陵夜宿〉）等生動詩句的描寫，頗能想像他當年作為一個逃難者，那種思慮重重，十分焦急的心境。然而詩歌的語言究竟是富有隱喻性的，如果沒有其他可靠的現場資料，很難真正把它放在現實的框架中來研究。我至少必須弄清楚，究竟那些有關「漂泊西南」的詩是哪月哪日寫的？是否有可能把那些詩按時間排列？我想，只要有個大約時間的先後，我就可以對施先生當年所寫的那些詩歌做出進一步的分析。可惜手頭沒有足夠的資料。

一直到最近，在我認真查考沈君所編的這本《施蟄存先生編年事錄》之後，才終於對施先生這組詩的上下文，得到了初步的認識。欣喜之情，自然不言而喻。根據沈君所引用的日記資料，我發現施先生一九三七年那段充滿曲折故事的逃命旅程（從九月六日自松江出發到九月二十九日抵達昆明）確實是他生命中所經歷的最大危險之一。值得注意的是，這段前後達二十三天的緊張時光也正是施先生生平在古典詩歌方面，最為多產的一段。他每天白天忙著購票拉行李趕車，還要跑警報，晚間則不斷作詩並寫日記。在九月二十一日的日記中，他曾寫道：「我經過湘西各地，接觸到那個地區的風土、人情，不禁就聯想起從文這兩部小書（《湘行散記》、《邊城》）。我在辰溪渡口做了一首詩。」「這就是『有詩為證』。」

在逃難的過程中，最傷腦筋的就是，由於敵機的猛烈轟炸，逃難者必須不斷地改變行程。例如，當初施蟄存計畫從松江先到杭州，再從杭州乘汽車到南昌、九江而至漢口，再由漢口乘飛機去雲南。但後來到了南昌之後被迫改道。九月十日的日記描寫當初抵達南昌時的情況：「方竣事，突聞警鐘大作，電報局中職員均挾其簿籍奪門而竄，余被眾人擠至街上，則市人亦四散奔走，秩序大亂。余忽迷失方向，不知當由何路遄返逆旅。捉路人問之，輒答以不知，掣袂而去。余無奈，即走入一小百貨鋪，乞許暫坐，詎鋪主人正欲走避郊外，鋪門必須下鍵，不能容客。余不得已佇立路歧，強自鎮定。」故施蟄存只得臨時轉往長沙，最後居然成了前後長達二十三天的「馬拉松」逃難——那就是，由長沙轉往沅陵，再由沅陵到黃平、貴陽、永甯、安南、普安、平彝、曲靖等處，最後才到昆明。不用說，途中頗多曲折，甚至險些喪命：

「自安南西行，經普安，遂緣盤江行，滾滾黃流，勢甚湍疾。凡數里，而至鐵索橋……余等初意皆下車徒步過橋，使車身減輕重量，而司機者謂無須，緩馳而過，鐵索徐徐振盪，軋轢作聲，殊足危怖……車遂西向疾馳，登青天，入幽谷，出沒萬山中。以下大盤山，經二十四拐，窄徑回復，每一曲折，均須先使車逆行，方得過，否則覆矣。此亦黔滇公路中一險要也。其時車方迎夕陽行，殘日熔金，光芒萬丈，不可逼視。車折過一崖壁，司機者雙目為陽光所亂，竟迷前路，車忽旁出，遂陷滂泥中，前隔絕壑，幸早抑制車輪，否則若再前行一尺，即下墮萬丈，人車俱盡。」（九月二十七日施蟄存日記）。

上左：渡湘江。（李埏先生提供）
上右：辰溪待渡。（李埏先生提供）
下　：「每一曲折，均須先使車逆行，方得過，否則覆矣。」（李埏先生提供）

左：夕次潕水之一。（李埏先生提供）
右：夕次潕水之二。（李埏先生提供）

顯然，這個難忘的恐怖經驗就是〈車行湘黔道中三日驚其險惡明日當入滇知復何似〉那首詩的實際背景。讀了這段日記的記載，使我更能體驗詩中所寫的情境：「驅車三日越湘黔，墮谷登崖百慮煎。……來日大難前路惡，蠻雲瘴霧入昆滇。」

總之，在那次困難的逃生之途中，施蟄存並沒停止他的寫作。首先，沿途所做的舊體詩不少，除了以上的所提到的〈車行湘黔道中三日〉一詩以外，還有〈渡西興〉、〈車行浙贛道中得詩六章〉、〈長沙左宅喜晤三妹〉、〈長沙漫興八首〉、〈渡湘江〉、〈沅陵夜宿〉、〈辰溪待渡〉、〈夕次潕水〉、〈晃縣道中〉、〈黃平客舍〉、〈黃果樹觀瀑〉、〈登曲靖城樓〉等。這些詩都在那二十三天的空隙間寫成。此外，施先生一路上所寫的日記（〈西行日記〉）與他的詩歌相得益彰，可以說是很重要的見證文學。有趣的是，他在途中所寫的那些舊體詩無形中也就成了他從此由小說寫作轉向古典文學研究的起步。

這是沈君所編這部百科全書式的《編年事錄》所給我的啟發。施老生前曾對我說過：「Discover, Discover, Discover, 這才是生命的目標。」相信其他讀者也都能從

1939年施蟄存先生在雲南大學。

1939年施蟄存先生在雲南大學。

沈君的這部大書發掘出（discover）許多寶貴的資料和生命的內容。此書不僅對施蟄存研究有極大的貢獻，而且在現代中國文學史中功不可滅。

這部《編年事錄》將於今年由中國上海古籍出版社出版（分兩冊）。今年是蛇年，而施老的生肖正好屬蛇。這個巧合，不是一般的巧合，它象徵著一種人生哲學。《易經》上說：「見龍在田，德施普也。」因為蛇是地上的龍，故施老的父親給他取名為施德普。後來又給他取字曰蟄存；因為他生下來的月分（農曆十一月）正是蛇蟄伏地下之時。施老顯然更喜歡他的字，故一直以字名世。他曾說過：「這個名字判定了我一生的行為守則：蟄以圖存。」

這次沈君請我寫序，著實令我十分惶恐。今日匆匆寫來，詞不達意，僅聊表我對施老永恆的懷念和敬意。是為序。

二〇一三年（蛇年）二月寫於美國耶魯大學

（本文摘錄曾刊載於香港《明報月刊》，二〇一三年五月號）

施蟄存的詩體回憶：〈浮生雜詠〉八十首

孫康宜

一、選擇的特殊詩體和形式

一九七四年，施蟄存先生七十歲。那年他「偶然發興」，想動筆寫回憶錄《浮生百詠》，「以志生平瑣屑」。那年正是他自一九五七年（因寫了一篇雜文〈才與德〉，以「極惡毒的汙衊歪曲國家幹部」的罪名）被打成右派、又在文革期間被打成牛鬼蛇神以來的第一次「解放」。我在此之所以美其名曰「解放」，是因為七十歲的施先生被迫從華東師大的中文系資料室退休了。那時他身體還很好，精力也十分充沛。但他們硬把他送回家，還祝頌他「晚年愉快」。當時他曾寫詩一首，以記其事：「謀身未辦千頭橘，歷劫猶存一簏（十架）書。廢退政需遮眼具，何（未）妨乾死老蟫魚。」（後來一九七八年七月他又復職了，此為後話）。

必須說明，在這之前那段漫長的二十年間，施先生先後被迫到嘉定、大豐勞動改造，文革時又被撤去原來的教授職務、學銜和工資，最後才被貶到中文系資料室去搬運圖書、打掃衛生的。在那段期間，紅衛兵不僅查抄了他的家產和藏書，還屢次把他推上批鬥臺。挨批鬥時，他的帽子被打落在地上，他就從容地撿起來再戴上；被人推倒在地上，就「站起來拍拍衣服上的塵土，泰然自若地挺直站

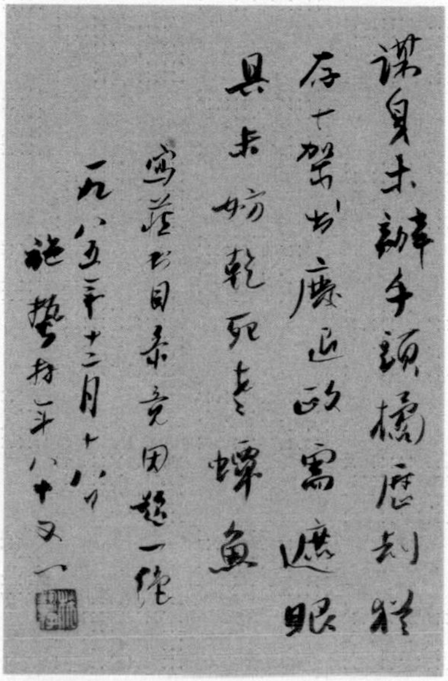

施蟄存先生手跡。

好並據理力爭。」被剃了陰陽頭，卻連帽子也不戴，照樣勇敢地由家裡步行到華師大。有一次，紅衛兵突然衝進他家，他挨了當頭一棒，頓時血流滿面，晚間疼痛得無法入睡，於是他「想了很多」，又「咬咬牙，就熬過來了」。（《世紀老人的話：施蟄存卷》，遼寧教育出版社，二〇〇一年）

這樣一個百般受辱、一路走過「反右」及「文革」風潮的倖存者，會寫出怎樣的回憶錄呢？當然，上個世紀的七十年代，施先生還沒有恢復發表文章和任何著作的權利。但如果我們聯想到八十年代初中國大陸那種傷痕文學的狂潮，我們一定會猜想：那個一向以文學創作著稱的施蟄存至少會寫一本「傷痕文學」式的回憶錄——或者題材類似的自傳小說吧！但與多數讀者的想像不同，施蟄存並沒有那樣做。他不想把精力放在敘說和回憶那種瑣碎的迫害細節。一直到九十六歲高齡，在一次採訪中，他還說道：「……我卻想穿了，運動中隨便人家怎麼鬥我，怎麼批我，我只把自己當作一根棍子，任你去貼大字報，右派也好，牛鬼蛇神也好，靠邊站也好，這二十年（指一九五七至一九七七），中國知識分子的坎坷命運，原也不必多說，我照樣做自己的學問。……文革前期，在『牛棚』度春秋的日子裡，我不甘寂寞，用七絕作了許多詩，評述我所收集碑拓的由來、典故、價值及賞析，後來我把這些『牛棚戰果』編成約二萬字的《金石百詠》。」（《世紀老人的話：施蟄存卷》，遼寧教育出版社，二〇〇一年）

與撰寫《金石百詠》相同，當初一九七四年施老開始想寫〈浮生雜詠〉時，也是因「不甘寂寞」

左：2013年4月25日臺灣佛光大學舉辦孫康宜教授專題講座海報。
右：孫康宜教授正在演講有關施蟄存先生〈浮生雜詠〉。

而引起的。本來他也計畫寫一百首（原來的題目是〈浮生百詠〉），但那年卻只作得二十餘首，因為「忽為家事敗興，擱筆後未及續成」。一直到十五年後、八十五歲時，施老才終於有機會續成該詩體回憶錄，並將「百詠」改成「雜詠」。他曾在「引言」中解釋道：「……荏苒之間，便十五年，日月不居，良可驚慨。今年欲竟其事，適《東風》編者來約稿，我請以此詩隨時發表，可以互為約束，不便中止。但恐不及百首，遽作古人。又或興致蓬勃，卮言日出，效龔定庵之〈己亥雜詩〉，皆未可知。故題以『雜詠』，不以百首自限。作輟之間，留有餘地也。一九九〇年一月三十日，北山施蟄存記。」

後來〈浮生雜詠〉寫畢，卻只有八十首。這是因為他寫到八十首的時候，才發現只寫完一九三〇年代在上海之文學生活（即中日戰爭前夕），而往後的數十年大半生卻無法在二十首詩中寫盡，所以他只

演講結束後與臺灣佛光大學師生們合影留念。

演講後陸續有聽衆請孫康宜教授簽名留念，圖為與陳信元先生討論相關問題。

得擱筆：「……以後又五十餘年老而不死，歷抗戰八年、內戰五年、右派兼牛鬼蛇神二十年。可喜、可哀、可驚、可笑之事，非二十詩所能盡。故暫且輟筆，告一段落。一九九〇年除夕記。」

誠然，對施蟄存來說，把一個人的生命過程分成不同的「段落」來處理，是完全可以的。他曾說過：「因為我的生活『段落』性很強，都是一段一個時期，『角色』隨之變換，這樣就形成我有好幾個『自己』。」（《世紀老人的話：施蟄存卷》遼寧教育出版社，二〇〇一年）但據筆者猜測，施蟄存的〈浮生雜詠〉之所以在一九三七年抗戰前夕打住，還有一個重要的原因。那是因為在往後的八年抗戰期間——即施先生先後逃難至雲南和福建期間——他連續寫了大量的詩篇，那些詩歌完全可視為自傳性的見證文學，無需在〈浮生雜詠〉中重複。至於在那以後，內戰相繼而來，接著又有「反右」和「文革」的恐怖風潮，那也正是施老最不願意回憶的一段生活內容。但諷刺的是，那段飽受折辱的後半生卻成為他一生中學問成就最高、作品最多產的一段。他的女弟子陳文華曾感慨地說道：「被稱為『百科全書式專家』的施蟄存先生，學識之淵博，涉獵之廣泛，用學貫中西、融匯古今來形容毫不過分。他晚年曾說：自己一生開了四個視窗：東窗是文學創作，南窗為古典文學研究，西窗是外國文學翻譯和研究，北窗為金石碑版之學。施氏『四窗』在學術界名聞遐邇，因為，推開每一扇窗戶，我們都能看到他留下的辛勤足跡，品嘗到讓我們享用不盡的累累碩果。」（陳文華〈百科全書式的文壇巨擘——追憶施蟄存先生〉。有關「四窗」的定義，這兒可能有些出入。根據一九八八年七月十六日香港《大公報》，施先生曾對來訪者說道：「我的文學生活共有四個方面，特用四面窗來比喻：東窗指的是東方文化和中國古典文學的研究，西窗指的是西洋文學的翻譯工作，南窗是指文藝創作，我是南方人，創作中有楚文化的傳統，故稱南窗。」見言昭〈北山樓頭「四面窗」——訪施蟄存〉，香港《大公報》，一九八八年七月十六日）

不用說，施先生那動人的詩體回憶錄〈浮生雜詠（八十首）〉也正在他爐火純青的晚年完成的。

雖然那段「回憶錄」主要關於他幼年和青年時代的經驗，但老人將近一世紀的「閱歷」所凝聚的詩心卻涉及所有「四窗」的內容，其才情之感人，趣味之廣泛，實在令人佩服。

同時，我們應當注意施蟄存為〈浮生雜詠（八十首）〉這組詩所選擇的特殊詩體和形式，尤其因為他是一位對藝術形式體裁特別敏感的作家。在「引言」中他已經提到自己可能在仿效「龔定庵之〈己亥雜詩〉，皆未可知。」我想這是作者給我們的暗示。在很大程度上，〈浮生雜詠〉確實深受龔自珍詩歌的影響，但重要的是，施蟄存最終還是寫出了自己的獨特風格。

首先，施先生的〈浮生雜詠〉與龔自珍的〈己亥雜詩〉都採取七言絕句的體裁，同時詩中加注。對龔自珍而言，詩歌的意義乃在於其承擔的雙重功能：一方面是私人情感表達的媒介，另一方面又將這種情感體驗公之於眾。〈己亥雜詩〉最令人注目的特徵之一就是詩人本身的注釋散見於行與行之間、詩與詩之間。在閱讀龔詩時，讀者的注意力經常被導向韻文與散文、內在情感與外在事件之間的交互作用。如果說詩歌本身以情感的耽溺取勝，詩人的自注則將讀者的注意力引向創作這些詩歌的本事。因此兩者合璧，所致意的對象不僅僅是詩人本身，也包括廣大的讀者公眾。龔自珍的詩歌之所以能深深打動現代讀者，其奧妙也就在於詩人刻意將私人（private）的情感體驗與表白於公眾（public）的行為融為一體。在古典文學中很少會見到這樣的作品，因為中國的古典詩歌有著悠久的託喻象徵傳統，而這種特定文化文本的「編碼」與「解碼」有賴於一種模糊的美感，任何指向具體個人或是具體時空的資訊都被刻意避免。但我以為，恰恰是龔自珍這種具有現代性的「自注」的形式強烈吸引了施蟄存。郁達夫也曾指出，中國近代作家作品中的「近代性」在很大程度上得益於龔自珍詩歌的啟發。（見郁達夫《郁達夫全集》第五冊，香港三聯書店，一九八二年。亦見孫文光、王世芸編《龔自珍研究資料集》，合肥黃山書社，一九八四年）

施蟄存在「引言」中已經說明，他在寫〈浮生雜詠〉詩歌時，「興致蓬勃，卮言日出」，因而使

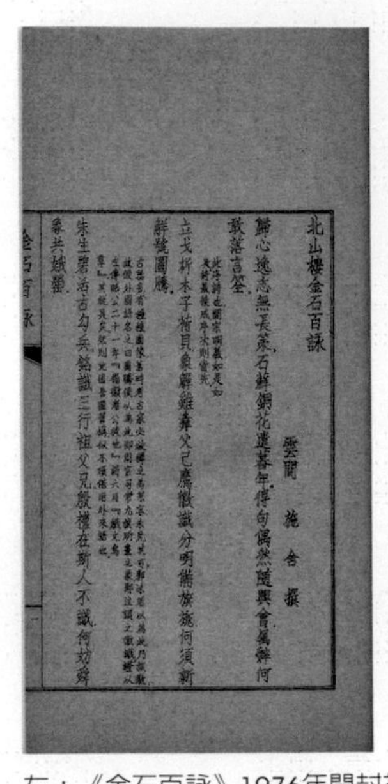

北山樓金石百詠　　雲間　施舍　撰

歸心逸志無長策，石鮮銅花遣暮年。倦句偶然隨興會，屬辭何敢落言筌。

立戈析木子猶貝，象解雞彝父已麋。徽識分明猶族旐，何須新解覽圖騰。

朱生磨洛古勾兵，銘識三行祖父兄。殷禮在斯人不識，何劬舜彝共賊蠶。

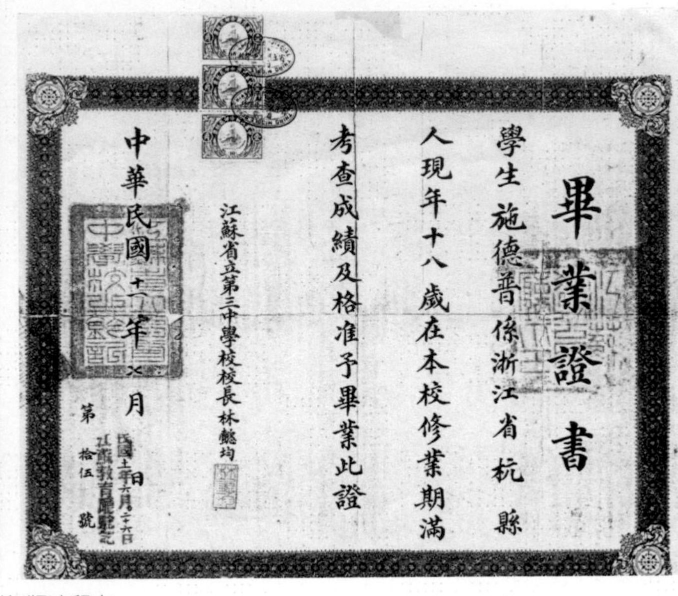

畢業證書

學生施德普係浙江省杭縣人現年十八歲在本校修業期滿考查成績及格准予畢業此證

江蘇省立第三中學校校長林懿均

中華民國十一年　月　日

第拾伍號

左：《金石百詠》1976年開封初版油印本。
右：施蟄存先生中學畢業證書。

他聯想到龔定庵的〈己亥雜詩〉。這點非常重要。原來一八三八年龔自珍突然遇到一場飛來橫禍，據說是某滿洲權貴將對他進行政治迫害。為了保身，龔必須立刻離開北京。他當時倉皇出京，連家小都沒帶上。在浪跡江南的漫漫長途中，龔寫下了總共三百十五首七言絕句。出於某種奇妙的靈感，自從龔離開京城以後，他產生了難以遏止的創作衝動，寫詩的靈感如流水般奔湧不息，正如〈己亥雜詩〉第一首所言：「著書何似觀心賢，不奈卮言夜湧泉。」現在施蟄存的〈浮生雜詠〉也是在「興致蓬勃、卮言日出」那種欲罷不能的情況中寫就，足見施老也具有同樣的浪漫詩人情懷。唯一不同的是，龔自珍寫〈己亥雜詩〉那年，他才四十七歲；但施老寫完〈浮生雜詠〉那年，他已是八十五歲的老人。施蟄存這種在文壇上「永葆青春」的創作力，大陸學者劉緒源把它稱為一種奧祕的文學「後勁」——那是一些極少數的文壇老將，由於自幼具備特殊的才情和文章素養，早已掌握了自己的「創作個性和審美個性」，因而展現出來的「強韌而綿長的後勁」。我想施蟄存的「後勁」還得力於劉緒源先生所謂的「趣味」：劉以為施老的「獨特處和可貴處，就在於一切都不脫離一個『趣』字。」（見劉緒源〈儒墨何妨共一堂〉，《世紀老人的話：施蟄存卷》，遼寧教育出版社，二〇〇一年）

二、詩境的含蓄特質創造一種張力

我想就是這個「趣」的特質使得施先生的〈浮生雜詠〉從當初模仿龔自珍走到超越前人典範的「自我」文學風格。最明顯的一點就是，施的詩歌「自注」已大大不同於龔那種「散見」於行與行之間、詩與詩之間的注釋。施老的「自注」，與其說是注釋，還不如說是一種充滿情趣的隨筆，而且八十首詩每首都有「自注」，與詩歌並排；不像龔詩中那種「偶爾」才出現的本事注解。值得注意的是，施先生的「自注」經常帶給讀者一種驚奇感。有時詩中所給的意象會讓讀者先聯想到某些「古典」的本事，但「自注」卻將讀者引向一個特殊的「現代」情境。例如，我最欣賞的其中一個例子就是第二十四首：

> 鵝籠蟻穴事荒唐，紅線黃衫各擅場。
> 堪笑冬烘子不語，傳奇志怪亦文章。

第一次讀到這首詩，我以為這只是關於作者閱讀〈鵝籠書生〉（載於《續齊諧記》）的故事、〈南柯太守傳〉、〈紅線〉、〈霍小玉傳〉、〈子不語〉等傳奇志怪的讀書報告。但施先生的「自注」卻令我大開眼界：

「中學二年級國文教師常熟徐信，字允夫，其所發國文教材多唐人傳奇文。我家有《龍威祕書》，亦嘗閱之，然不以為文章也。同學中亦有家長對徐師有微詞，以為不當用小說作教材。我嘗問之徐師，師云：『此亦古文也，如曰敘事不經，則何以不廢《莊子》？』」

才是一個十二、三歲的中學生，已從他的老師那兒學到「傳奇志怪亦文章」的觀點，而且還懂得《莊子》乃是「敘事」文學中的經典作品，也難怪多年之後施先生要把《莊子》介紹給當時的青年人，作為「文學修養之助了」。（施蟄存〈《莊子》與《文選》〉）

這個有關《莊子》的自注，很自然地促使我進一步在〈浮生雜詠〉中找尋有關《文選》的任何資料。這是因為，眾所周知，施蟄存於一九三三年因推薦《莊子》與《文選》為青年人的閱讀書目，而不幸招致了魯迅先生的批評和指責；後來報紙上的攻擊愈演愈烈，以至於施先生感到自己已成了「被打入文字獄的囚徒。」（施蟄存〈突圍〉）那次的爭端使得施蟄存的內心深受創傷，而且默默地背上了多年的「惡名」。我想，在施老這部詩體回憶錄〈浮生雜詠〉中大概可以找到有關《文選》的蛛絲馬跡吧？

於是我找到了第四十一首。詩曰：

殘花啼露不留春，文選樓中少一人。
海上成連來慰問，瑤琴一曲樂嘉賓。

在看「自注」以前，我把該詩的解讀集中在〈文選〉一詞（第二行：「文選樓中少一人」）。我猜想，這個「文選」會不會和施先生後來與魯迅的「論戰」有關？至少這首詩應當牽涉到有關《昭明文選》的某個典故吧？還有，蕭統的《文選》裡頭會有什麼類似「殘花啼露不留春」的詩句嗎？

然而，讀了施老的「自注」之後，我卻驚奇地發現，原來作者在這首詩中別有所指：

「創造社同人居民厚南里，與我所居僅隔三四小巷。其門上有一信箱，望舒嘗以詩投之，不得反應。我作一小說，題名〈殘花〉，亦投入信箱。越二周，《創造週報》刊出郭沫若一小箚，稱〈殘花〉已閱，囑我去面談。我逡巡數日，始去叩門請謁，應門者為一少年，言郭先生已去日本。我廢然而返。次日晚，忽有客來訪，自通姓名，成仿吾也。大驚喜，遂共座談。仿吾言，沫若以為〈殘花〉有未貫通處，須改潤，可在《創造週報》發表。且俟其日本歸來，再邀商榷。時我與望舒、秋原同住，壁上有古琴一張，秋原物也。仿吾見之，問誰能彈古琴。秋原應之，即下琴為奏一操。仿吾頷首而去。我見成仿吾，生平惟此一次。《創造週報》旋即停刊，〈殘花〉亦終未發表。」

沒想到，原來「文選樓」是指《創造週報》的編輯室，與《昭明文選》毫無關聯。由於主編郭沫若等人乃是「選文」刊登的負責人，所以施老就發明了這樣一個稱呼：「文選樓」。當年施蟄存只是一個二十一、二歲的大學生，就得到主編郭沫若和成仿吾等人如此的推重，所以施老要特別寫此詩以為紀念。至於他是否有意用「文選」一詞來影射他後來與魯迅之間的矛盾，那就不得而知了。但應注意施蟄存曾說過：「在早期的新文學運動中，創造社給我的影響，大於文學研究會。」（〈我的第一本書〉）詩歌的意義是多層次的，讀者那種「彷彿得之」的解讀正反映出詩歌的複雜性。施蟄存自己也曾說過：「我們對於任何一首詩的瞭解，

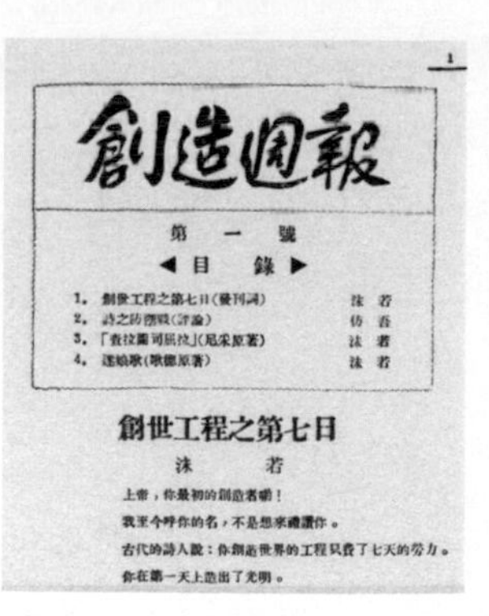
1

創造週報

第一號

◀目錄▶

1. 創世工程之第七日（發刊詞） 沫若
2. 詩之防禦戰（評論） 仿吾
3. 「查拉圖司屈拉」（尼采原著） 沫若
4. [illegible]（歌德原著） 沫若

創世工程之第七日

沫若

上帝，你最初的創造者喲！

我至今呼你的名，不是想來禮讚你。

古代的詩人說：你創造世界的工程只費了七天的勞力。

你在第一天上造出了光明。

《創造週報》創刊號。

可以說皆盡於此『彷彿得之』的境地。」（這句話來自施先生一篇有關他的新詩〈銀魚〉的文章，見〈海水立波〉）儘管如此，作者的「自注」還是重要的，因為它加添了一層作者本人的見證意味。

作為一個喜愛闡釋文本的讀者，我認為我對施老以上兩首詩有關《莊子》和《文選》的解讀也不一定是捕風捉影。至少我的「過度闡釋」突出了施先生的幽默，那就是「趣」，是一種「點到為止」的趣味。他利用詩歌語境的含蓄特質，再加上充滿本事的「自注」，就在兩者之間創造了一種張力，讓讀者去盡情發揮其想像空間。其實，詩歌一旦寫就，便彷彿具有了獨立的生命，對其涵義的闡發也不是作者的原意所能左右或限制的。所以，儘管我對以上兩首詩的揣測之詞或許出於我對施蟄存和魯迅從前那場論戰的過度敏感，但一個讀者本來就有考釋發掘文本的權利。何況我以為詩有別「趣」，有時「假作真時真亦假，無為有處有還無」。詩歌自有其美學的層面，不必拘泥於本事的局限。我相信，施老也會同意我的看法——在他一篇回答陳西瀅的文章裡（即回答陳君對他那篇解讀魯迅的〈明天〉的文章之批評），他曾寫道：「也許我是在作盲人之摸象，但陳先生也未始不在作另一盲人……而我要聲明的是：我並不堅持自己的看法是對的，也並不說別人是錯的……我還將進一步說：這不是一個對不對的問題，而是一個可能不可能的問題。」（施蟄存〈關於〈明天〉〉）

施先生提出的這個「可能不可能的問題」正是我們解讀他的詩歌之最佳策略。而他的詩中「趣味」也會因這樣的解讀方法進一步啟發讀者更多的聯想。我以為，真正能表達施蟄存的「詩趣」的莫過於〈浮生雜詠〉的第六十八首：

粉膩脂殘飽世情，況兼疲病損心兵。
十年一覺文壇夢，贏得洋場惡少名。

「自注」中說明，此詩的「第三、四句乃當年與魯迅交諍時改杜牧感賦」。據沈建中考證，那兩句詩原來發表於一九三三年十一月十一日的《申報・自由談》。在那篇《申報》的文章裡，年輕的施先生曾寫道：「我以前對於豐先生（指魯迅），雖然文字上有點太鬧意氣，但的確還是表示尊敬的，但看到〈撲空〉這一篇，他竟罵我為『洋場惡少』了，切齒之聲儼若可聞。我雖『惡』，卻也不敢再惡到以相當的惡聲相報了。」（施蟄存〈突圍（續）〉）。有關「洋場惡少」，以及近人為施蟄存的正名論，見王福湘〈「洋場惡少」與文化傳人之辨——施蟄存與魯迅之爭正名論〉，《魯迅研究月刊》二〇一三年第二期）令人感到驚奇的是，當年在那種天天被文壇左翼包圍批判、被迫獨自「受難」的艱苦情況中，一個二十九歲的青年居然還有閒情去模仿杜牧的〈遣懷〉詩，而寫出那樣充滿自嘲的詩句。我以為，年輕的施先生能把杜牧的「十年一覺揚州夢，贏得青樓薄倖名」改寫成自己的「十年一覺文壇夢，贏得洋場惡少名」乃為古今最富「情趣」的改寫之一。

三、在傳統和現代的情境之間

更有趣的是，半個世紀之後，八十五歲的施老在寫他的〈浮生雜詠〉第六十八首時，為了補足一首完整的七言絕句（第六十八首），他不但採用了從前年輕時代所寫的那兩句詩，而且很巧妙地加了上頭兩句：「粉膩脂殘飽世情，況兼疲病損心兵。」這樣一來，施老就很幽默地把讀者引到了另一個層面——那就是性別的越界。他用「粉膩脂殘」一詞把自己比成被社會遺棄的女人，就如「自注」的開頭所述：「拂袖歸來，如老妓脫籍，粉膩脂殘。」在這裡，他藉著一個老妓的聲音，表達了一種在現實生活中難以彌補的缺憾，以及一種無可奈何的心態。「自注」中又說：「自一九二八年至一九三七年，混跡文場，無所進益。所得者惟魯迅所賜『洋場惡少』一名，足以遺臭萬年。」

其實「性別越界」（我在從前一篇文章裡稱為「gender crossing」）乃是中國傳統文人常用的「政

治託喻」手法。（見拙作〈傳統讀者閱讀情詩的偏見〉。參見康正果《風騷與豔情》，上海文藝出版社，二〇〇一年修訂版）傳統男人經常喜歡用女人的聲音來抒情，因為現實的壓抑感使他們和被邊緣化的女性認同。但我以為，施蟄存的詩法之所以難得，乃在於他能在傳統和現代的情境中進出自如，他幼年熟讀古代詩書，及長又受「五四」新文學影響，並精通西洋文學。他不但寫舊詩，也寫新詩。凡此種種，都使得他的詩體亦新亦舊、既古又今。或從內容、或從語言、或從性別的意識，他的詩歌都能提供深入的解讀和欣賞的新視點。可以說，他的詩歌一直是多層次的。

我們也可以用同樣的「多層次」之角度來解讀〈浮生雜詠〉第六十七首。該詩描寫有關當年施先生在被文壇左翼圍攻得無處可逃的時候、所遇到的尷尬情境：

心史遺民畫建蘭，植根無地與人看。
風景不多文飯少，獨行孤掌意闌珊。

本來施蟄存自從一九三二年三月被現代書局張靜廬聘請來當《現代》雜誌的主編之後，他已經走上文學生涯最輝煌的道路。在那之前，他早已出版了他的代表作《將軍的頭》、〈鳩摩羅什〉、《石秀》等，接著他最得意的心理小說〈梅雨之夕〉以及《善女人行品》也在一九三三年先後問世。同時，作為主編，他在上海文壇所產生的影響是空前的。就如學者李歐梵所說：「《現代》雜誌被認為標誌著中國文學現代主義的開始，」「在很多方面，施蟄存似乎都在領導著典型的上海作家的生活方式；而且他因編輯《現代雜誌》獲得了更多的『文化資本』，從而迅速地在上海文壇成了名。」（李歐梵《上海摩登》，毛尖譯，北京大學出版社，二〇〇一年；請見英文版——Leo Ou-fan Lee, *Shanghai Modern: The Flowering of A New Urban Culture in China, 1930-1945*, Cambridge, MA, 1999, pp. 130-132.）此時，

《現代》的聲譽也隨著提高，而雜誌的銷路「竟達一萬四千份」，令那個現代書局的老闆張靜廬好不開心，一直慶幸他聘對了人——從一開始他就想辦一個採取中間路線的純文藝雜誌，而那政治上「不左不右」的施蟄存正好合乎他心目中的理想。

但沒想到這個「不左不右」的中間路線也正是施蟄存被文壇左翼強烈打擊的主要原因。到了一九三四年四月，《現代》已經快撐不下去了。其實這也是魯迅早已預料到的：「想不到半年，《現代》之類也就無人過問了。」（〈魯迅致姚克函〉，一九三四年二月十一日，《魯迅全集》，北京：人民文學出版社，二〇〇五年）據施蟄存後來自述：「我和魯迅的衝突，以及北京、上海許多新的文藝刊物的創刊，都是影響《現代》的因素。從第四卷起，《現代》的銷路逐漸下降，每期只能印二三千冊了。」（施蟄存〈我和現代書局〉）最後現代書局只好關門，各位同人也紛紛散夥。接著出現了「風景不多文飯少，獨行孤掌意闌珊」之局面。所以施先生在第六十七首的自注中寫道：

一九三四年，現代書局資方分裂。改組後，張靜廬拆股，自辦上海雜誌公司……我與杜衡、葉靈鳳同時辭職。其時水沫社同人亦已散夥，劉吶鷗熱衷於電影事業，杜衡……另辦刊物。穆時英行止不檢，就任圖書雜誌審查委員。戴望舒自辦《新詩》月刊。我先後編《文藝風景》及《文飯小品》，皆不能久。獨行無侶，孤掌難鳴，文藝生活從此消沉。

應當說明的是，當時除了《文藝風景》及《文飯小品》以外，還有一九三五年施先生與戴望舒合辦的《現代詩風》，由脈望出版社出版。施蟄存並出任《現代詩風》的發行人，該雜誌創刊號的扉頁刊有他的撰文〈〈文飯小品〉廢刊及其他〉，還刊有他的新詩〈小豔詩三首〉以及他的譯作美國羅蕙兒〈我們為什麼要讀詩〉（署名「李萬鶴」），此外還刊登了「本社擬刊詩書預告」，可惜《現代詩

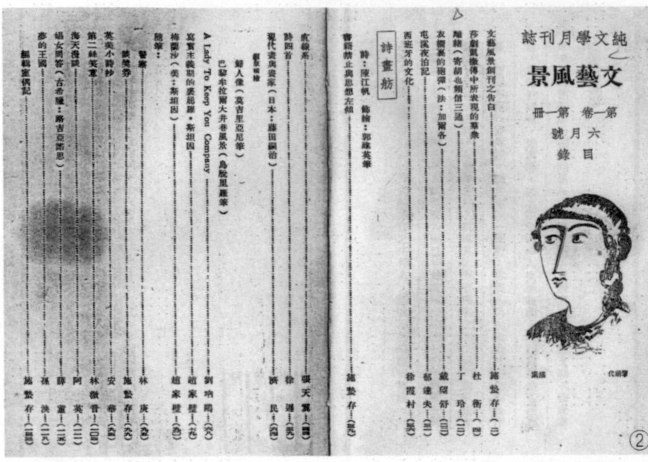

純文學月刊誌

文藝風景

第一卷第一冊

六月號

目錄

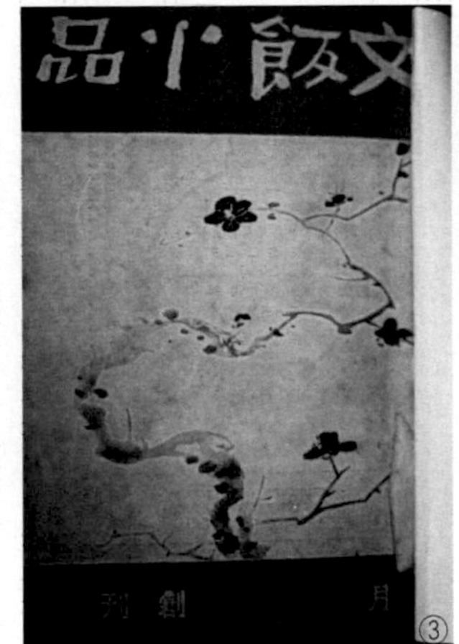

① 《文藝風景》創刊號。
② 《文藝風景》創刊號目錄。
③ 《文飯小品》創刊號。
④ 《現代詩風》創刊號。

風》僅出一期就夭折了。

這就難怪〈浮生雜詠〉第六十七首把作者當時那種無可奈何的「消沉」心境比喻成一個傳統「遺民」的心態——那是一種類似蘭花「有根無地」的心態：「心史遺民畫建蘭，植根無地與人看。」施老在自注中進一步解釋道：「南宋遺民鄭所南畫蘭，有根無地。人問之，答曰：『地為人奪去。』」

所以，真正的關鍵乃在於：「地為人奪去。」所謂「地」就是一個人的生存空間。諷刺的是，施蟄存和他的現代派友人原來是擁有極大的「生存空間」的。就如李歐梵所說：「這個刊物（指《現代》雜誌）帶異域風的法文標題"*Les Contemporains*"，顯然是相當精英化的，同時也帶著點先鋒派意味：它是施蟄存這個團體的集體自我意象，這些人自覺很『現代』。」（李歐梵《上海摩登》）在現代文學的領域裡，他們無疑曾經占據了一個最新、最先鋒的領導地位。然而，當殘酷的現實使他們終於失去「生存空間」時，那對他們心中的打擊也就特別嚴重。一九三四年七月二日，施蟄存給好友戴望舒的信中說到：「這半年來風波太大，我有點維持不下去了，這個文壇上，我們不知還有多少年可以立得住也。」（孔另境編《現代作家書簡》）

這是施先生有生以來體驗到的最大一次「空間」失落。為了生存下去，他必須另找生路。（此為後話）然而，必須一提的是，施家幾代以來，早已有那種從一處漂泊到另一處的「萍浮」感，而那也正是〈浮生雜詠〉最重要的主題之一。第十六首寫道，「百年家世慣萍浮，乞食吹簫我不羞」，其實已經概括了他們家的奮鬥史。自注中也說：「寒家自曾祖以來，旅食異鄉，至我父已三世矣。」這就是施蟄存童年時代經常隨家人從一個城市遷居到另一個城市的原因。施家世代儒生，家道清貧。〈浮生雜詠〉第一首告訴我們，施先生的出生地在杭州水亭址學宮旁的古屋。但四歲時他便隨父母從杭州遷居蘇州烏鵲橋，因為當時剛罷科舉不久，其父施亦政頓失「進身之階」，故只得搬到蘇州以謀得一職。（見第二首：「侍親旅食到吳門，烏鵲橋西暫托根。」）在蘇州時，他的父親曾帶他到寒山寺，

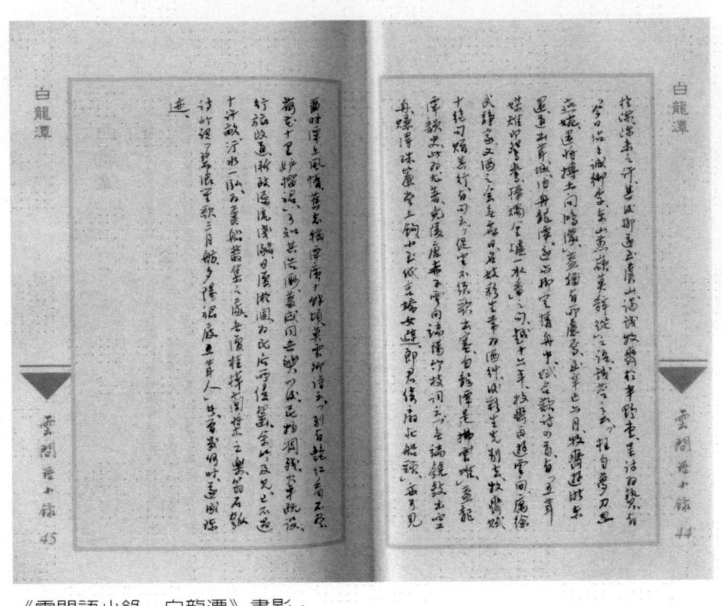

《雲間語小錄．白龍潭》書影。

指著刻有張繼〈楓橋夜泊〉詩的碑，教他背誦唐詩，乃為讀古典詩歌之始。（見第六首：「歸來卻入寒山寺，誦得楓橋夜泊詩。」）後來，施蟄存八歲那年，辛亥革命發生，其父因而「失職閒居」，也只得「別求棲止」，最後終於搬到松江。（見第十一首：「革命軍興世局移，家君失職賦流離。」）

施先生後來在松江長大，居住了近二十餘年之後，才遷居上海。對於松江，他始終懷有一種深厚的鄉愁情感。〈浮生雜詠〉第十四首描寫在他幼時，母親每晚「以縫紉機織作窗下」，他在旁「讀書侍焉」的動人情景。（「慈親織作鳴機急，孺子書聲亦琅然。」）在《雲間語小錄》的「序引」中，施先生一開頭就強調：「我是松江人，在松江成長。」雖然他的出生地是杭州。有趣的是，在〈浮生雜詠〉中，他經常喜歡與那些原本為外來者、最終定居在松江的古代前賢認同。例如，第十七首詩曰：「山居新語曲江篇，挹秀華亭舊有緣。他日幸同僑寓傳，附驥濩落愧前賢。」自

注：「元楊瑀著《山居新語》，錢惟善以賦曲江得名，皆杭州人僑寓華亭者，《松江府志》列入〈寓賢傳〉。」同時，他也喜歡與古代詩人陸機、陸雲二兄弟認同，因為他們是松江人：「俛顏來就機雲里，便與商人日往還。」（第十二首）自注：「松江古名華亭，陸機、陸雲故里也。」此外，晚年的施先生特別懷念松江的山水勝地——尤其是帶有歷史淵源的景點。例如城西的白龍潭是他一直喜歡提起的。〈浮生雜詠〉第十九首主要在詠嘆錢謙益和柳如是定情於白龍潭的故事：

樺燭金爐一水香，龍潭勝事入高唐。
我來已落滄桑後，裙屐風流付夕陽。

自注：「白龍潭在松江城西，明清以來，為邑中勝地。紅蕖十畝，碧水一潭，畫舫笙歌，出沒其間。錢牧齋與柳如是定情即在龍潭舟中。牧齋定情詩十首，有『樺燭金爐一水香』之句，為松人所樂道。入民國後，潭已汙瀦蕪穢，無復遊賞之盛。余嘗經行潭上，念昔時雲間人物風流，輒為憮然。」

四、接受傳統教育過渡到現代文人的文學天分

但令施蟄存最念念不忘的乃是，他自幼在松江所受的古典文學教育。據〈浮生雜詠〉第二十三首，他才上小學三四年級時，就能從課文中體會到「清詞麗句」的美妙：「暮春三月江南意，草長花繁鶯亂飛。解得杜陵詩境界，要將麗句發清詞。」所以當他才十來歲時，他早已熟讀古書，也學會作詩。〈浮生雜詠〉第二十五首，「自君之出妾如何，隨意詩人為琢磨」。主要記載當年初擬漢魏樂府「自君之出矣」的詩句之情況。他曾說：「我的最初期所致力的是詩……那時的國文教師是一位詞章家，我受了他很多的影響。我從《散原精舍詩》、《海藏樓詩》一直追上去讀《豫章集》、《東坡

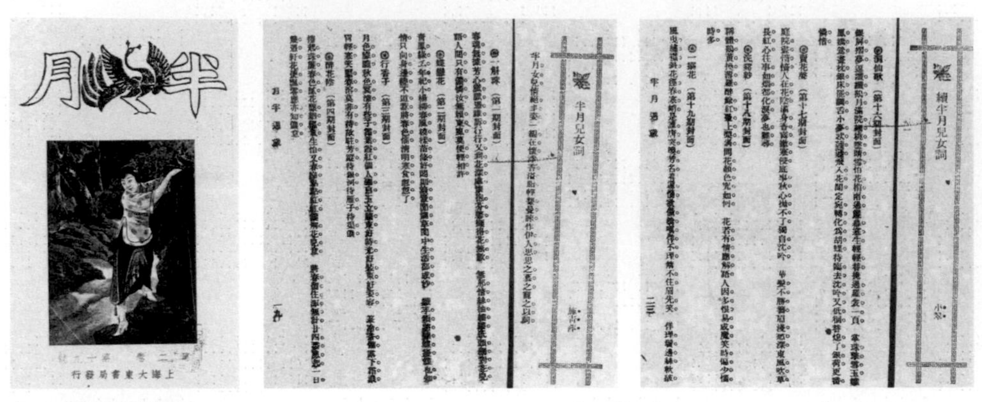

左：《半月》封面之一。
中：《半月》刊登施蟄存先生〈半月兒女詞〉之一。
右：《半月》刊登陳小翠先生〈續半月兒女詞〉之一。

集》和《劍南集》，這是我的宋詩時期。那時我原做過許多大膽的七律，有一首云：『揮淚來憑曲曲欄，夕陽無語寺鐘殘。一江煙水茫茫去，兩岸蘆花瑟瑟寒。浩蕩秋情幾洄溲，蒼皇人事有波瀾。邇來無奈塵勞感，九月衣裳欲辦難。』一位比我年長十歲的研究舊詩的朋友看了，批了一句『神似江西』，於是我歡喜得了不得，做詩人的野心，實萌於此。」（施蟄存〈我的創作生活之歷程〉）又，周瘦鵑主編的《半月》雜誌曾於一九二一年出版施蟄存為該刊各期封面〈仕女圖〉所作的題詞十五闋，一時頗為轟動；那年施先生才十七歲。（必須一提，周瘦鵑當時也請杭州才女陳小翠，即天虛我生之女公子，續作九闋，以補足「全年封面畫廿四幀之數」）；「瘦鵑以二家詞合刊之，題云《〈半月〉兒女詞》。」見施蟄存《翠樓詩夢錄》）

我想，促使施蟄存文學早熟的另一個原因，可能是他從小就喜歡與人訂「文字交」的緣故。他自己說，在松江念中學時「與浦江清過從最密。」兩人經常在一起讀詩寫詩。有一次兩人「共讀江淹〈恨〉、〈別〉二賦，」並「相約擬作」。於是浦江清作〈笑賦〉，年輕的施蟄存作〈哭賦〉。〈浮生雜詠〉第二十六首曾記載該事：「麗淫麗則賦才難，飲恨銷魂入肺肝。欲與江郎爭壁壘，笑啼不得付長嘆。」雖然那次兩人的擬賦並不成功，但施老一直難忘那次的經驗。同時，他也難忘當年與浦江清和雷震同一起遊景點醉白池，三人互相「論文言志，臧否古今，日斜始歸」的情景。第二十一首詩描寫其中的閒情逸致：

水榭荷香醉白池，納涼逃暑最相宜。
葛衣紈扇三年少，抵掌論文得幾時。

可以說，早在青年時代，施蟄存已經掌握了傳統的古典教育，也學會與人和詩、論詩，這與松江的文化背景不無關係。同時，由於松江的特殊教育制度，他上中學三年級時就已勤讀英文，並大量閱讀外國文學，從此水到渠成，也就打開了從事翻譯西洋文學的那扇窗。

然而他也同時受「五四」新文化的薰陶，所以經常利用課餘時間大量閱讀各種報章雜誌。據〈浮生雜詠〉第三十首詩的自注，當時他漸漸感到「刻畫人情、編造故事，較吟詩作賦為易」。儘管還是個中學生，所創作的小說早已陸續刊於《禮拜六》、《星期》等雜誌。（當時他經常署名為「施青萍」或「青萍」。）對他來說，這是他人生「一大關鍵」，也是「一生文學事業之始」。不久，他也開始思考如何寫一種「脫離舊詩而自拓疆界」的新詩，以為冰心《繁星》、《春水》、汪靜之《蕙的風》、郭沫若《女神》頗可作為一種過渡時期的典範新詩，所以他在〈浮生雜詠〉第二十九首寫道：「春水繁星蕙的風，淩波女神來自東。鳳皇涅槃詩道變，四聲平仄莫為功。」

總之，施蟄存的文學早熟促成了他走向上海文壇的一大關鍵。但人生的際遇也有難以預料的巧合因素。一九二二年那年，施蟄存上杭州之江大學一年級，有一回他與同學泛舟西湖，正好遇到幾位杭州文學社團「蘭社」的主要成員——即戴望舒、戴杜衡、張天翼、葉秋原等。當時這幾位蘭社成員

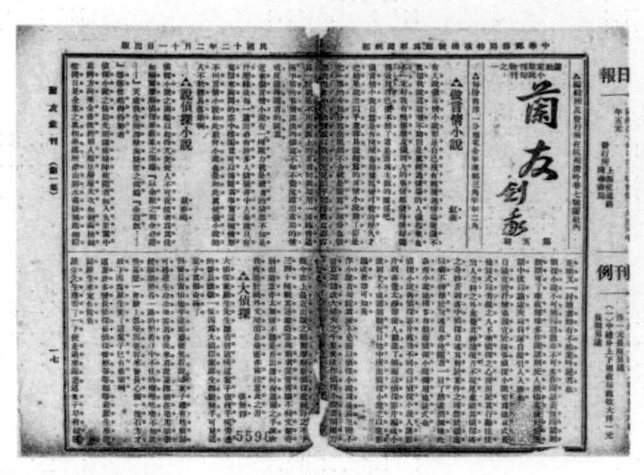

1923年，我在杭州之江大学肄业，与友人戴望舒、张天翼等办此小刊物。其时尚属于鸳鸯蝴蝶派文人，故颇有旧文学气味。越二年，始转向新文学，不复作此等文字。

徐家汇藏书楼有此刊十二期，因以检阅，惜缺少四期，不知天壤间尚有存者否？此少年时文字，今日见之，甚愧幼稚。

1986年6月20日 施蛰存

左：施蟄存先生參與編輯蘭社社刊《蘭友》。
右：施蟄存先生為上海圖書館特藏《蘭友》題詞。

才只是中學四年級學生，但已經以文字投寄上海報刊，故與施蟄存一拍即合，遂有「同聲之契」。〈浮生雜詠〉第三十二首寫道：

湖上忽逢大小戴，襟懷磊落筆縱橫。
葉張墨陣鵝堪換，同締芝蘭文字盟。

那次的結盟無疑給了施先生許多新的啟發和動力。不久他們在杭州戴望舒家中聯手籌辦刊物《蘭友》，望舒出任主編，施先生為助編，於一九二三年一月一日出版創刊號。同時施蟄存也寫〈西湖憶語〉，在《最小》雜誌連載。同年八月，他自費出版了平生第一部小說集《江干集》（收有〈冷淡的心〉、〈羊油〉、〈上海來的客人〉等多篇介於「鴛鴦蝴蝶派和新文學之間」文體的小說）。該集署名施青萍，所收的小說都是他在之江大學肄業那年寫的，因為「之江大學在錢塘江邊，故題作《江干集》」。《江干集》的〈卷首語〉以十分典雅的古典詩歌形式寫成，同時以「江上浪」作為人生譬喻，獨具魅力：

蹤跡天涯我無定，偶然來住此江干。
秋心寥廓知何極，獨向秋波鎮日看。

編輯人語

本報歡迎投稿。如創作或繙譯的短篇小說。小說作法研究。中外小說批評。小說家遺聞軼事。專談。遊記。諸文。雋語等等。皆在可錄之列。花史舊劇評不收。如濫泛罵人或態度曖昧。所指人物。僅以某某字樣爲代。取巧不敢負責。尤所深惡痛絕。來稿附有十足郵費者。不刊卽退。

西湖憶語

施青萍

雲棲以竹名。小者徑亦四五寸。遊人每好刻姓氏其上。用留紀念。余以半年五遊其處。輒緣竹求相識朋好留名。屢屢得之。常[illegible]心怡。竹之外又富栗鼠。巡行松竹間覓食。聞人聲足音便逃竄。極迅速。弗容一瞬。余嘗約侶攜械往捕。紛相追逐。目疲足乏。卒不得一。相與嘻笑。徒手歸耳。在靈隱忽然過修。各交睫默無一言。擦肩而過。未能返顧。冥緬彼詩。心中當作何念。女學生遊興極豪。休沐日天氣佳輒結伴同遊。遊必寥遠。若湖上諸

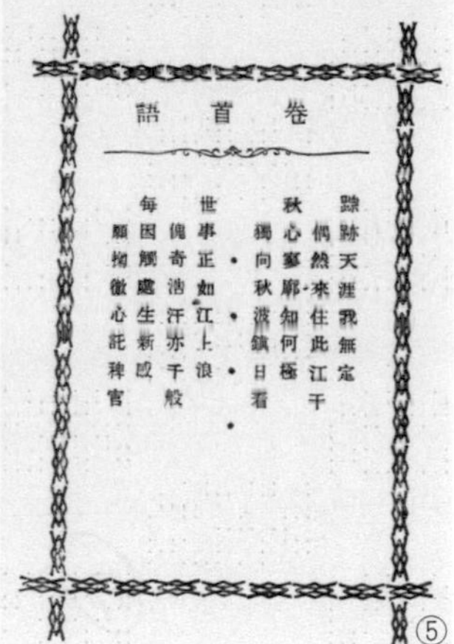

卷首語

踪跡天涯我無定
偶然來住此江干
秋心寥廓知何極
獨向秋波鎮日看
世事正如江上浪
傀奇浩汗亦千般
每因觸處生新感
願掬微心託稗官

① 施蟄存先生1923年在《最小》報連載發表《西湖憶語》。
② 施蟄存先生早期創作小說集《上元燈》封面。
③ 施蟄存先生在之江大學求學期間留影。
④ 施蟄存先生小說創作處女作《江干集》封面。
⑤ 施蟄存先生《江干集》卷首語。

世事正如江上浪，傀奇浩汗亦千般。
每因觸處生新感，願掬微心託稗官。

晚年的施先生不願把這本集子視為他的第一部小說集，以為尚不成熟，只稱它為一部「習作」。（施先生把小說集《上元燈》以前的《江干集》和《娟子姑娘》——包括由水沫書店出版的《追》——都一併視為「文藝學徒的習作」，所以他認為《上元燈》才是他的「第一個短篇小說集」，見施蟄存，〈《中國現代作家選集・施蟄存》序〉）但我始終以為施先生這一部處女作在中國文學史上頗有重要性，尤其它代表一個早期從傳統過渡到現代的文人所經歷的複雜心思。《江干集》有一篇附錄，題為〈創作餘墨〉，是作者專門寫給讀者看的。它很生動地捕捉了一個青年作家所要尋找的「自我」之聲音：

> 我並不希望我成為一小說家而做這一集，我也不敢擔負著移風整俗的大職務而做這些小說。我只是冷靜了我的頭腦，一字一字的發表我一時期的思想。或者讀者不以我的思想為然，也請千萬不要不滿意，請恕我這些思想都是我一己的思想，而我也並不希望讀者的思想都和我相同。我小心翼翼地請求讀者，在看這一集時，請用一些精明的眼光，有許多地方千萬不要說我有守舊的氣味，我希望讀者更深的考察一下。我也不願立在舊派作家中，我更不希望立在新作家中，我也不願做一個調和新舊者。我只是立在我自己的地位，操著合我自己意志的筆，做我自己的小說。（施蟄存《江干集》附錄〈創作餘墨・代跋〉）

這是時代的影響，同時也是施蟄存本人的文學天分之具體表現。他不久和他的蘭社友人一起到

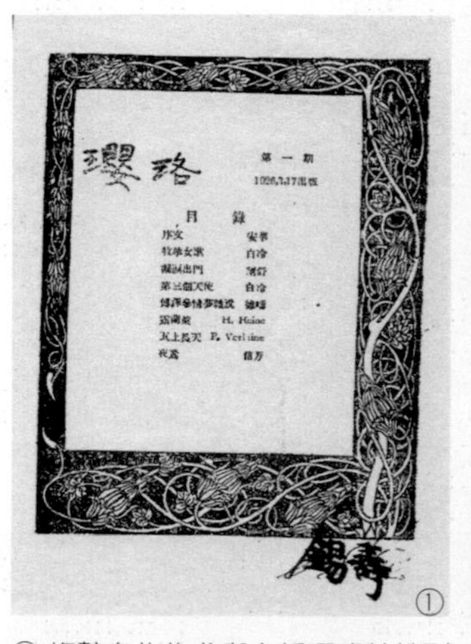

① 施蟄存先生參與主編瓔珞社社刊《瓔珞》創刊號。
② 施蟄存先生參與主編《新文藝》創刊號。
③ 施蟄存先生參與主編《無軌列車》創刊號。

上海去，他們合力奮鬥了幾年（包括建立文學社團「瓔珞社」和創辦《瓔珞》、《新文藝》等雜誌），最後由於《現代》的空前成就，一躍而成為三十年代初上海文壇現代派的先鋒主力。在他的〈浮生雜詠〉中，施老花了很大的篇幅回憶這一段難以忘懷的心路歷程。從第三十三首到六十六首，我們讀到有關他那不尋常的大學生涯（「計四年之間，就讀大學四所」），還有他與戴望舒、杜衡如何「在白色恐怖中倉皇離校，匿居親友家」的情景，以及他和劉吶鷗刊編《無軌列車》、《新文藝》月刊，後又開水沫書店的甘苦談，最後他終於得到上海現代書局經理張靜廬的賞識，成為《現代》雜誌的主編，真可謂「天時地利人和」。（見第六十一首：「一紙書垂青眼來，因緣遇合協三才。」）

五、「進退自如」乃是智慧的表現

可以想見，一九三四年當現代書局瓦解、《現代》雜誌同人解散之時，施蟄存和他的青年朋友們（他們都還不到三十歲）有多麼頹喪。難怪施蟄

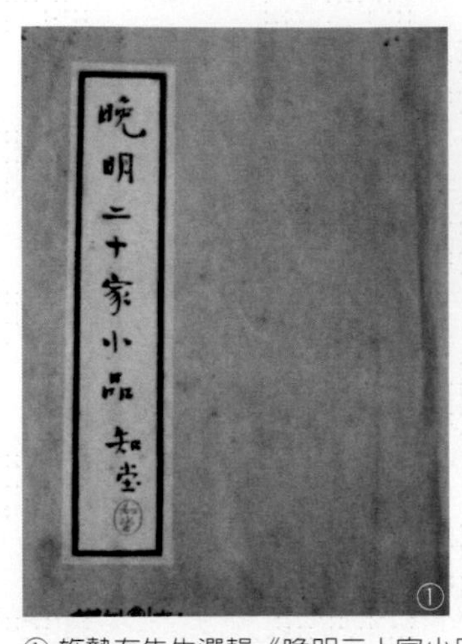

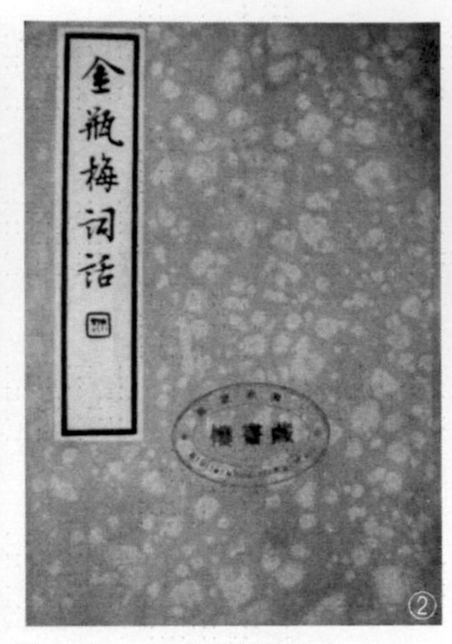

① 施蟄存先生選輯《晚明二十家小品》封面，由周作人題簽。
② 施蟄存先生主編《中國文學珍本叢書》，並校點《金瓶梅詞話》等書。
③ 施蟄存先生在1935年留影。

存要說：「獨行孤掌意闌珊。」據他後來自述：一九三五年春節以後，他「無固定職業，在上海賣文為生活」。他曾說：「度過三十歲生辰，我打算總結過去十年的寫作經驗，進一步發展創造道路……以標誌我的『三十而立』。」（施蟄存〈十年創作集‧引言〉）那時出版界突然流行晚明小品熱，所以施蟄存就為光明書店編了一本《晚明二十家小品》。但主要還是因為周作人在北京大學作「中國新文學的源流」之演講，以為新文學「起源於晚明之公安、竟陵文派」，因而提高了晚明小品的身價。當時上海書商個個「以為有利可圖」就紛紛「爭印明人小品」。（參見〈浮生雜詠〉第六十九、七十、七十一、七十二首）。重要的是，周作人當年還為施先生題簽《晚明二十家小品》的封面，也難怪晚年的施蟄存念念不忘此事：「知堂老人發潛德，論文忽許鐘譚袁。」（見第六十九首）。但那次編《晚明二十家小品》曾再次得到魯迅的攻擊：「如果能用死轎夫，如袁中郎或『晚明二十家』之流來抬，再請一位活名人喝道，自然較為輕而易舉，但看過去的成績和效驗，可也並不佳……五四時代的所謂『桐城謬種』和『選學妖孽』，是指做『載飛載鳴』的文章和抱住《文選》尋字彙的人們的……到現在，和這八個字可以匹敵的，或者只好推『洋場惡少』和『革命小販』了罷。」（魯迅〈五論「文人相輕」──明術〉）。必須一提，儘管魯迅一再抨擊他，施先生多年後（即一九五六年）曾寫〈弔魯迅先生詩〉，表達了自己「感舊不勝情，觸物有餘悼」的心情。其序曰：「余早歲與魯迅先生偶有齟齬，竟成胡越。蓋樂山樂水，識見偶殊；巨集道巨集文，志趨各別。忽忽二十餘年，時移世換，日倒天回。昔之殊途者同歸，百慮者一致。獨恨前修既往，遠跡空存，喬木雲穨，神聽莫及。」在這首詩中，施蟄存那種坦白、誠懇的一貫風度被淋漓盡致地表達了出來。就在那以後不久，施蟄存開始為上海雜誌公司主編《中國文學珍本叢書》，其中包括《金瓶梅詞話》的標點工作。（見〈浮生雜詠〉第七十三、七十四、七十五、七十六首）。

但一九三六年六月施蟄存黃疸病復發，故只得離開上海，轉到杭州養病。但這一「養病」卻改變了施先生的人生方向，使他培養了一種寧靜恬適的生活方式。他先在西湖畔的瑪瑙寺（即他所謂的「釋氏宮」）居住月餘。在那兒他整天過著安靜清淡的書齋生活，佛教尤其對他影響深厚。〈黃心大師〉那篇充滿佛教背景的小說也就在杭州休養的期間寫成。（請注意：小說中的主角黃心大師，閨名原叫「瑙兒」，而她的父母也把她當作「瑪瑙」看待。）不久施蟄存從瑪瑙寺轉到附近的行素女子中學執教，從此更是利用課餘的閒暇時光沉浸在欣賞自然風光的樂趣中。正巧行素女中的校園就是清初文人龔翔麟（一六五八至一七三三）的宅院故址，其「宅旁小園即所謂蘅圃，有湖石名玉玲瓏，宣和花石綱也」。石旁又有著名的玉玲瓏閣，乃為龔氏藏書之所，而施先生「授課之教室即在閣下」。每回他下了課沒事，就在玉玲瓏旁邊一邊品茶一邊欣賞周遭的美景。〈浮生雜詠〉第七十八首正在描寫那種閒適的心境：

橫河橋畔女黌宮，蘅圃風流指顧中。
罷講閒居無個事，茗邊坐賞玉玲瓏。

這首詩韻味十足，頗有言外之意。從詩中的優美意境，讀者可以感受到一種大自然的「療傷」功能——可以想見，當年施蟄存雖然懷著「海瀆塵囂吾已厭」的心情離開了上海，他終於在他的出生地杭州找到了新的生存空間。那是一個富有自然趣味的藝術空間，也是一種心靈的感悟。（同年他也寫出〈玉玲瓏閣叢談〉一組隨筆，「聊以存一時鴻爪」。）

1936年施蟄存先生在杭州行素女中玉玲瓏閣留影。

值得注意的是，就在杭州養病那年，他開始了「玩古之癖」——也就是說，他多年後之所以埋首「北窗」（指金石碑版之學），其最初靈感實可能來自那次的杭州經驗。〈浮生雜詠〉第七十九首歌詠這段難得的因緣：

湖上茶寮喜雨台，每逢休務必先來。
平生佞古初開眼，抱得宋元窯器回。

自注：「湖濱喜雨台茶樓，為古董商茶會之處，我每星期日上午必先去飲茶。得見各地所出文物小品，可即時議價購取。其時，宋修內司官窯遺址方發現，我亦得青瓷碗碟二十餘件，玩古之癖，實始於此。」

從今日的眼光看來，這樣突然的興趣轉移——從現代派小說轉到「玩古之癖」——令人感到不可思議。但其實這正反映了施蟄存自幼以來新舊兼有的教育背景以及他那進退自如的人生取向。尤其在遭遇人生的磨難時，「進退自如」乃是一種智慧的表現——而且，能自由地退出已進入的地方，需要很大的勇氣，這不是人人都能做到的。我想，年輕的施蟄存之所以把《莊子》推薦給當時的青年人，恐怕與他特別欣賞莊子的人生哲學有關。晚年的施先生曾經說過：「我是以老莊思想為養生主的。如古人所說：『榮辱不驚，看庭前花開花落；去留無意，望天上雲卷雲舒』。」（陳文華〈百科全書式的文壇巨擘——追憶施蟄存先生〉）

這樣的人生哲學使得施蟄存在一九三七年夏天做出了一個重要的決定：當他看見時局已變，整個文學創作的氣氛已非往昔，他就毅然決定受聘於雲南大學，從此講授古典文學。所以〈浮生雜詠〉最後以「一肩行李賦西征」為結，從此「漂泊西南矣」。（第八十首）

這就證實了施老所說有關他生命中的「段落」性。誠然，他的生命過程「都是一段一個時期」，而且「角色隨之轉換」。我想這就是〈浮生雜詠〉的主題之一；當八十五歲的施老回憶他那漫長坎坷的人生旅途時，他尤其念念不忘年輕時那段充滿趣味和冒險的文壇生活。那段時光何其短暫，但那卻是他生命中（也是二十世紀中國文學史）很重要的一段。

（孫康宜按：在撰寫文章的過程中，我曾得到陳文華教授的幫助，我要特別向她致謝。我的博士生淩超在查考資料方面幫了大忙，在此一併獻上感謝。此文曾刊載於《溫故》，二〇一三年九月號。）

施蟄存的西行逃難詩歌

孫康宜

抗戰八年，給我以很好的機會，使我在大後方獲得多次古代旅行的經驗。騎驢下馬，在雲南的山陵丘壑間尋幽攬勝，乘一葉輕舟，在福建的溪洪中驚心動魄地逐流而下……不論是騎馬，乘船或徒步，每一次旅行都引起我的一些感情。我也做過幾十首詩，自己讀一遍，覺得頗得唐宋人的風格和情調，因為我的行旅之感和古人一致了。——施蟄存

緊張逃難中詩興大發　妙語佳句湧上心頭

一九三七年對於施蟄存是特別重要的一年。那年他才三十三歲，已經出版過許多本小說集和不少新詩，尤以新潮的心理分析小說享譽上海文壇，並曾主持令人矚目的《現代》雜誌。但他眼見上海文壇的氣氛已不同於往昔，故於那年的七月下旬接受了雲南大學校長熊慶來的聘請（通過朱自清的推薦介紹），決定前往昆明教書。

但那是一個動盪不安的時代。兩個多星期之後，他還來不及上路西行，中日軍隊就在上海地區發生衝突，八月十三日淞滬抗戰正式爆發。當時施蟄存和他的妻兒正在老家松江，目睹敵機日夜以機槍

掃射，頗為心悸。於是對於去滇之意，他開始有些動搖：「實則私心尚有躊躇。堂上年高，妻兒又幼弱不更事，余行後，家中頗無人能照料者，無事之時，固不生多大問題，但在此兵革期間，卻不忍絜然遠去也。且去滇程途，聞亦頗生險阻，上海直放海防之船，聞極擁擠，公路能否直到昆明，亦無從打聽，即使啟行，究竟宜取海道乎，陸路乎？頗亦不能自決。半日間思慮種種，甚為焦苦。」

最後他與家人和友人商量之後，決定出發前往雲南，以便趕上秋季開學。這時中國大地已經開始了中日大戰，於是施蟄存那個原本頗為單純的赴滇之旅，一變而成了十分艱辛的逃難之行。九月六日他從老家松江出發，經過了持續不斷的長途跋涉，途經浙江、江西、湖南、貴州諸省，直到九月二十九日才抵達昆明。一路上他經常目睹敵機在高空盤旋，又時聞炮聲大作，並見各處逃生者紛紛四散，人心惶惶。每天他提著三大件行李上路，又忙著購票、上車、下車，又得跑警報、找旅館，一路上十分艱苦。在那段充滿緊張情緒的旅程中，雖明前途艱險，但既已上路，也只有冒險前行了。

正是在這段三個星期的緊張逃難中，施先生平生第一次（而且不間斷地）寫出了大量的舊體詩。他二十三天中共寫了二十五首詩，其中包括六首〈車行浙贛道中得詩〉（只存二首）和八首〈長沙漫興〉。此前，他雖早有過舊體詩創作（他曾說，「在文藝寫作的企圖上，我的最初期所致力的是詩」），但僅為斷斷續續的寫作，偶爾有感而發而已。再者，五四運動之後，他傾向新文學，故許多年不太作舊體詩。但奇妙的是，一九三七年九月，當他開始走上逃難之行時，他忽然詩興大發，妙語佳句接二連三地湧上心頭。而他的〈西行日記〉也同時開始寫作。於是在這段非常時期，他的舊體詩創作與旅途日記並駕齊驅，二者形成「互文」關係——如果說，他的日記以散文的方式對歷史作出了具體的見證，他的詩歌乃是詩人感性所發出的抒情聲音。當這兩種聲音疊合在一起的時候——尤其在描寫苦難、逃亡、挫折的過程——我們似乎可以聽見一種新的「時代」的聲音。那是一個充滿複雜性、而又富多層意味的「自覺」意識。英國現代詩人艾略特（T. S. Eliot）——也是施先生特別尊敬的

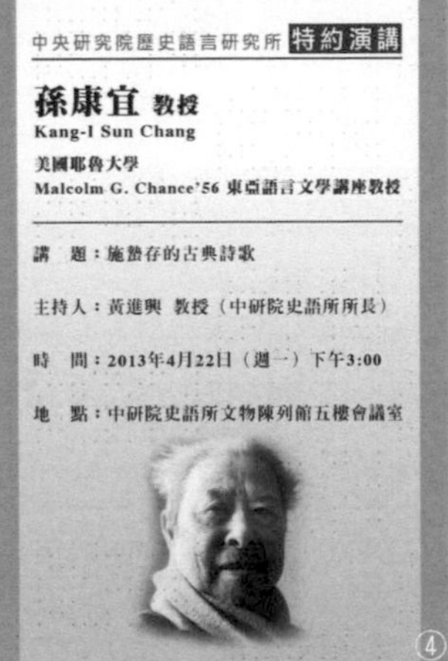

① 於臺灣國立政治大學舜文大講堂舉辦孫康宜教授「現代人的舊體詩：以施蟄存為例」專題講座海報。
② 2013年4月19日孫康宜教授在國立政治大學舜文大講堂作「現代人的舊體詩：以施蟄存為例」專題報告。
③ 演講後聽衆踴躍提問，孫康宜教授正在作答。
④ 中央研究院歷史語言研究所舉辦孫康宜教授「施蟄存的古典詩歌」專題講座海報。

詩人——就曾經說過這樣的話：「詩人只是把人們早已熟悉的感情用更富有自覺性的方式表達出來，因而能說明讀者更加認識他們自己。」

談到文學「自覺」，很少有比逃難時期的施蟄存更有「自覺」性了。他在赴滇的途中，每天都寫日記和詩；甚至在出發的前幾天，當他目睹敵機不斷來襲之際，他還忍不住在炮火中趕寫兩篇有關抗戰的文章，希望能激起讀者的共鳴。第一篇寫於九月二日，題為〈後方的抗戰力量還不夠〉（發表時改為〈後方種種〉）；第二篇寫於九月三日，題為〈上海抗戰的意義〉。可以想見，九月六日那天當他開始出發西行，之後又頻頻因敵機的轟炸而隨時改道時，他的內心有多麼大的焦慮。其狼狽的情況可由九月七日和八日的日記得知一二：「昨晚即決定改道由洙涇到楓涇，若幸而有楓杭長途汽車，則乘汽車到杭，否則即從楓涇搭火車赴杭，則既過石湖蕩鐵橋，亦可較少危險。蓋石湖蕩之三大鐵路橋實為滬杭線第一要隘，戰爭發作以來，日機無日不來投彈。我方則屢損屢修，敵人則屢修屢炸，故行旅者咸有戒心耳。今晨七時，仍攜行李雇人力車到西門外秀南橋船埠，搭乘洙涇班船。八時啟碇，十時到達。問訊楓涇班船夫，則謂楓杭汽車確已通行，但每日只上下行各一次，今日到楓涇，已趕不及。」（〈西行日記〉九月七日）「船行凡八十分鐘，即到楓涇。雇人挑行李到汽車站。沿途見大街上已有數屋被炸殘跡，鎮上居民似亦移去十之六七，蕭條甚矣……火車站中候車難民已甚擁擠，余攜笨重行李三事，車到時恐亦無法擠上……十一時三十分，汽車先來，余遂到汽車站買票。據站長謂汽車不載行李，拒不賣票，余多方譬說，亦不見允……余見此事不可以理爭，遂徑將行李搬上車中，即坐於行李上，招站長來視，許其不再另占座位。餘人亦紛紛效法。站長無辭，始允賣票。」（〈西行日記〉九月八日）

當時逃難過程之艱難，由此可見一斑。然而，與日記體裁不同，詩歌則更偏重於詩人的內心世界。如果說前者注重描寫逃難期間的日常細節，後者則較重詩人內在情緒的發抒。他的〈長沙漫興八

上海抗戰的意義

施蟄存

後方種種

施蟄存

左：施蟄存先生撰文〈後方種種〉（原題為〈後方的抗戰力量還不夠〉）刊於《宇宙風》第48期。
右：施蟄存先生撰文〈上海抗戰的意義〉（原題為〈上海抗戰之意義〉）刊於《宇宙風·逸經·西風非常時期聯合旬刊》第4期。

首〉頗能表達作者在逃難途中的複雜心態：

一肩行李一囊書，來及長沙霖雨餘。
胡為泥中甘曳尾，秋風征旅始愁予。

大道青樓天樂居，客來何事誤停車。
笙歌別館中宵發，一榻蕭然且聽渠。

八角亭邊列肆張，綺窗朱戶小門牆。
女兒市粉翁賒帽，彷彿杭州保佑坊。

鑿地兼尋始及泉，荷塘深似九重淵。
移來湘浦淩波種，花發真成玉井蓮。

武夷清茗佐芽薑，猶是唐人水厄方。
半日偷閒碧茵社，任他犖确走羊腸。

猶是先生痛哭時，三年獵彘古今疑。
何人夜半頻前席，閑煞長沙太傅祠。

藥碗茶鐺未便虛，愁霖腹疾兩難攄。
支頤倚枕都無計，自聽潺潺雨灌渠。

病室淒清客夢孤，幾曾問疾見文殊。
若非天女殷勤意，誰為維摩夜點酥。

以上這八首詩反映的是施蟄存不幸被困於長沙長達六天的狼狽狀況。必須說明，當初他於九月十日清晨早已抵達南昌。本預備從南昌到九江、漢口，再乘飛機去雲南。但由於敵機開始轟炸該區，他只得臨時改道，故決定次日買票前往長沙。誰知在往長沙的途中，那司機「年老力衰，且於汽車機構似不甚熟悉」，故汽車時開時停，直到九月十三日早晨才到長沙。剛抵長沙那天，施先生頗為興奮，因為他的三妹及其夫家的人正好都在長沙，大家「相見各道行旅艱辛」，並到酒家大吃一頓晚餐。（參見〈長沙左宅喜晤三妹〉一詩）沒想到當晚在旅館中，施先生即開始腹瀉不停：「……既而腹痛欲絕，披衣下樓如廁，竟病泄矣。余所僦室在三樓，廁所則在底層，半夜之間，升降五次，疲憊之至。」（〈西行日記〉九月十三日）第二天仍腹瀉不止，故只得遷入附近醫院。一直到九月十八日清晨才平安出院，於次日繼續趕路。

富有創意的「今之詩」和「君一人之詩」

就在這樣的艱難情況之下，施蟄存寫出了〈長沙漫興八首〉。該組詩中，每一首寫一個情景，或一種特殊的心情。

首先，第一首的開頭兩句（「一肩行李一囊書，來及長沙霖雨餘」）很細膩地描寫了一幅連綿多日大雨後的蕭條景象，一種寂寞的羈旅之情不由而生。最後一句「秋風征旅始愁予」顯然借用《楚辭‧湘夫人》的意境：「帝子降兮北渚，目渺渺兮愁予。嫋嫋兮秋風，洞庭波兮木葉下。」在這令人哀愁的秋景中，作者感嘆他那飄泊異地、顛沛轉徙的苦楚。他問道：「胡為泥中甘曳尾？」意思是說：為什麼我像龜一樣拖著尾巴在泥潭中爬行？（典出《莊子‧秋水》）答案是不言而喻的：一切都為了逃難，以全生遠害也。接著第二首又描寫他住進天樂居旅館之後的情況：該旅館十分吵鬧，別室一直有人在歌唱（「笙歌別館中宵發，一榻蕭然且聽渠」）。把他人的徹夜歡娛和自己的蕭然獨宿對舉，更有一種客居淒涼之感。此外，國難當頭，依舊「笙歌」，似有「商女不知亡國恨，隔江猶唱後庭花」之嘆。於是詩人又問道：「客來何事誤停車？」言下之意是：開車的司機為何把我帶到這個地方？不幸的是，晚間不停的腹瀉（加上窗外不停的霖雨聲）又增加了這段羈旅的痛楚。所以第七首詩寫道：「藥碗茶鐺未便虛，愁霖腹疾兩難攄。支頤倚枕都無計，自聽潺潺雨灌渠。」

在病中，詩人特別聯想到古代謫居長沙的賈誼（第六首）。賈誼原來是洛陽人，在漢文帝初年被召為博士，後被權貴中傷，貶為長沙王太傅。當初賈誼曾上〈治安策〉，開頭有「臣竊惟事勢，可為痛哭者一」之語，此策卻不為文帝採納，故李商隱有「賈生年少虛垂涕」（〈安定城樓〉）之句。此處言「猶是」，說明施蟄存以為當前的情勢與賈誼獻策時一樣不安定，足可令人痛哭。詩中三、四句則用「宣室夜對」事：文帝曾在宣室召見賈誼，「至夜半，文帝前席」成為君臣遇合的千古佳話，但賈誼最終還是被貶到長沙，不為重用，所以李商隱曾有「可憐夜半虛前席」（〈賈生〉）的感慨，在此施先生更以詰問的口氣表達了他對賈誼（一個懷才不遇之士）的惺惺相惜之感：「何人夜半頻前席，閒煞長沙太傅祠？」

但施先生終究還是幸運的。即使他不幸住進了醫院，並嘗盡了百般的痛楚（「病室淒清客夢孤」，見第八首），最終他還是平安出院。根據《維摩詰經》，維摩嘗以稱病為由，向釋迦牟尼遣來

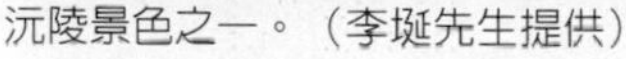

沅陵景色之一。（李埏先生提供）

沅陵景色之二。（李埏先生提供）

問疾的文殊等宣揚大乘深義。在此施蟄存顯然以維摩自比，只是無人問候探望（「幾曾問疾見文殊」），可見詩人客地臥病之孤淒。若非維摩室中的「天女」（即醫院裡的護士）殷勤伺候，連為自己點燈的人也沒有。但他最後還是痊癒了，而且在出院之後，還有一個「半日偷閒」的機會到著名的景點八角亭散步，甚至到長沙市的街上去參觀市面，還發現那個市面與杭州的保佑坊十分相似。他甚至還有時間飲茶，欣賞池塘裡的蓮花等。（見第三首到第五首）。

把腹瀉前後的經驗如此生動地寫入詩中，確實是施蟄存的一大發明。這樣的寫法使得他的古典詩歌顯得更加「現代化」。另外一個頗為「現代」的主題就是在旅途中所經常遭遇的「臭蟲」之患。有關臭蟲，施先生在他的〈西行日記〉中經常提起。其實，在長沙的旅館中開始「腹痛不絕」時，他已經埋怨道：「床上臭蟲又多，反側不能成寐。」（〈西行日記〉九月十三日）。後來腹瀉痊癒之後，他花了兩整天的奔馳（計程共三百八十一公里），於九月二十日抵達沅陵。（他在詩裡寫道：「一日奔馳七百里，長沙西來皆坦途。」）然而不巧的是，本來以為住進了當地的全國大旅館就可以好好地休息一夜，誰知臭蟲又給他帶來了厄運。他當天的日記寫道：

> 九時解被褥就睡。初，肢體得蘇憩。睡極酣適。既而臭蟲群集，競來侵齧，殆警覺時，左股及左脅間，已累累數十餅，略一撫摩，肌膚起栗矣。……後室有女伎三五，更番作樂，謳歌宛轉，箏笛低迷。俱大擾人，不能安枕。遂披衣排闥而出，山月初升，西風忽緊，哀猿絕叫，孤鵑驚飛，夐獨幽涼，悲來無方，真屈子行歌之地，賈生痛哭之時也。（〈西行日記〉九月二十日）

臭蟲之擾的確敗壞了詩人的心情。同時，旅館的周圍環境吵鬧不堪，使他不能安眠。最後他只得半夜逃出戶外，但終究還是感到「夐獨幽涼，悲來無方」。在〈沅陵夜宿〉那首詩中，他把臭蟲群集的情況比成螞蟻入侵，尤其令人難忘：

> 瞢騰欲睡乍驚起，爬搔四體無完膚。
> 明燈熒熒照文簟，臭蟲歷亂如蟻趨。

這次恐怖的經驗使得詩人從此害怕臭蟲，而該詩也就以這種非常真實的顧慮作結：「遲明發軔尚惺忪，惡道崎嶇心所虞。」後來施蟄存幾乎對臭蟲產生了一種神經質似的畏懼。九月二十八日抵達曲靖時，他甚至不敢隨意睡在旅館的榻上：「余榻上所設一草薦，已塵汙作黑色，恐有臭蟲，不敢用，遂卷置一端。解被包，出一薄被，擬和衣而臥矣。」（〈西行日記〉九月二十八日）

前面已經說過，如果施蟄存的日記注重描寫逃難期間的日常細節，那麼他的詩歌則較重詩人內在情緒的發抒。但由以上的例子可見，他詩裡所描寫的「內在情緒」實與日常經驗息息相關。換言之，他之所以在長沙和沅陵的旅程不甚愉快，實由於腹瀉和臭蟲的騷擾而引起。當然古人一定也有腹瀉和遭遇臭蟲的經驗，但他們大多不認為那是合適的詩歌主題。尤其有關亂離詩，他們通常都注重描寫家國之痛——例如明末女詩人王端淑（也是施先生很佩服的一位才女）的〈悲憤行〉就是典型的一例：「淩殘漢室滅衣冠，社稷丘墟民力殫。勒兵入寇稱可汗，九州壯士死征鞍……」（王端淑《吟紅集》）然而，施蟄存卻傾向把現代人所感受的真實心理情況——哪怕是神經質的——用現代人的方法注入他的詩中。這或許與他的現代派小說之心理描寫有關。總之，我們應當把施蟄存的古典詩歌放在這種特殊的現代語境來閱讀。學者陳聲聰（兼與）曾如此評論過施蟄存的《北山樓詩》：

> 然時代變，詩亦從無不變。自《三百篇》而〈離騷〉而樂府，而宋、齊、梁、陳，而唐、宋，以迄於清之同光，其表現意識，反映事物，實有不同之境界，皆有無形之進步。蓋其變者內容，而不甚變者文字，恒為人所不覺耳……君（指施蟄存）華亭傑士，方其少日，文壇角逐，抗手時賢。中更喪亂，輾轉越南海角三湘八閩間，其所遇之境，所見之物，非前人所曾遇見。以君淹貫中西，融會新舊之才，發為聲歌，雖由古之體，而其詩究為今之詩，與君一人之詩……（陳聲聰〈北山樓詩・序〉）

把施先生的舊體詩歸納為十分富有創意的「今之詩」和「君一人之詩」，確實甚有見地。可惜一般研究施蟄存的人都把注意力放在他二十多歲時所寫的小說，卻忘了他從三十多歲以後在舊體詩以及其他有關古典文學方面的輝煌成就。難怪陳聲聰先生感嘆道：「欣賞者（指欣賞舊體詩者）固已日少。」

「行旅之感和古人一致」的性情趣味

另一方面，行旅中的施蟄存卻喜歡與古人認同。在一篇回憶的散文中，老年的施先生居然把他平生的行旅稱為「古代旅行」，這是因為他的「行旅之感和古人一致」：

> 唐宋詩詞中，有許多贈別和行旅的作品，都是以當時的交通條件為背景的。現代人讀了，總是隔一層，沒有體會。即如「夜泊秦淮近酒家」，「夜半鐘聲到客船」這等詩句，古人讀過，即有同感，因為人人都有這種生活經驗。現代青年讀後，便無動於衷，連想像也無從想像，因為他們的生活中從來沒有這等境界。各式各樣的古代旅行給了我的好處，就是使我能更深入地瞭解和欣賞這一類詩詞。（施蟄存〈古代旅行〉）

正是一九三七年那年的西行逃難之旅（那就是，長達二十三日的長途跋涉，而非舒適的飛機之行）使他開始進入這種「古代旅行」的趣味中。這也可以解釋，為何那年施蟄存突發詩興，居然在途中欲罷不能地寫出了那麼多首抒情的舊體詩。（順便一提，西方中古時代的大詩人但丁，也是因為在「被貶」的逃難之行中有所感觸，才開始大量寫出抒情詩的。所以現代文學批評家瑪麗亞・莫納克（Maria Rosa Monocal）曾在她的*Shards of Love: Exile and the Origin of the Lyric*一書中說過：「中古時代——以及現代和後現代——的抒情詩是在『貶謫』之中發明的。」）

然而，值得注意的是，一個逃難者必須從「逃難」的心態轉為「旅人」的心態才可能領略這種「古代旅行」的真正趣味。施蟄存的詩歌正好反映了這種微妙的心理變化。有趣的是，在西行的旅途中，最初觸發他進入這種「旅者」心態的原因就是小說家沈從文的湘西世界。且說，九月二十一日那天，施蟄存順利地離開了沅陵（那個充滿「臭蟲」記憶的地方），驅車凡二百四十里，最後抵達辰溪。一路上他「經過湘西各地，接觸到那個地區的風土、人情」，頓然就想起了「鳳凰沈從文著《湘西》一卷，摹寫其地風物甚佳」。於是他忍不住在辰溪渡口做了一首詩，題為〈辰溪待渡〉：

辰溪渡口水風涼，北去南來各斷腸。
終古藤蘿牽別緒，絕流人馬亂斜陽。
浣紗坐老素足女，叩（捉）棹行歌黃帽郎。
湘西一種淒馨意，彩筆爭如沈鳳皇。

就是這首作為「有詩為證」的〈辰溪待渡〉首先記錄了詩人進入「旅人」心境的重大改變。（半個世紀之後，在他追悼沈從文的輓聯中，施蟄存還念念不忘那段有關湘西的經驗：「沅芷湘蘭，一代風騷傳說部；滇雲浦雨，平生交誼仰文華。」他曾自己闡釋過這幅輓聯，他說：「上聯說從文的作品是現代的楚風、楚辭，不過不表現為辭賦，而表現為小說。」）

其實，施先生的〈辰溪待渡〉一詩（尤其是「浣紗坐老素足女」等意象）也使我聯想到明代詩人楊慎（一四八八至一五五九？）。楊慎曾作〈題浣女圖〉詩一首，戲仿李白的〈浣紗女詩〉，其開頭的兩句就是：「紅顏素足女，兩足白如霜。」不過，更關鍵的是，施蟄存的西行經驗很自然地使我聯想到楊慎的赴滇旅程。楊慎本來在文壇上很早（二十多歲時）就占據了很顯赫的位置，後來（一五二四年，三十七歲時）卻不幸因「議大禮」事件而觸怒了嘉靖皇帝，故在遭到廷杖之後，終被貶到雲南永昌衛。他在長達三十五年的流放生活中仍繼續勤學，努力寫作，其持續的多產令人驚嘆。雖然施蟄存並沒被貶（只是他的「西行」原有「自我放逐」的含義），他後來在雲南也只待了三年，但他那種身處「邊緣」卻新作迭出的創作精神，卻讓我不得不聯想到明代大才子楊慎的經歷。重要的是，當年的楊慎曾經從一個「放逐者」轉而變成了一位融入大自然的「旅人」。他曾在〈遊點蒼山記〉中寫道：「自余為僇人，所歷道途，萬有餘里……號稱名山水者，無不遊已。」尤其是在他見了點蒼山之後，終於「如醉而醒，如夢而覺……然後知吾曩者之未嘗見山水，而見今日始。」

與楊慎相同，在初往滇黔的道中，施蟄存也有一種「如在夢中」的感觸。他在九月二十二日的日記中曾記載道：

車入貴州境後，即終日行崇山峻嶺中，迂迴曲折，忽然在危崖之巔，俯瞰深溪，千尋莫止，忽焉在盤谷之中，瞻顧群峰，百計難出。嶮峨之狀，心目交栗。鎮雄關，鵝翅膀，尤以險塞著聞，關輪疾馳以過，探首出車窗外，回顧其處，直疑在夢寐中矣。

當時施蟄存曾寫詩〈晃縣道中〉一首，以描寫這種既險峻又令人感到震撼的特殊景象。作為一個旅者，面對如此經驗，可謂大開眼界：

漸有居夷感，終朝瘴霧間。
天無三日霽，地屬五溪蠻。
林杪猿啼急，雲中鳥道艱。
回車吾豈得，越嶺復登山。

尤可紀念者，當車行至「中國第一瀑布」黃果樹時，施蟄存忍不住要請司機停下來，以便讓他靜靜地觀賞那千仞山壁、飛泉直落的震撼景觀。他的日記寫道：「至黃果樹，路轉峰迴，便見中國第一大瀑布。上則匹練千尺，下則浮雲萬疊，勢如奔馬，聲若春雷，遂命司機停車十分鐘，憑窗凝望焉。」（〈西行日記〉九月二十六日）。那天他當場就寫下了〈黃果樹觀瀑〉一詩：

黃果奴千樹，青山界一條。
靜垂吳女練，急卷浙江潮。
幽谷晴噴雪，曾陰晝聽梟。
蠻煙封絕域，殊勝在三苗。

「青山界一條」、「靜垂吳女練」等詩句顯然暗用中唐詩人徐凝〈廬山瀑布〉中的名句「千古長如白練飛，一條界破青山色」。但施先生卻把它放在一個「蠻煙封絕域，殊勝在三苗」的全新背景中，於是就更加令人震撼。就是在這種「馳驅於懸崖絕壑」的旅途中，使得施蟄存由衷地感嘆道：「昔嘗從徐霞客遊記中知其為黔西險要，今親臨其地，視之果然。」同樣，在〈車行湘黔道中三日驚其險惡明日當入滇知復何似〉那首詩中，我們不但讀到「驅車三日越湘黔，墮谷登崖百慮煎」那種令人驚心動魄的描寫，也能體驗到作者詠嘆滇黔地方風物的樂趣：「負鹽苗女文鞋歇，叱馭奚僮解馱眠。」

「此身何處不隨緣」的行吟境界

值得注意的是，這段充滿刺激的西行逃難之旅最終成了施蟄存一生中很重要的治學和文化之旅。他於九月二十九日抵達昆明，九月三十日往雲南大學報到，不久開始教大一國文、文選、歷代詩選等課程。施先生是抗戰爆發後第一批到昆明教書的「外省人」之一，當時與他同時抵達昆明的教師們還

① 黃果樹觀瀑。（李埏先生提供）
② 貴州風土人情之一。（李埏先生提供）
③ 貴州風土人情之二。（李埏先生提供）
④ 貴州風土人情之三。（李埏先生提供）
⑤ 貴州風土人情之四。（李埏先生提供）
⑥ 安順雲山屯一景。（李埏先生提供）

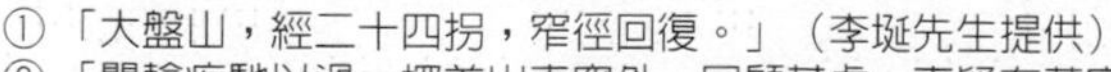

① 「大盤山，經二十四拐，窄徑回復。」（李埏先生提供）
② 「關輪疾馳以過，探首出車窗外，回顧其處，直疑在夢寐中矣。」（李埏先生提供）
③ 貴州・江景。（李埏先生提供）
④ 貴州重安江。（李埏先生提供）
⑤ 貴州貴定牟珠洞。（李埏先生提供）

包括吳晗、李長之等人。他們「都是在盧溝橋事變以前決定應聘的，」所以當初選擇來到昆明，「不是由於戰事的影響。」然而不久就來了大批的清華、北大等師生，當時合併為西南聯合大學。又有沈從文、楊振聲等人也同時逃難到了昆明。所以一下子昆明成了人才的集中地，施先生也就很自然地進入了這個學術圈子。同時，昆明大學面臨美麗的翠湖，那湖濱也是學者們經常聚合的地方。據沈建中〈遺留韻事：施蟄存遊蹤〉中所載，施蟄存曾回憶道：

> 那時候，中國的學術圈子主要是在北平，一大批學者雲集北平的幾所大學。抗戰爆發後，北平淪陷，北平城裡的這一大批精英開始撤離，一部分去了成都、重慶，另一部分隨著清華、北大、中央研究院遷到了昆明，成立了西南聯大。在那裡，我碰到了聞一多、向覺明、羅庸、馮友蘭、張蔭麟、陳寅恪、魏建功、唐蘭、林徽因、楊振聲、冰心等許多人，還有舊友朱自清、浦江清、沈從文、滕固、傅雷、徐遲、孫毓棠、鳳子、徐中玉和葉秋原夫婦，課餘時常聚集在一起，有時在翠湖公園裡散步聊天，有時到圓通公園喝茶，漸漸地似乎也進了這個圈子。對於我來說，在治學方面深受影響，知識面廣了，眼界開了。

很巧的是，施蟄存當時正好與浦江清等人住在翠湖旁邊的承華圃街，所以他課餘閒暇之時經常到風景優美的湖邊散步。他當時所交的新朋友——例如吳宓、馮友蘭等人——大多在翠湖散步時相識的。如果說昆明是戰亂時期知識分子的避難所，那麼翠湖就成了那個「避難所」的象徵。在〈翠湖閒坐〉那首詩中，施蟄存企圖捕捉其中的平靜之美：

> 斜陽高柳靜生煙，魚躍鴉翻各一天。

萬水千山來小坐，此身何處不隨緣。

重要的是，一個人必須在歷經千驚萬險的顛沛逃亡之後，才能真正體會這種「此身何處不隨緣」的境界。

在昆明的前半段期間，施蟄存還沒有真正感到戰事的威脅，因為那時昆明很少遭受嚴重的空襲。然而，詩人內心的焦慮卻因松江老家被日機炸毀的消息而難以平靜。一九三七年十一月二日，他突然接到家人的電報，得知老家已在戰火中毀去，內心感傷之情無以名狀，當下即賦詩一首，題為〈得家報知敝廬已毀於兵火〉：

去家萬里艱消息，忽接音書意轉煩。
聞道王師回濮上，卻教倭寇逼雲間。
屋廬真已雀生角，妻子都成鶴在樊。
忍下新亭聞涕淚，夕陽明處亂鴉翻。

從此，「已是無家爭得歸」（見〈大觀樓獨坐口占〉）就成了他詩中的一大主題。在〈除夕獨遊大觀樓〉那首詩中，他把自己比成古代詩人陸機，描寫了那種隻身漂泊異鄉的孤寂心情：「樓外樓空遊客稀，老夫策杖獨依依。城中兒女喧分歲，日下倭夷正合圍。入洛士衡非得計，去家元節總思歸。蕭寥一段殘年意，伴取西山冷翠微。」在給妻子的家書中，施蟄存雖表達了憂國思家的愁悶，但總是儘量給於安慰，總是盼望戰爭很快就會過去（「王師旦夕定東夷」）。例如〈寄內〉一首：

干戈遍地錦書遲，每發緘封總不支。
莫枉相思歌杕杜，暫時辛苦撫諸兒。
浮雲隨分天南北，閨夢欲來路險巇。
春水方生花滿陌，王師旦夕定東夷。

然而，對施蟄存來說，真正能起到撫慰心靈作用的，乃是徜徉於山水的旅行經驗。一九三八年的寒假，他終於有個好機會到路南縣旅遊前後十五天，在其間他「遊玩石林、芝雲洞諸名勝三天，在彝人山中住了十天」，「自然界的奇觀及倮羅人的風俗習慣」均使他多年之後「未能忘懷」。該行是應雲南大學學生李埏的邀請，到他的家鄉路南縣旅遊。同行之人還有吳晗先生和他的弟弟吳春曦。其中尤以石林之遊特別引人入勝，施先生嗣後還寫了長詩〈遊路南石林詑其奇詭歸而作詩〉一首。其開頭四句寫道：

平生不解馳驅樂，一朝捉轡心手艱。
石林遊興不可降，踞鞍叱馭終自嫺。

該詩以如此風趣和自嘲的口吻開頭，在古今詩中都是少見的。原來，施蟄存一向不善騎馬，不像吳晗和他的弟弟平日課餘就經常租馬去郊外練習馳騁，因而在往路南縣的山路旅途中他們總是策馬急馳，唯獨施先生因「不善捉鞚」，只得「享用滑竿」。但在那次石林之遊，施先生終於有了平生第一次騎馬的經驗。他的〈路南遊蹤〉很生動地記載了當時的情況：

吃了早飯，李埏君已將馬匹預備好。我本來想乘坐滑竿，但吳君昆仲堅主騎馬，並且也勸我趁此機會學一學馳騁之術。我心中不免動搖，頗油然而有據鞍之興，遂即欣然首肯。李延君知道我不會騎馬，所以特地替我預備了一匹馱馬……我跨上馬背，坐在那鞍架上，覺得怪不舒服……於是我表示寧願摔跤，不願騎這馱馬。吳君等都笑起來，請李君給我的馬換上了一道鞍子……出了東門……來到城外大路上，吳君昆仲策馬疾馳，李君的馬也跟著跑了。我的馬在最後，看見前面三匹馬絕塵而去，也不甘落後，翻滾銀蹄，追奔上去了。我竭力保持身子的平衡，不讓給溜下去，但是有好幾次是已經滑下了鞍子，又努力坐正來的。我覺得馬背在我胯下像波浪一樣地往前湧，耳朵中只聽見呼呼的風聲，眼前只見一大堆馬鬣毛。我屢次大叫前面的馬趕快停止了奔馳，但吳君他們都哈哈大笑。這樣我完成了生平第一課的騎術。

後來他們四人終於安抵石林峭壁，並爬上了最高的石堆。施蟄存那首〈遊路南石林詫其奇詭歸而作詩〉的後半部就是描寫他剛見到那些嶙峋的巨石所產生的非尋常之感官意識：

千岩萬崿開竹田，琅玕磊砢難躋攀。
虎牙桀峙荊門竦，天光隱遁日腳黫。
望夫插灶羅星躔，督郵亭長趨朝班。
蒼鷹靜發山鬼笑，杜鵑亂作洪荒殷。
始知女媧煉石處，鼎爐乃在西南蠻。
米顛屐齒不到此，丈人寂寞苔蘚斑。
蘇柳鬥詩虛想像，幾曾真見劍鋩山。

東吳培塿亦小巫，萬笏朝天徒自訕。
老夫眼福得天賜，色飛魂動眸子孱。
拊髀爵躍不可說，欲寵以詩辭已慳。
待乞項容揮水墨，臥賞崔嵬几席間。

以上這一段詩的大意是：石林的千萬石柱拔地而起，如竹林一般，又多又密，難以攀登。這些尖銳的怪石有如「虎牙」一般，連太陽光都被擋住。它們彷彿是望夫石和插灶山的巨石一般，都一起高聳入雲；峭壁上的兩塊大石有如「督郵」和「亭長」兩個官吏正在攘袂相對。（插灶，山名。位於湖北省宜昌縣附近。又，有關督郵和亭長，語出劉義慶的《幽明錄》，「宜都、建平二郡之界有五六峰，參差互出，上有倚石，如二人像，攘袂相對，俗謂二郡督郵爭界於此。」）這些奇石或如展翅欲飛的蒼鷹，或如凝睇含笑的山鬼，姿態各異。同時，亂石堆積，滿目殷紅，似杜鵑遍地，又好像到了混沌的遠古時代。（「蒼鷹靜發山鬼笑，杜鵑亂作洪荒殷」兩句似乎指向《楚辭》中的〈山鬼〉一章：披著薜荔衣裳的山鬼「既含睇兮又宜笑，」她「采三秀兮於山間，石磊磊兮葛蔓蔓。」）這才令人恍然大悟：原來女媧煉石的「鼎爐」就在這裡（「西南蠻」）。可惜善畫山水的米芾遊蹤不到此地，以致奇山怪石寂寞不為人知，到處都長滿了苔蘚。從前蘇、柳等人也都寫過有關「尖山」似「劍鋩」的詩文，但他們「幾曾真見劍鋩山」了？有關「蘇柳」兩句：據李保陽博士考證，紹聖四年（一〇九七）二月，蘇軾在貶所惠州，將由嘉佑寺遷入白鶴新居，作〈白鶴峰新居欲成夜過西鄰翟秀才〉二首，其一云：

林行婆家初閉戶，翟夫子舍尚留關。

連娟缺月黃昏後，縹緲新居紫翠間。
系悶豈無羅帶水，割愁還有劍鋩山。
中原北望無歸日，鄰火村舂自往還。

其中「劍鋩山」下有註云：「柳子厚云：『海上尖峰若劍鋩，秋來處處割愁腸。』皆嶺南詩也。」**（孫康宜附註：二〇二〇年五月五日）**故施蟄存的言下之意是：眼前石林之陡峭遠勝蘇柳所見。我今天見了這兒的石林，才終於想到：原來蘇州的天平山（「東吳培塿」）雖然早已擅名「萬笏朝天」，其實只是小巫見大巫了。我（「老夫」）真是「眼福得天賜」，讓我面對此景，少見多怪，故覺驚心動魄，以至眉飛色舞，歡欣雀躍，所見奇景無法形諸言語文字（「欲寵以詩辭已慳」）。但願唐代著名的山水畫家項容能為我畫出這個石林偉觀（「待乞項容揮水墨」），好讓我臥賞石林的高大奇景（「臥賞崔嵬几席間」）。

像這樣生動的遊記詩確實少見。比起韓愈那首〈山石〉，施蟄存的〈遊路南石林詫其奇詭歸而作詩〉更來得「奇詭」。韓愈的〈山石〉其實並非關於「山石」，只是因為開頭一句「山石犖確行徑微」而得名，全詩乃是有關詩人遊山之後，在歸家途中之所見所感，其中尤以結尾諸句（「人生如此自可樂，豈必局束為人鞿。嗟哉吾黨二三子，安得至老不更歸」）流傳於世。施蟄存特別欣賞韓愈這首詩的結尾，曾在他的《唐詩百話》中評論道：「像這樣的生活，自有樂趣，何必要被人家所拘束，不得自由自在呢？我們這兩三人，怎麼能在這裡遊山玩水，到老不再回去呢？」施蟄存的〈遊路南石林詫其奇詭歸而作詩〉似乎也抒發了「至老不更歸」的旅遊情趣。當然，除了〈山石〉，施先生此詩（至少在多層描寫的技巧上）顯然更受韓愈〈南山詩〉的影響。韓愈〈南山詩〉之描寫險語疊出，也頗動人心魄，在此不能不提及。但施詩最大的不同是：它雖是一首舊體詩，其中所表達的卻是一種

「新」的感覺。換言之，詩人用很艱深的古典用語來描寫自己獨特的心理印象——從詩人的眼中看來，石林中所有那些嶙峋的巨石都被人格化了，在他的想像中，那些石頭已經不是什麼靜態的峭拔石塊，而是充滿動作的主動者。這樣的寫法不得不令人想起：施先生其實是用他那種寫「現代派」心理小說的寫法來寫詩了。與他從前所寫的許多心理小說相同，他在這首詩中採用了不少古代的典故，但描寫的卻是極其現代的心理感覺。（有關施蟄存的心理小說經常採用古代典故和故事，尤以《將軍的頭》最明顯；該故事從頭就引用杜甫的詩：「成都猛將有花卿，學語小兒知姓名」。此外，他的小說《石秀》（一九二九）、《鳩摩羅什》（一九二九）等也都建立在古典用事的基礎上。）

觸及「心理現實」層面的「現代派」意象特徵

這種古典中的「新鮮」感，其實是施先生的雲南詩歌中很重要的一個特徵。在昆明期間，他最流連欣賞的景致之一就是到處滿目怒放的山茶花。他曾與浦江清、吳晗等人多次到著名的金殿欣賞茶花之美，目睹「茶花盛放」的景致。有一次，其中一株「色淺紅者尤大，高二丈許，花大可比芍藥」（〈浦江清日記〉）。至於施蟄存所寫有關山茶花的詩歌，尤以長詩〈華亭寺看山茶〉最為壯觀：

雲南鶴頂誇絕豔，未到雲南先在念。
寓齋頗有犀角株，初浣征塵已點朱。
繁霜濃霧日淩扇，坼蕊吐苞忽滿院。
曈曈曉日蒸燕支，蕩蕩瓊瑰照酒卮。
豐肌穠態出殊色，江外盆栽那比得。
老夫一日三憑欄，欲賦新詩琢句難。

① 雲南大學「為國求賢」校門。（謙約齋藏）
② 施蟄存先生在雲南大學校園。（李埏先生提供）
③ 施蟄存先生在雲南大學教師宿舍。（施蟄存先生提供）
④ 石林怪石。（施蟄存先生攝影）
⑤ 施蟄存、李埏和吳春曦在石林。（吳晗先生攝影）
⑥ 為彝族村民合影。（李埏先生提供）

涯渚自欣天下好，坐被鄰翁笑絕倒。
朝來挈我上西山，松檜蕭森苔蘚斑。
迤邐卻入華亭寺，目眩魂翻心忽墜。
赤城霞起建高標，三月阿房火勢驕。
即墨奔牛猶爇尾，東甌燒畲驚山鬼。
眼前物候失春冬，暖入重裘四體融。
誰遣炎官主北政，日炙風薰來用命。
當階一丈飾瓏璁，突兀淩霄照殿紅。
簇碗堆盤幾千朵，醉眼酡顏爭婀娜。
雲從煙擁舞霓裳，朱鸞赤鳳翩回翔。
桃杏不須誇爛漫，芙蓉失色山榴嘆。
南強北勝徒紛爭，籬角牆根浪得名。
寺僧為我征故實，屈指昆明推第一。
移向安寧三泊開，劣與茶王作輿台。
鄰翁聞之面發赤，拘虛人笑拘虛客。
要余更作三泊遊，觀海一洗井魚羞。
老夫回面謝不敏，莫損有涯逐無盡。
歸來詩成不飾文，寄去家園詑細君。

這首長詩大約作於一九三八年三月間，是施先生與葉秋原、杜衡夫婦遊華亭寺之後寫的。據沈建中〈遺留韻事：施蟄存遊蹤〉記錄：「滇西南郊西山之腹地有座殿宇華亭寺，元延祐七年（一三二〇年）由高僧玄峰建立，傳說大殿上樑之際有群鶴翔集，詫為華亭仙翩，因而名寺。明末毀於兵燹，清康熙二十六年（一六八七年）修繕，至咸豐七年（一八五七年）又遭毀，在光緒九年（一八八三年）重新興建。一九二三年虛雲和尚增建了藏經樓、大悲閣、海會塔，改名為雲棲禪寺。寺內有天王殿、大雄寶殿、鐘樓，大殿內有三尊三世佛金身塑像，兩旁壁上塑有五百羅漢像；天王殿雕有四大金剛和哼哈二將，正中供奉彌勒佛。寺周圍蒼松翠柏，曲徑通幽，頗為古雅。」

然而，施蟄存的長詩〈華亭寺看山茶〉卻把重點放在「紅色」山茶的描寫上。據傳說「華亭寺」最初乃因「大殿上樑之際有群鶴翔集，詫為華亭仙翩，因而名寺」，所以施先生此詩的開頭首句就把雲南的山茶花比成丹頂鶴——那是一種頭頂上有一抹豔紅的白鶴：「雲南鶴頂誇絕豔。」這樣一來，該詩的氣氛從頭就是既紅又豔的。首先，詩人描寫當天在旅途中，從一開始就看到周遭的樹林已有紅色的點綴（「初浣征塵已點朱」）。後來他漸漸覺察到太陽照在胭脂色的山茶花上之景觀：「曈曈曉日蒸燕支」（第七句）。於是那紅色的山茶立刻使他聯想到紅玉般的酒杯（「蕩蕩瓊瑰照酒卮」）。抵華亭寺之時，那兒的山茶花更讓他感到「目眩魂翻心忽墜」，因為整個華亭寺有如一個「赤城」。此外，滿山遍布的山茶也令他聯想到阿房宮中的紅火：「赤城霞起建高標，三月阿房火勢驕」（第十九至二十句）。他接著還聯想到古代春秋時代那種像火一般的「火牛陣」，還有那足以令山鬼心驚的火燒畬田（「即墨奔牛猶爇尾，東甌燒畬驚山鬼」）。此時詩人猛然覺察到：似乎季節完全倒錯了，否則山茶花的「紅熱」怎麼使得寒冷的初春溫暖得有如盛夏一般？於是他又問道：是誰差遣火神（炎官）來到人間，使他做出違背節序之事？

眼前物候失春冬，暖入重裘四體融。

誰遣炎官主北政，日炙風薰來用命。

（第二十三至二十六句）

接著詩人注意到：有一棵一丈多高的山茶，就在華亭寺的臺階上，它長得特別突出，它的紅色照亮了整個寺院；同時，它樹上的幾千朵山茶花有如堆積起來的碗盤，其豔麗猶如美人的兩腮醉顏：

當階一丈飾瓏璁，突兀淩霄照殿紅。
簇碗堆盤幾千朵，醉眼酡顏爭婀娜。

（第二十七至三十句）

此外，詩人也把這些山茶花比成「舞霓裳」的美女，還有天上飛翔的「朱鸞赤鳳」。最後他的結論是：無論是桃杏或是木芙蓉或石榴花，即使它們也是紅色的，根本無法和山茶的燦爛相比：「桃杏不須誇爛漫，芙蓉失色山榴嘆。」（第三十三至三十四句）

把山茶花比成像火一般的熱烈，確實是施先生的一大創見。在這首詩中，我們也可以感受到所謂「通感」（synaesthesia）在詩中的作用。錢鍾書把「通感」定義為中國古典詩中很重要的詩法，它指的是一種視覺、聽覺等「感覺挪移」的交互作用。（錢鍾書〈通感〉）但我以為，在〈華亭寺看山茶〉這首詩中，施蟄存所表達的更是一種「現代派」的全面象徵手法，那是法國波德雷爾（Baudelaire）等人所主張的「象徵通感」（correspondence）之進一步發揮。因為施蟄存所強調的不僅是「感覺挪移」的作用，而是一種整體的感官想像——詩人由視覺進入觸覺的熱感、又由熱感轉入心理的描寫。有關色彩的渲染，施蟄存無疑是受了唐代詩人李賀詩法的影響，但他的意象卻有一種「現代派」的特徵，那就是觸及到「心理現實」的層面。尤其是，他把山茶花擬人化，並讓它具有某種心理活動，確實令人大開眼界。

唱和賦詩抒發胸臆　友誼情趣表現無遺

當然，並非施蟄存所有的逃難詩歌都具有這種「現代派」手法，但一般來說，施先生所寫的較長的「古詩」——尤其像〈遊路南石林詫其奇詭歸而作詩〉和〈華亭寺看山茶〉等長詩——都比較容易展示他這一方面的特徵。相比之下，他一般所寫的律詩或絕句，則似乎較為含蓄而濃縮。這乃是因為，短詩較不容易安排大規模的意象「通感」。例如，有一回他帶徐遲的二姐徐曼倩遊昆明城東北面的鳴鳳山上的金殿（該殿後面還有傳說的明代山茶花），那是一個著名的道觀風景區，回來後施蟄存寫了一首〈偕徐曼倩遊金殿〉：「玉虛台殿擅南州，攜得紅裝躍馬遊。映日龍鱗金瑣碎，辟塵珠露翠沉浮。未標盟柱開蠻城，卻鑄丹宮佞道流。豈謂堅剛堪萬歲，天樞銅雀等閒休。」這首短詩寫得十分精緻，但其重點自然和以上的長詩十分不同。

此外，必須說明，並非施蟄存在昆明所寫的全部詩歌都和旅遊有關。上頭已經提到，在抗戰初期，昆明成了人才薈萃之地，施蟄存也就很自然地進入了這個文人的圈子，所以他的許多詩歌都是他當時和朋友的唱和。例如，昆明的大觀樓一向是文人賦詩聚會之處，所以施先生經常和朋友們到該地品茶酬唱，有一首詩〈何奎垣李季偉張和笙諸公招飲大觀樓分韻賦詩因呈一章〉就特別記錄了那次的聚會：「勝地初相引，來同詩酒盟。倭氛妨北顧，蜀學喜南行（諸公皆蜀人）。佳句草堂舊，玄言秋水清。幸從傾蓋語，尊俎定平生。」據施先生告訴沈建中，「這三位四川籍教授都是風雅之士，何奎垣尤善詩詞，李季偉偏愛戲曲，張和笙長於圍棋。」（〈遺留韻事：施蟄存遊蹤〉）另外，施蟄存也經常與他的同事周泳先唱和，當時周泳先住在風景優美的磨盤山，施先生常去拜訪他家。有一首詩

〈贈大理周泳先〉云：「蒼洱新詞客，清真有嗣音。湖山容寄傲，花草費鉤沉。寇騎不窺塞，霜翰甯息林。從今謝羈旅，松菊入瑤琴。」對周氏的隱居方式表示羨慕之情。另有一首題為〈周泳先招飲率爾有作〉，對周氏後院「松菊存三徑」的環境尤為稱讚，相較之下，自己卻還在「風塵」中逃難，他因而感嘆道：「周郎招取飲香醪，更與吳箋寫鬱陶。篆刻雕蟲童子技，霜刀飛鱠細君勞。輸卿松菊存三徑，老我風塵見二毛。小閣銀燈共遙夜，羈愁聊借一尊逃。」施先生對朋友的坦白和幽默的情趣完全在該詩中表現無遺。

此外，施蟄存對抗戰期間避居昆明的才女格外敬仰。其中有一位女詩人盧葆華，她早年曾在上海求學，後不斷在報刊上發表詩文，施先生早與她結識。抗戰爆發後，盧氏攜帶老母和兩個孩子避居昆明，又被丈夫遺棄，所以施蟄存特別同情她，也經常與她唱和，曾贈她「今來解後（邂逅）滇池上，避地俱為離亂人」等詩句。（見〈為盧葆華女士題飄零集詩卷〉：「少日相逢歇浦濱，茗邊曾與共佳辰。今來解後（邂逅）滇池上，避地俱為離亂人。樂鏡漫隨黃鵠舉，文君解賦白頭新。如何浪作飄零計，聞道劉盧是世親。（女士適劉生，時方議仳離）。）另外，有一次施先生在翠湖公園散步時認識了著名的女詩人徐芳，後來經常有來往，曾作一詩〈漫題一絕為徐芳作〉：「元是淩波縹緲身，雕蟲獺祭亦天真。焚書王壽終能舞，卻道君家有解人。」

對當時不在昆明、卻不幸遭遇困難的朋友們，施蟄存也同樣以寫詩的方式表示關切。例如，他曾作詩〈寄郁達夫南洋〉：「容台高議正紛紛，競奏蠻書靖敵氛。雪涕賈生方賦鵩，投荒杜老政憐君。朱弦欲為佳人絕，玉鏡難緣舞鳳分。珍重東坡謫儋耳，隨

盧葆華與孩子在昆明。（施蟄存先生提供）

行猶自有朝雲。」此詩顯然寫於一九三九年郁達夫在香港《大風》雜誌刊登〈毀家日記〉，公布自己與王映霞婚變內幕之後。詩的前半部集中描寫抗戰期間對於當時文人的衝擊，他把郁達夫的南洋逃難比成賈誼被貶和杜甫在安祿山事變期間的「投荒」四川。詩的後半部則對朋友的婚變表示遺憾——大意是，即使那個被貶到海南島的蘇東坡，也比郁達夫幸運。總之，整首詩表達了對郁達夫的關切，也表示問候之意。（順便一提，後來一九四〇年初夏施蟄存到了香港，有一天見到王映霞，聽她述說自己的經歷，故作一詩〈香港寰翠閣遇王映霞話近事為賦一章〉，深表遺憾：「朱唇蕉萃玉容臞，說到平生淚漬濡。早歲延明真快婿，於今方朔是狂夫。謗書漫玷荊和璧，歸妹難為合浦珠。蹀躞御溝歌決絕，上山無意采蘼蕪。」（該詩原來題目為〈二十九年仲夏晤王映霞女士於香港皇后道寰翠閣娛樂咖啡室為言達夫不可同居已告仳離矣因綴其語〉，見沈建中《施蟄存先生編年事錄》）後來一九四二年施蟄存轉到福建長汀，聽說王映霞已改嫁，又作〈聞王映霞近事〉一首，中有「可憐京洛風塵裡，緇盡淩波白練裙」諸語，卻不無微詞，此為後話。）

昆明似乎永遠代表著內在心靈的避難所

昆明在抗戰時期所扮演的文化角色是比較特殊的。當初施蟄存之所以決定到昆明去教書，他所選擇的純粹是一條傳統文人的道路——這與他的朋友戴望舒、穆時英等人的目標極其不同。然而，施蟄存最終在昆明只住了三年（嚴格地說，前後只住了兩年半），這完全是外在現實的情況所造成的。首先，一九三九年之後，由於屢次躲避敵機的轟炸，施蟄存和他的朋友們經常被迫避居離昆明一百里以外的小城，情勢已經很危險了。從他的散文〈山城〉以及〈枯坐〉那首詩中（有「索居空眾慮，枯坐遂中宵」等語），已可以讀出作者日漸焦慮的心態。更嚴重的是，據他所寫的〈米〉一文可知，當時昆明的通貨膨脹已到了「一百元一石的米價威脅之下」，他說「我們每天擔憂著明天或許要挨餓，因為我們沒有權利一次買到一斗以上的米，也沒有把握能確定每一次都買得到。」一九四〇年三月十日，施先生在給成都聞宥先生信中則更清楚地寫道：「弟現已定於十三日離滇赴港」；並說「昆明物價近已無法對付，米售百元一石尚可，所更難堪者，紙煙『皇后輪』廿支乃售一元六角。故弟不能待至暑假結束告退耳」。不過，當時施先生可能只想暫時離開一下，想在香港呆一段時間，等將來情況好轉再回昆明。誰會料到，僅只三個月之後，日寇澈底封鎖了滇緬線的鐵路，即使他想再回昆明，也已經不可能了。

在施蟄存的人生記憶中，昆明一直占有極其重要的地位。在他的心目中，昆明不僅是一個特殊的「地點」，也是一種特殊心靈境界的象徵。尤其在離開雲南之後，他更加懷念昆明。事實上，才離開昆明不到兩個月，他就寫出了以下憶舊遊的文字：「現在到了香港了，安居下來之後，一天一天地覺得不自在起來。雖然在這裡抽紙煙吃魚都比昆明方便，可以當時所渴望而不可得者，現在既得之後，反而又覺得不甚珍異；非但不甚珍異，甚且有點厭膩，而對於昆明的生活，轉覺得大可懷戀，雖然明知道此刻的昆明比我離開它時更不易居了。」（施蟄存〈抗戰氣質〉）八月二十日，施先生又發表了一篇題為〈駄馬〉的文章，其中寫道：「我第一次看見駄馬隊是在貴州，但熟悉駄馬的生活則在雲南……二萬匹運鹽運米運茶葉的駄馬，現在都在西南三省的崎嶇的山路上，辛苦地走上一個坡，翻下一個坡，又走上一個坡，在那無窮盡的山坡上，運輸著比鹽米茶更重要的國防材物，我們看著那些矮小而矯健的馬身上的熱汗，和它們口中噴出來的白沫，心裡將感到怎樣的沉重啊！」這篇散文令人想起了他的石林之遊，還有那首題為〈駄馬〉的五言律詩：「巴滇果下馬，款段耐登山……長楸噴玉過，斜日識途還。」後來十月間他到了福建，在途中寫〈坑田道中得六詩〉，詩中卻有「吾昔遊滇中，好山看不已」之句。在福州的西湖公園內喝茶，也不知不覺地想起了昆明：「福州也有一個西湖，但我在西湖公園內開化寺前喝茶的時候，卻彷彿身在昆明翠湖公園中的海心亭茶寮內。我自己也

宇宙風（半月刊） 第一百十七期 施蟄存：歸去來辭

歸去來辭幷序

施蟄存

東夷犯境，家室蕩離！流徙迄今，忽已四載。庚辰之冬，寄跡閩越諸山中。除夕，少飲酒，便爾陶然，空堂獨坐，無與歡者，欿焉有歸歟之志。然田園廢於蒿萊，廬舍沒爲丘墟，又安得歸哉！遂取淵明歸去來辭讀之。昔元祐諸賢，並有和作，因亦效之。何敢比蹤前哲，亦聊以遣一時感興云爾。

歸去來兮！歲云暮矣，爾安歸？聽黎氓之祝蠟，益惆悵而增悲！悲征蓬之長逝，而流水之難追。慨風景之不殊，而河山之全非！衛子於以求馬，秦人豈曰無衣。寄百感於幾年，哀王孫之式微。空堂默坐，形在神奔——企瞻桑梓，物色閭門。軒檻焉適？戶牖安存？頹垣斷井，敗甓零罇！忿蓁莽以蔓衍，崇瓦礫之屠顛。止鵩鳥於賈誼，託雞犬於劉安。雖一枝而莫寄，渺五柳之當關。憤雀鼠之角牙，忍延佇以游觀。嗟鴻雁之劬勞，倦飛鳴而難還。世鼎沸而未寧，奈余心之桓桓。

歸去來兮！余豈好夫遠游？誠欲得其所棲，詎富貴之願求？居畝畝以自保，免妻子於危憂。嘗蓴鱸之旨味，藝禾黍以盈疇。安步當車，虛瓠爲舟，放乎廣漠之野，浮乎冥勃之丘。齊萬物於一指，任二曜之代流。既不周於當世，宜全命於天休。

已矣哉！小人懷土須何時！湖山信美非足留！干戈擾攘竟安之？大邦不可嚮，后來衆所期。冀王師之赫怒，春猶及夫耘耔。臣作遂初之賦，君歌大風之詩——雖不可以驟得，側身西望不復疑。

武夷行卷

題序

予於辛巳孟夏作武夷遊留山中凡旬日幾盡挹其勝每薄暮曳竹杖鏗然躡屨解衣跣足坐風簷下拈筆作韻語記其樂然但存其情意未遑推敲也既歸永安又僕僕來汀州逾月始得展席定居廼發篋出稿橐時一潤色之至歲闌遂寫定為三十五首曰武夷行卷錄以詒親戚故舊暌違既久且遠者將謂烽櫓頻警中子猶從容作不急務耶雖然予居滇三年嘗發意遊雞足山輒因循未踐既去滇乃大悔今因緣來閩越武夷近在眉睫詎忍復失之淵明詩曰雖不懷遊見林情依吾意亦猶是耳壬午元夕施蟄存書

左：施蟄存先生〈歸去來辭並序〉刊於《宇宙風》第117期。
右：施蟄存先生〈武夷行卷〉原稿。（陳文華提供）

有點吃驚，為什麼昆明能使我愈益留戀起來？」不久他到了山中的永安教書，心裡特別寂寞，也就懷念起從前在昆明的日子：「這一年中的生活，大約將花費於朝看山色，暮聽溪喧裡了。到此地，真有寂寞之感了。在昆明的時候，感覺到寂寞。到這裡來之後，就不禁想起在昆明時的熱鬧了。這裡沒有親戚，沒有同鄉，也沒有一個舊朋友，投身到一個完全陌生的環境裡，即使我原是抱著此勇氣而來，到其間也不禁有點後悔的樣子。」（施蟄存〈適閩家書〉）不久他寫長篇的〈愁霖賦〉表達他那種哀「世亂而流離」的情緒，中有「初紆轡於昆滇，旋揚舲於閩越」的感嘆。接著他寫〈歸去來辭並序〉，抒發無家可歸的悲哀，寂寞之情油然而生：「庚辰之冬，寄跡閩越諸山中。除夕，少飲酒，便而陶然，空堂獨坐，無與歡者……歸去來兮！歲云暮矣，爾安歸？……」在那段期間，與昆明的老朋友們通信已成為他生活中最大的安慰——當然，那些朋友大都已離開昆明，都轉到成都或重慶去了。好友呂叔湘就曾經由成都來函，中有「前讀〈愁霖之賦〉、〈歸去來辭〉，讀之淒然」諸語。後來施蟄存遊著名的武夷山，寫〈武夷行卷〉三十五首，在該「題序」中居然也提到了雲南：「予居滇三年，嘗發意遊雞足山，輒因循未踐，既去滇乃大悔。今因緣來閩越，武夷山近在眉睫，詎忍復失之？」原來他遊武夷山的原因之一，乃是為了補償當年在雲南之行的遺憾。最有意思的是，後來他對閩食那種「一撮花生佐濁醪」的趣味逐漸生厭，居然也想起了昆明的美食。他曾作〈偶憶昆明肴饌之美戲賦一首〉：「浪跡昆明意氣豪，盤觴排日助吟毫。薄批雲腿凝脂酪，小盞香螺細縷蒿。五月雞葼真俊味，三年蟲草亦珍毛。朅來閩嶠艱生事，一撮花生佐濁醪。」這首詩大約作於一九四三年的春天，當時他在長汀的廈門大學教書。

尤可注意者，在一組題為〈綺懷十二首〉（副標題為「十年影事微見於斯」）的詩作中（作於一九四三年秋季，於長汀），昆明翠湖的「海心亭」居然成為其中少有的一個「實證」。首先就整體而言，該詩組讀來頗令人感到一種迷離恍惚的心理狀態——初讀之下，讀者會以為每首詩可能影射一事，但細讀之下，卻很難找到明顯的事實。（特別要感謝張宏生教授與我深入討論施先生此組詩歌的多種意境，也感謝他與我分享他的新著《讀者之心》。他的《讀者之心》取「讀者之心何必不然」的意思。他覺得現在不少人說是研究文學，其實都是研究文學史，他的這本書主要就是文本解讀，希望能夠在一定程度上回到文學本位。感謝張宏生教授的啟發。）詩人忽而套用近代人黃景仁〈綺懷十六首〉的豔詩詞彙（如「飄蓬」、「紅燭」、「明珠」、「沈郎」、「梨雲」等），忽而轉用曹植〈洛神賦〉和劉禹錫詩中的典故（例如第一首開頭二句：「瑤琴羅襪各生塵，病樹前頭忍見春」）。總而言之，此詩組似乎充滿了許多虛化的事實，故給人一種憑空臆造、故布迷陣、若有若無的「影事」情境。然而有趣的是，第七首居然提到「海心亭」，那至少是一個可以證實的實際地名：

海心亭畔觀魚樂，笑說儂心樂似魚。

今日華堂供設醴，可曾緘淚戒魴鱮。

至於「海心亭畔觀魚樂」是否指實有其事，也無從考察。但有一個暗示就是：該詩的後半部似乎意味著那個被懷念的朋友已經亡故，但詩人還一直難以忘懷。至於結尾「戒魴鱮」一詞似可由以下漢樂府〈枯魚過河泣〉一詩引申出意思：

枯魚過河泣，何時悔復及！
作書與魴鱮，相教慎出入。

所以「戒魴鱮」大概是指好友之間互相警戒的意思。當然，「觀魚樂」一事的具體事實如何，那就純屬個人內心的祕密了。

最令人感動的是，施蟄存終其一生都無法忘記昆明的翠湖。二〇〇一年，他已是九十七歲的老人，但他的那首舊作〈翠湖閒坐〉（寫於一九三八年寓居昆明時）又一次刊登在《新民晚報》上：

斜陽高柳靜生煙，魚躍鴉翻各一天。
萬水千山來小坐，此身何處不隨緣。

對於施先生，昆明似乎永遠代表著內在心靈的避難所。如果不是一九三七年那年，他毅然走上那個赴滇的逃難之旅，他的後半生將會十分不同。就如他在垂暮之年所說：「去雲南大學教書，成為我一生的生活轉捩點。」

（孫康宜按：在撰寫和修改這篇文章的過程中，我曾得到華東師範大學陳文華教授和我的耶魯同事康正果的幫助，在此一併致謝。此外，必須聲明，此文已刊載於北京大學國際漢學家研修基地主辦的《國際漢學研究通訊》，第八期，二〇一三年十二月。）

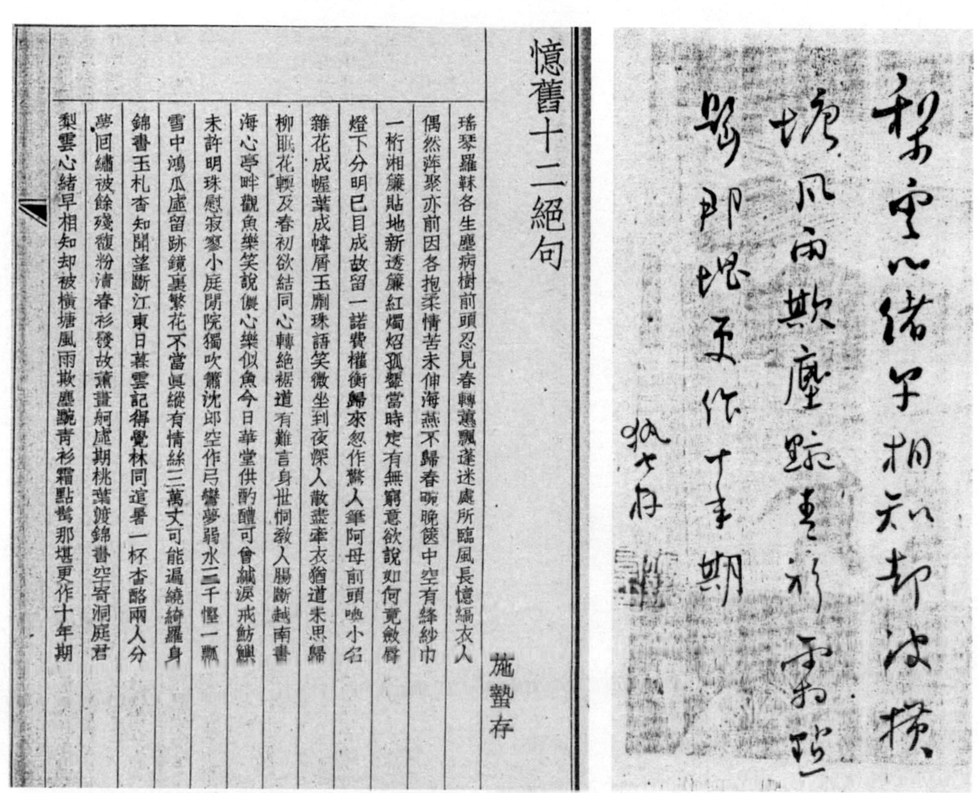
憶舊十二絕句

施蟄存

瑤琴羅韈各生塵病樹前頭忍見春轉蕙飄蓬迷處所臨風長憶縞衣人

偶然萍聚亦前因各抱柔情苦未伸海燕不歸春晼晚篋中空有絳紗巾

一桁湘簾貼地新透簾紅燭熖孤顰當時定有無窮意欲說如何覓斂脣

燈下分明已目成故留一諾費權衡歸來忽作驚人筆阿母前頭喚小名

雜花成幄葉成幃屑玉霏珠語笑微坐到夜深人散盡牽衣猶道未思歸

柳眠花輭及春初欲結同心轉絕裾道有難言身世恫教人腸斷越南書

海心亭畔觀魚樂笑說儂心樂似魚今日華堂供酌醴可曾緘淚戒魴鯉

未許明珠慰寂寥小庭閒院獨吹簫沈郎空作弓彎夢弱水三千慳一瓢

雪中鴻爪處留跡鏡裏繁花不當真縱有情絲三萬丈可能遍繞綺羅身

錦書玉札杳知聞望斷江東日暮雲記得覺林同逭暑一杯杏酪兩人分

夢回繡被餘殘馥粉漬春衫發故薰畫舸虛期桃葉渡錦書空寄洞庭君

梨雲心緒早相知卻被橫塘風雨欺塵黦青衫霜點鬢那堪更作十年期

梨雲心緒早相知卻被橫塘風雨欺塵蹤青衫霜點鬢那堪更作十年期

蟄存

左：施蟄存先生〈懷舊十二絕句〉（又題〈綺懷十二首・十年影事微見於斯〉）刊於1943年《萬象》第三年第6期。

右：1943年《萬象》第三年第5期「插頁」施蟄存先生詩稿。

本書輯錄之隨想——代跋

沈建中

暑間奇熱，雖見報載自有氣象史以來為最熱夏季，也沒為怪。上班路途，我總是滿懷鍛鍊身體之決心，或想像「蒸桑拿」之感受，雖大汗淋漓，從不認作苦事。究其原因，入夜皆忙於本書的迻錄編輯事務，自覺沉湎內容與形式的構想思緒中。如此度夏，似乎避暑，先是忙碌而無暇顧及高溫侵襲，遂心如止水，漸趨涼爽之境。就這樣度過了一個酷熱夏季。眼下秋涼逼近，暑熱已「強弩之末」，豈不快哉。本書恰好輯錄既訖，不妨添上幾段有感，名曰「隨想」，意欲在施蟄存先生和孫康宜教授的書末，套套近乎，聊聊緣起；若班門弄斧，那便糟糕透了。

一

一九九〇年代，我時常往北山樓請教，施先生曾法書幾幅字貽我，其中有一幅〈惟精惟一〉，我當然遵照，心無旁騖，亦不二用。但印象裡經常在我臨走時會讓帶幾封信下樓投入郵筒，至於他是給誰寫信、寫得啥，我一概不聞不問。二〇〇一年三月底施師母突然過世後，從此我不往打擾他老人家。二〇〇二年國慶日後施先生通知我去，送我一部《北山散文集》（二冊），流覽了幾天，翻到最後的施先生書信，絕大部分都是首次看到，我特別注意到其中致孫康宜教授的十八通信，真是大開眼界。兩個月後，由於倦怠，一下子失去了施先生的十二冊日記，我預備放棄正在編撰的施先生年譜，即「摜紗帽」——現在想來可笑可惡得很哩。

不覺到了二〇〇五年秋間，十二月一日是施先生誕辰一百周年紀念日，想到北京聞廣老人寄賜我的施先生致其父聞宥先生的兩通信箚，一是一九三八年施先生利用暑假回滬省親，繞道香港時所作；信中詳細陳述途徑河內參觀及訪書情形；二是一九四〇年施先生離開昆明前夕所作，講述昆明物價形勢，雲南大學文法學院、文史學系的動態和其他學者情況。更要緊的是這兩封信使長期懸而未決的施先生抗戰時期輾轉河內、香港和上海的時間地點，有了明確線索。我還想到滬上黃屏老師貽我兩張施先生一九三八年的底片，一為在雲南大學校舍留影；一為返滬探親與夫人陳慧華在岐山村寓所合影。

這些材料到了我手頭，「如捏著一團火，常要覺得寢食不安，給它企圖流布的」（引用魯迅語）。當時不見有何紀念活動的動靜，況且既已不作「年譜」，何不請報紙發表，為有志的研究者作家們提供資料，藉此紀念施先生百年誕辰。經《文匯報・筆會》主持人周毅君首肯，〈施蟄存書簡兩通〉如期刊出，當日上午恰好我在開往蘇州的列車上購得這份報紙，欣慰不已。

不久後，在陳文華教授敦促下，我恢復編撰「年譜」，並在她的指導下定名為《施蟄存先生編年事錄》。文華教授為了支持我，甚至願意為我設法尋回失去的資料。就在那時施先生的往來信件已大量散見於市肆，我突然發現往來書信更能彌補日記材料，雖是不得已而為之的「急中生智」，但我漸漸地確定了以書信為主體，輔以施先生敘事文錄、相關報刊和其他史料等的編撰方法。

從此，我開始走上了一條竭盡全力地搜集採錄施先生往來書信之路，一發而不可收。

二

通過幾年的不懈追尋，我逐漸知道施先生所作書信的產量甚巨、涉及面廣，他一生究竟寫了多少信，實在難以估算，肯定是亡失更多。但以我曾經過錄的施先生致河南崔耕先生函達三萬六千餘字、致上海范泉先生函有一萬五千餘字、致廣州黃偉經先生函近七千字；再從主要收信方估算，以中原、蜀魯為研究金石碑版區域，以閩粵為交流詩詞雜文區域，以蘇杭為收集藏書雅玩區域，以北方、蘇皖為《詞學》集刊作者讀者區域，以晉陝為唐代文學研究賞析區域，這僅是我據大致印象的歸納，很不確切，然可借喻施先生所作書信的廣泛性而已。再舉辜健編《施蟄存海外書簡》為例，收錄致美國、香港、臺灣和新加坡友人十八位，計二百九十七通，二十三萬四千字數。——以上極大部分集中在一九八〇、一九九〇年代所作。

我推測，施先生早在中學時代向報刊投稿即寫作書信。他又說，中學畢業後，浦江清就讀南京東南大學，自己在杭州之江大學，「我們每星期都有書信往來」。我見到施先生較早的完整書信是刊於一九二三年十一月二十日《最小報》上的〈致馬鵑魂書〉。他曾回憶主編《現代》時「給投稿人的信，少說也不下百餘封」，聽他說，每次從松江休假歸來，光覆信就得費時二三天，起碼抽掉兩罐白金龍香煙；僅存的覆投稿人宋清如函，就是一篇洋洋灑灑的千字文。如今在《現代》「編輯座談」、「社中日記」裡均能見到他頻繁與作者、讀者的通信印跡。現在可見施先生寫作書信的軌跡，從一九二〇年代《最小報》、《世界小報》刊登其書信，到一九三〇年代主編《現代》，再到一九四〇年代主編《大晚報》副刊，直到一九八〇年代起主編《詞學》，施先生一直保持勤於寫信的習慣，而產量之大，在他的同輩、同行中都是出類拔萃的。

因此，我認為施先生畢生都很喜歡寫信，這是他與生俱來的風度，也成為他的日常生活方式；而並非僅僅是因為他交遊廣、活動多而造就的。

二〇〇五年秋間，我逐步收集了一批施先生往來書信，待到翌年下半期價格猛漲，當時網上有一通三頁浦江清致施先生手箚，標價萬元，我打了幾次電話還價，甚至懇求花費抄錄，商賈堅不許；而此時滬上「秋拍」乍起，相關書信越見越多，只得「望洋興嘆」。此後我乾脆側重於在拍賣圖錄、網站報刊上搜尋採錄，放大鏡成了我的好夥伴。友人大為君給予我熱情襄助，總是將藏品供給採用，諸位師友也紛紛援助，如河南崔耕、桑凡，廣州黃偉經，南通欽鴻，北京聞廣、沈甯，上海黃屏、陳詔、劉軍、蕭斌如等等先生友人都慷慨提供，使我能夠抄錄許多書信影件。

三

這些年，我讀到太多的施先生往來書信，採錄了他在各個時期的事蹟，至少也超過三十多萬字數，我不覺累與苦，心甘情願地一字一句過錄，仔細求證寫作時間。更因為愛讀施先生書信，一如他的好文章，生動親切，讓我著迷。二〇〇八年春香港辜健君寄贈《施蟄存海外書簡》「三十冊毛邊本之第十一冊」，我如獲至寶，其中致孫康宜函由《北山散文集》十八通上升至三十二通，引起我極大的閱讀興趣，為我打開了一扇能瞭解他如何與西方學者交流的視窗。就在那年夏季，我與古劍君通了十餘封電子郵件，向他一一請教「三十二通」與「十八通」之中的差異，明確了多個問題。

古語云：「有緣千里來相會。」一直到今歲（二〇一三年）初春，我終於見到了現存的施、孫往來書信七十餘通影件，還有其他相關信函十餘通影件。當時剛得悉孫教授已把施先生手箚原件捐贈北京大學「國際漢學家研修基地」收藏，讓我肅然起敬。為了能使我看到原貌，其間由美國紐黑文到我國北京再到上海的一系列繁忙工作，加上需要檢尋、整理、掃描及郵寄，可想而知，孫教授為此花費了很大的勞動，我至今感念。

當時拙著《施蟄存先生編年事錄》正在「一校」，我匆忙補錄這些新得材料，並對原來據「十八通」、「三十二通」先後採錄之處按原件影本進行校核，收穫頗大，欣喜間最使我怦然心動的是，這批目前尚存的施孫往來書信堪稱「豐富」為最大特色，我預計隨著時間推移，越來越會呈現其作為史料的重要性。

施、孫自一九八四年開始通信，現存信箚富有學者交遊之情趣，還涉及施孫與張充和、錢歌川等多位學者往來情形，實錄了中美兩位學者之間學術生活的狀況，從中能瞭解到施、孫的學術思想、理論觀點、治學方法，研究經驗，以及施先生老年時期並不限於「蝸居」，老來彌堅，閱讀視野開闊，仍保持對歐美報刊書籍的濃厚興趣，尤其是施先生晚年的一項重要學術活動，即編輯《詞學》「海外詞學特輯」並擬籌備學術會議以及孫教授在美約稿情況，都有詳盡記錄。同時，又讓我們瞭解孫教授的重要著述《情與忠》、《傳統女作家選集》等的學術經歷，以及她對柳如是評介的逐步深入過程；並兼及當時美國漢學界的研究活動。

四

讀多了施先生書信，我曾分為三類，一是至交契友，無話不談；二是禮尚往來，就事論事。三是回覆來函，借題發揮。我發現施先生致孫教授的這批可當絮語散文來讀的書信，無疑屬第一類。施先生以其淵博，一下筆就率性尖銳，獨具見解，臧否精闢；不僅令人稱奇，又能實話實說，且幽默有情趣；至於互相委託訪書，則諄諄囑咐，心細如髮。這樣的事例在本書中處處能見，不勝枚舉，皆能驗證我的這些認識，讀者諸君當能體會之。

我曾讀過難計其數的訪問施先生的文章，但當我讀到一九九六年孫教授由美國專程來上海探望施先生後寫的〈施蟄存對付災難的人生態度〉一文，從中我真切感受到「心有所感、意有所觸，情有所激」的真誠、理解，尤為感動，不禁贊喟「前所未有」。現在，我方認識到所謂的「心有靈犀一點通」，正是基於他倆的大量通信，交流思想。

我亦讀過難計其數的研究施先生的論文，也有港臺歐美的研究論文，以研究早年文學創作與編輯活動為多，幾乎很少見到關於其古典文學著述和他的古典詩歌創作方面的論文論著。如今我從施、孫信箚瞭解到，他倆成為筆友通信之因緣是由於皆為「研究詞學的同志」，從詞學研究開始，經常討論古典文學方面的學術問題，孫教授說：「凡涉及明末清初的文學研究，我一直請教他，自以為有如入室之弟子一般。」施先生還鼓勵她無論如何要多用中文寫作。為此，我注意到孫教授研究論述施先生的一系列中文力作，既保持中國傳統考證又融合西方文論的方法，格局恢弘，別具手眼。我頗為推崇其〈柳是對晚明詞學中興的貢獻〉和〈語訛默固好——簡論施蟄存評唐詩〉，而新作〈施蟄存的詩體回憶：〈浮生雜詠〉八十首〉〈施蟄存的西行逃難詩歌〉之闡述精深又有鮮活的閱讀感，使我體會到一種學術傳承，即「從北山樓到潛學齋」。在我看來，孫教授的這些論文，能為學界在施先生研究方面吹來一股新風，並具有開風氣之功，我深信會在讀書界產生持久的影響。

值得一提的是，當我讀孫教授〈施蟄存的西行逃難詩歌〉時，亦讓我特別懷念我國傑出的歷史學家李埏先生（一九一四至二〇〇八）。早先我在撰寫〈遺留韻事——施蟄存遊蹤〉時，專門請教李埏先生回憶有關施先生在滇往事，李先生寄贈一九三八年陪同施先生和吳晗兄弟遊路南的照片，隨後又兩次寄來施先生西行途經貴州的數幅照片，均為那年李埏為施先生洗印而存。當時書稿排版已訖，有幾幅未及收錄，現在如能作為此文插圖，當可告慰李埏先生，又將彰明舊影光澤，不啻給讀者帶來珍貴的懷舊視覺。

五

因此，我決定編選這本具有豐富特色的書。更為重要的因由是，一方面可為研究者提供在一九八〇、一九九〇年代中美學者在研究中國古典文學方面的難得的學術案例，具有相當的參考文獻價值。另一方面供應讀者獨特雋永閒適的隨筆式文本，為讀者提供「可讀、樂讀、耐讀」似的閱讀享受。

在徵得孫康宜教授的同意，我勉力從事錄編，並得到了她的鼎力支持和坦誠指導，還累及孫教授的夫婿張欽次先生為之攝影掃描，可以說是「有求必應」；也完全能這樣說，如果沒有孫教授夫婦的熱情幫助，就不可能有這本書的誕生。

毫無疑問，《從北山樓到潛學齋》作為學術傳承，猶如永恆的友誼，正如本書的英文書名那樣貼切：*Enduring Friendship: Letters and Essays*。同時，這種永恆友誼也一直延續了下來。二〇〇七年秋間，孫教授請張充和先生為拙著《施蟄存先生編年事錄》題簽，二〇一三年歲初孫教授又為拙著賜序，當我剛看完「一校」時，收到了她的春節禮物：「這是『朱古力一心』，與一九九一年三月贈給施老的沒有兩樣！」「買到這本Monet家園的相片集（其實是明信片集）之時，施蟄存先生已去世。否則我一定會寄給他。現在就補寄給你，做個紀念吧！」孫教授寄賜《走出白色恐怖》（北京三聯增訂版）這樣寫道：「遺憾的是，我一直沒機會向施老仔細談起臺灣白色恐怖的種種情況。他所經過的一九二〇至一九三〇年代的『白色恐怖』是另外一種恐怖。」孫教授的這些小箋，我都頗為珍惜，而又給予我構思編輯本書的啟示。

我曾設想把本書做成像歐式筆記本那樣精緻簡潔、令其留存久遠的形式，影印信箚能有淡淡泛黃兼有鋼筆淡彩那樣趣味，平添一份溫馨的親切感。當年施先生將自認最為滿意的相片贈給孫教授並手跡、一九八二年遊南京雨花臺帶回的雨花石贈送孫教授附手跡；還有每年寄贈的賀年片等，皆有情趣而常常使我縈懷，也已編入本書中。

在我，能有這樣美好的機緣參加輯錄本書，說來有些惶愧，但我確實滿心喜歡，並盡力求其穩重。——按孫教授來函指示的：「即所謂『文學的不朽』（literary immortality）。」

贅述隨想至此，姑且歇手而意未盡，明早要將拙編交付上海書店出版社印行，例應致謝許仲毅、楊柏偉先生。——日子是農曆癸巳年八月初三日白露前兩日午後識於申城謙約齋北窗下。

秀威版附錄一 ·· Shi Zhecun and His Story of Chen Xiaocui

Kang-i Sun Chang（孫康宜）
Translated by Linda Chu（朱雯琪）

During the 1980s and 1990s, I was one of the many who sought out the Chinese writer and scholar Professor Shi Zhecun (施蟄存) from overseas, frequently writing to him for help and advice.[1] At the time I just embarked on my journey delving into literature of the Ming and Qing dynasties, especially looking at women's literature from that period. In my letters to Professor Shi, I often raised questions about rare books and research methods, and he always responded in detail to my queries, providing both insight and precious advice. Even more, he went out of his way to help me locate and collect a variety of anthologies, such as *Liu Rushi shiji* 柳如是詩集 (Collection of Poetry by Liu

[1] Shi Zhecun (1905-2003) is a superstar in modern Chinese literature. In the 1930s, twenty-year old Shi was already well-known in the vanguard of the Shanghai literary scene. His first novel *Shangyuandeng*上元燈was written in 1926, and later he published in succession such new wave fiction as "Monsoon Night梅雨之夕," and "At the Paris Theatre在巴黎大戲院." In just 10 years, he established a canonical position for himself in the sphere of modern Chinese fiction. But few readers know that during the second half of his life (actually, it was over sixty years, more than half his life,) Shi Zhecun changed directions and devoted his efforts to classical poetry, the study of stone and bronze inscriptions, etc.

Rushi) —specifically the first *juan* called *Wuyin cao* 戊寅草 (Drafts from the Year of Wuyin 1638), the second *juan* called *Hushang cao* 湖上草 (Drafts from the Lakes), and the third *juan* titled *Liu Rushi chidu* 柳如是尺牘 (Letters Composed by Liu Rushi). Other works include *Mingyuan shigui* 名媛詩歸 (Poetic Retrospective of Notable Women), *Zhong xiang ci*眾香詞 (Song Lyrics of Innumerable Ladies), and many more. While discussing these works by talented female writers, Professor Shi often lamented the loss of his rare copy of *Mingyuan shiwei*名媛詩緯 (Canons of Poetry by Notable Women), compiled by the 17th century woman poet Wang Duanshu 王端淑 (1621–before 1685). He bought the book in 1933, but it was unfortunately destroyed amidst the bombing raids during the Second Sino-Japanese War. If it weren't destroyed, he said he would have given it to me as a gift. Later when I got photocopies of *Mingyuan shiwei* and Wang Duanshu's poetry collection *Yinhong ji* 吟紅集 (Chants of Red) from Japan, Professor Shi was overjoyed to receive the news and even asked me to make copies for him. It goes without saying that Professor Shi played an integral role in helping me collect the vast majority of primary materials on Ming Qing women poets—a feat impossible if it weren't for him.

Later on, when I read Professor Shi's poem-series on the woman poet Chen Xiaocui 陳小翠—titled "Ten verses inspired by *Cuilou yincao* [Poetry from the Green Pavilion] and two follow-up poems for Chen Xiaocui" (讀翠樓吟草得十絕句殿以微忱二首贈陳小翠)--I began to grasp the profound understanding and unique insight he has of *cainü* 才女 (talented women) of the past and present. In his diary, he once proudly wrote: "I myself admire these twelve poems [of mine]. They are comparable to the verses that Qian Muzhai 錢牧齋 [Qian Qianyi 錢謙益] wrote for Wang Yuying王玉映." Wang Yuying is none other than Wang Duanshu, the talented female artist during the Ming-Qing period. Even more interesting is that in his "Poems for Chen Xiaocui" series, Prof. Shi compared modern writer Chen Xiaocui to Wang Duanshu:

綠天深處藕花中，為著奇書藁作叢。
傳得古文非世用，何妨詩緯續吟紅。

In the jade abyss among lotus flowers,
Writing books of wonder like thickets of dried trees.[2]
It is said that the ancient texts are not used by the world;
Yet, why not read *Canons of Poetry* and *Chants of Red*?

When I first read the line, "why not read *Canons of Poetry* and *Chants of Red*," I was especially excited because I had just found copies of Wang Duanshu's *Mingyuan shiwei* and *Yinhong ji* (referred to as "Canons of Poetry" and "Chants of Red" respectively in Shi's verse).

But who was Chen Xiaocui? At the end of 1991, Professor Shi sent me a New Year's greeting card; the design of which was originally produced in 1988, commemorating the 20th anniversary of the death of the talented Chen Xiaocui. The card indicated that it was printed from Prof. Shi's studio *Beishanlou* 北山樓 and on it there was Chen Xiaocui's *Hanlin tu* 寒林圖 (Painting of wintry forests) and her inscribed verse: 落葉荒村急 (Fallen leaves and abandoned village, passing rapidly). Afterwards, I learned that Professor Shi, in his youth, had known this talented lady Chen Xiaocui whose writings and paintings were of great renown at the time.

2 The first two lines of the poem apparently refer to Chen Xiaocui's daily activity of writing in her studio, the Green Pavilion 翠樓.

It turns out that the lives of Professor Shi and Chen Xiaocui crossed through the popular literary bi-monthly magazine *The Half Moon Journal* (*Ban yue* 半月) edited by Zhou Shoujuan 周瘦鵑. In 1921, the inaugural issue of the journal was published in Shanghai. That year, Professor Shi, who was not yet 17 years old, composed 15 *ci* poems for a series of portraits of ladies (*Shinü tu*仕女圖) that were to be featured on the covers of the magazine. The editor at the time Zhou Shoujuan also invited Chen Xiaocui (also known as Chen Cuina 陳翠娜), daughter of the well-known writer Chen Diexian 陳蝶仙 (aka. Tianxu Wosheng 天虛我生, 1879-1940), to compose 9 *ci* poems on the same topic. Thinking back on this experience, Professor Shi recounted:

> The cover of each of the bi-monthly issues during that period featured a different *Shinü tu*, all painted by Xie Zhiguang 謝之光 (1900-1976). Nearly 17 at the time, I was a beginner at rhyme. After penning 15 short *ci* poems for the paintings, I sent them to [Zhou] Shoujuan, but did not hear back initially. To my surprise, when *The Half Moon Journal* published the first issue of the second *juan* 卷 [volume], my work was suddenly featured. In addition, the editor also invited Chen Xiaocui to compose 9 *ci* poems on the same theme. Combined with my 15 poems, these 24 became the verses featured on the covers of each of the bi-monthly issues published that year. [Zhou] Shoujuan also had a feature issue that published our *ci* poems in conjunction, and he named the issue *Half Moon Journal—Er nü ci*兒女詞 (A duet).
>
> (Excerpted from *Cuilou shi meng lu* 翠樓詩夢錄 [On poetry and dreams from the Green Pavilion], 1985).

At that time, some people wanted to play matchmaker between the two talented youths; Professor Shi's father was one of them. However, when the young Shi Zhecun heard this, he was immensely shocked, humbled by his own modest upbringing, and felt that he was in no position to marry a lady of nobility. Thus, he firmly turned down the suggested arrangements, and that was the end of that.

When Professor Shi and Chen Xiaocui's paths met again later in their lives, it would be four decades later when Professor Shi had already retired from teaching. In a chanced opportunity, he learned that Chen Xiaocui moved to Shanghai, and he obtained her address from a mutual friend. In January 1964, Professor Shi visited Chen Xiaocui at her home in Shanghai. During their meeting, Chen Xiaocui gave him her newly printed third volume of her *Cuilou yincao* 翠樓吟草 (Poetry from the Green Pavilion). A few days later, Professor Shi penned "Ten verses inspired by *Cuilou yincao*, and two poems for Chen Xiaocui" as a reply. Since then, the pair exchanged letters and poems. However, not long afterwards, the Cultural Revolution (1966-1976) began, and Chen Xiaocui, unable to take the ferocious denunciation and public humiliation, committed suicide by charcoal-burning on July 1, 1968. Later, Professor Shi wrote short essays including "*Jiaolu gui meng tu ji*" 交蘆歸夢圖記 (Essay on a Painting Regarding a Karmic Dream of Homecoming, 1976) and "*Cuilou shi meng lu*" 翠樓詩夢錄 (On *Poetry and Dreams from the Green Pavilion*, 1985) in memory of Chen Xiaocui.

The story of Chen Xiaocui tugged at my heartstrings, and I thought about the fate of many talented women in ancient and modern China. I am also moved by Professor Shi's understanding and promotion of the works by these talented female artists. From the 1960s to 1980s, he was also in contact with women writers including Chen Jiaqing 陳家慶, Chen Zhichang 陳穉常, Ding Ning丁寗, Zhou Lianxia 周錬霞 (1908-2000), Zhang Zhenhuai 張珍懷 (1917-2005), and he widely collected their works. When I visited Professor Shi in Shanghai in 1996, I asked him: "Why do you especially value female poets?" He replied, "I value female poets because their talent is often overlooked and buried by society, and I want to be the one to 'discover' them."

Deeply influenced by Professor Shi, I've been studying female poets with the mission of "discovering" them and unearthing their works that have been buried in time. In early 1999, the anthology which I co-edited with Haun Saussy, titled *Women Writers of Traditional China*, was published by Stanford University Press. As soon as the book was out, I wrote to Professor Shi:

> Dear Professor Shi:
>
> On this Valentine's Day, sending you a copy of this anthology is especially meaningful to me. While we convey our gratitude to you in the preface of the book (see p. viii), words can never fully express our appreciation of all that you have done for us. If it weren't for your help, many of these works by female poets and writers would have been lost forever. The guidance that you have afforded us (a group of 63 scholars studying fields in Sinology) over the years is not something that words can measure or capture.
>
> I should also mention that your old friend Ch'ung-ho Chang Frankel was the one who did the beautiful calligraphy for the anthology.

It is a pity that the hefty volume of *Women Writers of Traditional China* only collects the works of female writers from ancient times to the beginning of the Republic; otherwise, works by Chen Xiaocui would certainly be featured prominently in this anthology.

Kang-i Sun Chang

December 10, 2019

秀威版附錄二：文字交／老人緣

康正果

一

中國有句古話：「人惟求舊，器惟求新。」前者強調對文化傳統和精神遺產的繼承，對耆舊和資歷的尊重。後者則強調制度的更新和器物的發明。中國社會在其文化守舊主義的道路上走了幾千年，不幸在帝制末期受西方文明衝擊，歷遭列強欺凌，急於救亡的文化人終於發覺，國家的貧弱蓋緣於制度腐朽，器物老舊。厭舊反舊的烈焰於是燎原而起，從此燒得鋪天蓋地，燒至文革期間的大破四舊，在整個華夏大地上，其禍國殃民已惡化到玉石俱焚的地步。在那個新社會及其新氣象被奉為絕對正確的年代，與舊社會粘連的「舊」這個字眼也跟著被強加了純負面的含義，而與它相關的「老」字號亦隨之遭殃。文革的確是老人最不幸的年代，從黨內的老革命到底層的老地主老右派，千百萬從舊社會活過來的老人都被戴帽上他們「老」的原罪，在那年月受盡凌辱，折了他們本可以延續的陽壽。

但不管怎麼說，能倖存到一九七六年九月九日以後的老人還是比較幸運的。通常稱此後的這幾十年為「新時期」，以區別於前此不堪回首的「新社會」。在新社會瘋狂的破壞衝動過去之後，新時期懷舊發掘的熱情又復興起來，以致復興到新社會之前的舊社會，乃至歷代王朝。很多曾遭否定的舊事物和舊人物於是紛紛「出土文物」般被發掘出來，拂去了蒙恥的政治塵垢。一個「人惟求舊」的文化暖流開始回流學術出版界，不少殘存的老學人再上講壇，刊布作品，備受尊重，多少享有了他們枯木逢春的晚景。施蟄存就是其中比較著名的一個。

文革以後不久，施老又返回大學教書，洗刷了半世的詬誶。也就是在他從蟄伏狀態下站起來活動筋骨的初期，遠在美國的孫康宜初到耶魯大學東亞系講授中國古典詩詞。一九八四年某天，她收到母校普林斯頓大學出版社所轉一封郵自中國的短函，拆開一讀，原來是海內外矚目的施蟄存教授所寄。老教授正在辨他的《詞學》集刊，說是欣聞孫的英文書*The Evolution of Chinese Tzu Poetry: From Late T'ang to North Sung*（《晚唐迄北宋詞體演進與詞人風格》）在美出版，希望能寄贈他一冊。孫康宜立即回信寄去她的新書。從此以後，在施老的居室北山樓和孫自己的書房潛學齋之間展開了長達十五、六年的通信，這些書信原件絕大部分都收入《從北山樓到潛學齋》一書上輯交遊篇內。（該書由沈建中編，已由中國上海書店出版社出版）。

筆者也是在新時期有幸重返大學讀書，得了個古典文學的碩士學位，與施老和康宜可謂同行，對國內該領域的治學情況自然比較熟悉。讀了他們兩個忘年交的通信，再對比我讀學位時身邊的不少老教授，我才看出了施老異於和優於他們的長處。施老小時候在松江受過特殊教育，既有扎實的國學功底，也受到童子功的英文訓練，正是這一難得的學業底子，造就了他後來學貫中西，華洋雜揉的知識結構。比起那時候中文系很多教授都不通外文的情況，他的興趣和視野顯然開闊多了。其次，施老從小就嫻熟辭章，屬於那種才子型的文學青年，晚年轉入古典文學教學和研究，好比名角從舞臺上退下來當教練，自有他源自創作的感受，可謂「秀才說詩勝學究」，比死板的學院派更通靈秀之氣。在他長期的蟄伏期，施老於攻金石鑽考據之餘，其所以還有精力涉筆閨秀詩詞，當屬他少年才情至老不衰所致。上世紀八十、九十年代，女性主義批評在北美興起，受此影響，中國古典文學研究界對婦女文學也開始有所關注。對孫康宜來說，值得慶幸的是，正當她涉足明清才女研究之初，由於她與施老開始書信交往，在她剛剛進入的這塊生荒地上，耕耘中獲得了施老的支持和疏導。

二

他們的書信篇幅多比較短小，以事務性和資訊交流方面的內容為多，深入論學的其實很少。如上所述，施蟄存英文功底很好，老人遭受了幾十年的資訊封閉，但在通信中談起英文書籍，他仍如數家珍，且有青少年一般熱烈求知的欲望，對可能求得的英文讀物，他表現出嗜食美食的貪饞。翻閱他與孫康宜的那些通信，你會發現，老人常向孫索討各類英文讀物，而孫也很熱心為老人採購郵寄。從*Times*的文學副刊到《紐約時報》的《書評週刊》，從美國的少年讀物到費正清的中國史著作，乃至Erotica畫冊和薩德（Marquis de Sade）的淫虐狂小說。這一切對一個年輕時曾一度以新感覺小說蜚聲文壇的作家來說，不失為「老夫聊發少年狂」的閱讀宴饗。一九九一年春，施老收到康宜所寄郵包後興奮之極，他寫信對康宜說：「你的郵件，像一陣冰雹降落在我的書桌上，**（按：憑筆者記憶，施老在此似乎化用了莎翁《麥克白》中的臺詞：信使接踵而來，猶如密集的冰雹。As thick as hail, came post with post—Macbeth, Act 1, Scene 3）**使我應接不暇。朱古力一心，書三冊，影本一份，筆三枝，俱已收到。說一聲『謝謝』，就此了事，自覺表情太淡漠，但除此以外，我還能有什麼辦法呢？」感情這東西有時也是很講實際的，它需要物質的量化，對於久處困窘的老教授來說，收到一大堆禮物，畢竟是件很激動人心的事情。他高興得有些稚氣，好像聖誕樹下拆開彩紙封的孩子。

康宜與施老開始通信的那年，施老已八十高齡，就年齡來說，可謂她這個助理教授的祖輩。從施老有求必應的諸多瑣事可以看出，康宜在與人相處方面，有一種親近長輩和耐心服務者老的特質。應該說，這與她從小在臺灣所接受的基督教信仰以及「謹而信，泛愛眾，而親仁」的傳統教育有一定的關係。她初來美國，即與她家張先生深受一位美國老婦人仁慈的照顧和接待。這位老人名叫Edith，她待康宜如自家孫女，康宜亦視她若親祖母，後即以Gram稱呼。在她的回憶錄《走出白色恐怖》中，康宜有專章敘及她與Gram相處的往事，並譯介了Gram的詩作。也許是這種與老人親和的傾向使康宜在平日與老人別有緣分，以致在她的老人緣鏈條上派生出可作為佳話傳閱的文字交故事。她與百歲老人張充和多年的親密交往已以有關充和書法作品和昆曲演藝的兩本書為眾所知，無須我在此贅述。現在呈現在我們面前的這本《從北山樓到潛學齋》新作，就是康宜與施老的文字交譜寫的另一佳話。從他們的通信可以看出，施老與康宜的互寄贈書屬於投桃報李的禮尚往來，他並非單純的受者，而是過量的與者。他為康宜搜羅才女遺作，幾乎帶有某種憐香惜玉，遠播芳澤的熱情，若不是受到郵寄不便的限制，他肯定會送給康宜更多的此類書籍。康宜從施老處得到的明清才女作品或屬稀有版本，或屬施老個人的珍藏，或為他託人在他處複印，其價值遠重於可花錢從書店買到的英文書籍。像《戊寅草》、《眾香詞》等稀有版本，對康宜後來寫《陳子龍柳如是詩詞情緣》（*The Late-Ming Poet Ch'en Tzu-Lung: Crises of Love and Loyalism*）一書和編選*Women Writers of Traditional China: An Anthology of Poetry and Criticism*那一大厚冊英譯詩詞選，其分量之重，廓清之廣，只有當事人康宜心領自知。我發現施老給康宜寄書，常喜歡託順人捎帶，他周圍有不少去美國出訪者都讓他拉了公差，被託付給孫康宜帶書。我在一九九四年受聘去耶魯教書，臨行前即收到施老從上海寄來的書籍，託我帶給康宜。我那時並不認識施老，也沒讀過他的任何作品，覺得老先生此舉實屬多事。上海到康州本有郵路，何必繞這麼大的圈子，採用前現代社會的做法？最近翻開康宜這本新書，披覽了他們的通信，我才看出，施老採取這種「前現代社會的做法」，實在有他難言的苦衷。他的瑣碎是由於他實在貧窮。他在信中告訴康宜：「現在一美元兌人民幣八元，我的工資每月不到一百（美）元，比一個女侍者還低，知識分子是最賤的人民。」（一九九四年一月二十三日）。在另一封信中他告訴康宜：「我有一本《唐詩百話》……本來我應該送你一本，只因航空郵資付不起，故至今未寄贈，不怕你見笑，中國大陸知識分子的窮，和他的知識成反比例的。」（一九八八年七月二十六日）讀到這一段，想起一九九四年那件往事，我不禁爽然若失，暫將手中的書本置於案頭，為逝去的前輩學人發一長嘆。施老雖有幸挺過浩劫，硬撐到一部分人先富起來的年代，無奈他已是風燭殘年，生財乏術，仍受困寒酸，難免顯得人窮氣短。不管他多麼學富五車和著作等身，讀到他與康宜通信中頻頻計算郵資和書價的流水帳彙報，總是讀得我有點心酸。

我二〇〇〇年夏去南京大學開會，路經上海，在那裡交遊數日。康宜託我代替她看望施老一趟。那是個悶熱的晚上，《萬象》主編陸灝先生帶領我走進北山樓，算是我初次拜見施老。他的屋內並不寬敞，空氣也不太流通，有點發霉的氣味。施老一副怯寒的樣子，衣服還穿得較厚。他已接近全聾，我大聲喊著對他講話，他也聽不清楚什麼，於是只好與他簡單地筆談。我站在身後，一瞥他顫抖寫出的字跡，揣摩著他想要表達的意思。昏暗的燈光下，我奉上康宜送他的禮物。老人顯得很感動，瘦削的面孔依稀有某種女相。他已無能力流利地說話，但還是能從面容上看出他對康宜的感情很深。

三

這也是自施老二〇〇三年去世後，康宜一直視他為恩師，常翻閱他的著作，說是準備寫點有關文章的原因。施老的四窗學問——金石考據、文學創作、古典研究以及外國文學譯介——博大精深，已超出文學研究的藩籬，對專治古典詩詞的孫康宜來說，自然要先從他的舊體詩做起。施蟄存的詩作是他的遺作中還不太受重視的部分，康宜因此做起了發掘這位「被發掘者」的工作。收入此書下輯研究篇的論文就是她鑽研施老詩作的最新成果。一九九六年康宜到上海初次拜訪施老，兩人有長達四小時的深談，施老給康宜講了他許多早年的經歷。正是懷著這次會面中難忘的記憶，康宜特選施老的〈浮生雜詠〉八十首七絕作為代表作予以討論，其中的賞析鉤沉尤多會心妙解。孟子說過，「頌其詩，讀其書，不知其人，可乎？是以論其世也。」在〈施蟄存的詩體回憶〉一文中，康宜所做的就是這種通過作品的細讀，來還原詩人的身世，並進而顯示其人品、心性和抱負的工作。施蟄存不只在新社會被打入「舊」的冷宮，他早在「舊社會」已為左傾文人斥為「守舊」。那曾是魯迅宣導青年不要讀舊書的年代，年輕的施蟄存卻在推薦給青年的書目中填寫了《莊子》和《文選》，遂在魯迅筆下遭到「求舊」之嫌。那時候施蟄存不過是個文壇上初露頭角的新手，而魯迅早已是激進青年崇拜的宗師，享有「中國高爾基」之稱。因為他早有勸青年不要讀舊書的動議，如今見施蟄存竟在報刊上與他唱起反調，豈可任其逍遙於他的筆伐之外。魯迅於是立即行其睚眥必報的攻訐，小題大做，給施蟄存上綱上線，斥責施迷戀骸骨，給他戴上了「洋場惡少」的帽子。魯迅這位新文學旗手，在某種程度上也是個專事抹黑異議者的黑手，可稱為大陸易幟後很多棍子文章作者的刑名師爺。他打向施蟄存的那一掌又毒又重，形同該隱額頭上被詛咒的烙印，害得施在後來的歷次運動中反覆遭受舊賬重提的聲討。康宜對施老的這一遭遇深感不平，特拈出〈浮生雜詠〉中相關的兩首詩予以細讀，在為施老的挨批叫屈之餘，還指點出他舊體詩作特具的現代派特色。

近現代人所寫的舊體詩數量相當可觀，之所以很少受詩壇注意和欣賞，是因被認為率多老調因襲，殊少現代性的創新。康宜的細讀讀出了施老詩作的某種新意，那就是舊體詩作缺少的幽默和自嘲，包括詩人對日常生活的瑣碎細節，善於敏銳截取文字快照，風趣地插入詩行，在在都顯示出他從江西派散文化句式中奪胎換骨，化出了新感覺的功力。比如「粉膩脂殘飽世情，況兼疲病損心兵。十年一覺文壇夢，贏得洋場惡少名。」按照康宜的解讀，詩人實不屑對魯迅的責罵作任何辯解，他通過戲仿杜牧名作的句式，並沿用落魄文人慣用的擬女性託喻方式，「把自己比成被社會拋棄的女人……表達了一種無可奈何的心態。」

魯迅一生匕首投槍，筆不饒人，直到他臨終寫遺言，談到對在世論敵的態度，仍口吐「一個都不饒恕」的惡言，然後咽下了他的最後一口氣。與魯迅的好鬥姿態相反，施蟄存在他終其一生的卑微處境中採取了竹子般彎而不折的態度，他長期在風吹雨打下逆來順受，權當經歷磨練，活動筋骨。他不唱高調，也毫無自我崇高化的意念。孫康宜向他提問有關人生意義的問題，他淡然回答說：「說不上什麼意義。不過是順天命、活下去、完成一個角色……反正打成右派也好，靠邊站也好，我照樣做學問。對於名利，我早就看淡了……」我相信，一個人的名字在某種程度上會起到勉勵該人自我塑造的作用，「蟄存」者，在蟄伏中倖存也。曾有人採訪施老，對他的高壽甚感好奇，施老說他自己也弄不清楚為什麼會活得如此之久。因為他從早年開始就體質衰弱，又害過大病，而且一輩子清貧，從舊社會到新社會都陸沉下僚，處於被拋入陳舊角落的狀態。然而他不但沒短命，反享了高壽。這不能不讓那個來訪者疑惑不解。其實有關施老的生命奇蹟，在上述康宜與的他的談話中，我們已得到了確切的回答。他的長壽祕訣不是什麼補養品和健身藥，更不是養尊處優的地位和權勢，而是他「狷者有所不為」的心態，是他對造成他的命運能夠默默去完成的堅持固守，是在我們華夏大地上左潮滔天的百年間，他始終不鄙棄「人惟求舊」的那一信念。

二〇一四年

秀威版校讀記

李保陽

非常感謝孫老師的信任，讓我校對秀威版《從北山樓到潛學齋》的一校稿。現就我的校讀工作略作如下說明，對讀者了解秀威版和上海書店版（以下簡稱滬版）的不同，有所幫助。

此次重版，修訂幅度比較大的是圖版。如滬版第二十九封信無圖版，秀威版此次重印，增加了這封信的書影；滬版的《古今名媛詩歸序》書影，原來排在第三十一封信的後面（滬版頁六十九），秀威版現在根據該書名稱第一次的出現時間，將圖版移至第三十封信後面，這樣更加合理；滬版頁七十七因故對原信的圖版進行了截圖處理，釋文也略去了兩位學者的名字，使讀者不明這兩處闕文所指為誰，這次秀威版將原信圖版完整附印，並在釋文中補足滬版闕文；滬版第四十一封信後面徑接張充和先生覆施蟄存先生信，張先生的信後面再接施先生的新年賀卡書影。但因為第四十一封信和賀卡是施先生一起寄給孫老師的，張先生的覆信作為回應，所以我以為最好放在所有施先生的來信之後，秀威版此次就是這樣做了調整；在〈施蟄存的西行逃難詩歌〉一文中，秀威版增加了一幅施先生在雲南大學宿舍獨自憑欄的珍貴照片，此為滬版所無。

錯字的校正方面，有兩處很有意思，在電腦時代校對書稿工作中，具有一定的普遍意義，可以在此講出來作為從事文字校勘工作者的參考：

滬版頁二百一十七引用施先生〈浮生雜詠〉第七十八首，詩云：「橫河橋畔女黌宮，蘅園風流指顧中。罷講閒居無個事，茗邊坐賞玉玲瓏。」因為我手頭沒有施先生這首詩的底本可以參考，所以在校讀過程中，一般不會覺得這首詩有什麼問題。但在細讀之後，我發現第二句第二個字這個位置，應該是一個仄聲字，而「園」字是平聲字。除此而外，施先生寫這首詩時，正執教於杭州行素女中，該校校園是清初詩壇三大家龔鼎孳「蘅圃」故址，詩中的「玉玲瓏」就是蘅圃中的一塊賞石。而「圃」字正好是個仄聲字。有了這幾個證據，我就猜這個「園」很可能是「圃」之訛。於是請孫老師核查施先生原詩，果然原詩是「圃」字。這種依據聲律校勘傳統詩詞的方法，晚清詞學四大家的王鵬運、朱祖謀和鄭文焯，都曾將之運用到校詞實踐中，朱祖謀更是有「律博士」之稱。我的這個校勘例子說明，前人總結的某些校勘經驗，今天仍然是適用的。今天從事文字校勘工作者，尤其是校勘傳統詩詞的人，完全可以用「律校」的方法從事工作。我的這個小小的實踐，只是證明這個方法還是有其生命力的。

第二個實例是滬版頁二百三十一引用了滬上耆老陳聲聰先生的一段話，評論施先生的《北山樓詩》，這段話第二行有一句「放映事務」，我反覆讀了數次，百思不得其解。於是聯繫上下文後，猜這四個字很可能是「反映事物」之誤。蓋中國北方很多地區——比如我的家鄉西北——人的口語中，是沒有前鼻音的，中國南方——尤其浙江和廣東——人大多數沒有後鼻音，打出「放映事務」這四個字的人，很可能是北方或者西北人。在利用目前大陸流行的拼音輸入法輸入中文時，他／她很可能就將前鼻音的「反」字，輸入成後鼻音的「放」字，而「事物」被輸入成「事務」，則是電腦輸入時的同音字之誤，沒能仔細覆核。於是我求證於孫老師，孫老師找出底稿分享給我，果然正確的寫法是「反映事物」。在電腦打字時代，類似這種錯字誤植現象，在華語區的中國大陸和臺灣，都普遍地存在。這也是為什麼近幾年來，兩岸出版的中文書籍中，往往存在類似的大量錯誤之原因。在這種情況下，就需要運用常識進行大膽的猜測和假設，盡可能尋求實證支撐，以確定其正確的內容。

以上兩個具體的校稿實例，旨在說明在現代校對書稿工作中，我們可能遇到的具體問題和解決方法。問題出新，方法可舊。校對書稿最主要的還是要心細如髮，這樣不僅能避免一些顯著的錯誤，同時對於一些比較「隱蔽」的問題，也可以找出來予以更正。當然，這並不是說我的校對工作就萬無一失。古人也說過校書如掃落葉，隨掃隨生，我的校讀工作也不例外。

世間事，往往在巧合中成就，真是妙不可言。

我與孫老師至今沒有見過面，「認識」也不過兩個多月。那是三月初，我停工在家休假，就每天去普林斯頓大學的葛思德東亞圖書館看書，那天和小女借完書正要離開書庫，一眼瞥見書架上孫老師那本二十多年前的允晨版《耶魯潛學集》。

我在二十年前讀大學的時候，曾經讀過孫老師的《情與忠：陳子龍柳如是詩詞因緣》，後來陸續又在網上讀過一些和她有關的文字，印象最深的是，傳說她那面積大到一百平方米的書房潛學齋中，有足足五張書桌，這對直到現在尚無一個像樣的書房和完整的書桌的我來講，是怎樣的一種誘惑呢？於是想都沒想，就從書架上抽出那本《耶魯潛學集》一起借出。我要親自看看孫老師的書房潛學齋究竟長的是什麼樣子。讀了《耶魯潛學集》後，我大受感動，就在耶魯東亞文學系的網頁上找到孫老師的Email地址，給她寫了一封長長的讀後感。當時也沒有奢望孫老師會回信給我，她那麼忙，我僅是她千萬讀者中默默無名的一個而已。我的目的只是把自己二十年前上大學時讀她書，和今天在海外再讀她書的巧合告訴她而已。沒想到過了三個星期，我都快要忘記這事了，卻突然收到孫老師一封長長的回信（不是作者隨便敷衍讀者的三言兩語那種客套話）。她除了向我抱歉遲覆我信的原因外，還在信中附贈了她二〇一八年在臺灣出版的《孫康宜文集》五卷電子本全帙。這完全出乎我的預料。

三月分開始，美國的疫情開始蔓延，大費城地區我們郡因為最先發現確診病例，當局下令學區關閉，企業停工，我只好待在家裡拜讀孫老師的文集。從《走出白色恐怖》讀起，竟然一發不可收拾，那幾天不斷記筆記，向孫老師匯報閱讀心得，孫老師除了回應我的Email外，還陸陸續續從康州給我寄來了多本她編著的書（在這新大陸空前的大瘟疫流行中，讓七十六歲高齡的孫老師，甚至她的先生ＣＣ先生給一個晚生後輩寄書，實在讓我有一種「負罪感」！）。四月初，我收到的書中就有上海書店出版社二〇一四年版《從北山樓到潛學齋》。我在讀孫老師書時，不斷給她寫信匯報我的讀後感，孫老師往往是在我的Email發出不久，就會回信給我。那幾天，我確實覺得我們這種純粹的書信往來，談讀書，談生活，孫老師指示我讀書門徑，告訴我美國學術界的一些常識、規範，我把自己生吞活剝的見解，不管多麼離經叛道和荒腔走板，都敢於和她分享。我生性喜歡親近年長的人，喜歡他們沉澱了人生智慧後的那份包容，喜歡他們經歷了人生波浪後的那份寧靜。和孫老師的書信往還，讓我體會到當年她和施先生交往時那種如坐春風的收穫。同時我也感謝我們這個交流資訊便捷的資訊時代，讓我們的想法可以高效快速地交流。不必像當年孫老師和施先生那樣，要暌隔萬里，十天半個月才能有一次書信往返。

我們的Email越寫越多，孫老師提議，值此疫情席捲新大陸的艱困之際，我們之間這些往來書信，可以踵武《從北山樓到潛學齋》故事，結集編印成一本《從抱月樓到潛學齋》。我堅決反對這個書名，因為以我之籍籍無名，怎麼可以冠名於譽滿海內外的古典文學研究大家孫康宜院士之前呢？況且當年孫老師也是把「北山樓」放在「潛學齋」的前面，以此類推，於情於理，我的「抱月樓」也應該放在潛學齋的後面才對。但是孫老師卻專門來信，講出四個理由解釋她這麼做的原因。她的解釋我雖然在情感上不能接受，但覺得孫老師講得真誠而在理，於是勉強認可。

故此，本書秀威版之後不久，讀者將會再看到這本書的「姊妹篇」：《避疫書信選：從抱月樓到潛學齋》。

二〇二〇年五月二十四日凌晨，關中李保陽寫於費城郊外之抱月樓

語言文學類　PC0894　秀文學40

從北山樓到潛學齋

作　　者／施蟄存、孫康宜
編　　者／沈建中
責任編輯／許乃文
圖文排版／楊家齊
封面設計／蔡瑋筠

發 行 人／宋政坤
法律顧問／毛國樑　律師
出版發行／秀威資訊科技股份有限公司
114台北市內湖區瑞光路76巷65號1樓
電話：+886-2-2796-3638　傳真：+886-2-2796-1377
http://www.showwe.com.tw
劃撥帳號／19563868　戶名：秀威資訊科技股份有限公司
讀者服務信箱：service@showwe.com.tw
展售門市／國家書店（松江門市）
104台北市中山區松江路209號1樓
電話：+886-2-2518-0207　傳真：+886-2-2518-0778
網路訂購／秀威網路書店：https://store.showwe.tw
國家網路書店：https://www.govbooks.com.tw

2020年7月　BOD一版
定價：750元

國家圖書館出版品預行編目

從北山樓到潛學齋 / 施蟄存, 孫康宜著 ; 沈建中編. -- 一版. -- 臺北市 : 秀威資訊科技, 2020.07
面 ; 公分. -- (語言文學類 ; PC0894)(秀文學 ; 40)
BOD版
ISBN 978-986-326-822-2(平裝)

856.287 109007591

讀者回函卡

感謝您購買本書，為提升服務品質，請填妥以下資料，將讀者回函卡直接寄回或傳真本公司，收到您的寶貴意見後，我們會收藏記錄及檢討，謝謝！
如您需要了解本公司最新出版書目、購書優惠或企劃活動，歡迎您上網查詢或下載相關資料：http:// www.showwe.com.tw

您購買的書名：______________________________

出生日期：________年________月________日

學歷：□高中（含）以下　□大專　□研究所（含）以上

職業：□製造業　□金融業　□資訊業　□軍警　□傳播業　□自由業
　　　□服務業　□公務員　□教職　□學生　□家管　□其它_____

購書地點：□網路書店　□實體書店　□書展　□郵購　□贈閱　□其他

您從何得知本書的消息？

□網路書店　□實體書店　□網路搜尋　□電子報　□書訊　□雜誌
□傳播媒體　□親友推薦　□網站推薦　□部落格　□其他__________

您對本書的評價：（請填代號　1.非常滿意　2.滿意　3.尚可　4.再改進）

封面設計____　版面編排____　內容____　文／譯筆____　價格____

讀完書後您覺得：

□很有收穫　□有收穫　□收穫不多　□沒收穫

對我們的建議：______________________________

____

____

____

請貼
郵票

11466
台北市內湖區瑞光路 76 巷 65 號 1 樓
秀威資訊科技股份有限公司 收
BOD 數位出版事業部

（請沿線對折寄回，謝謝！）

姓　　名：＿＿＿＿＿＿＿＿　年齡：＿＿＿＿　性別：□女　□男

郵遞區號：□□□□□

地　　址：＿＿＿＿＿＿＿＿＿＿＿＿＿＿＿＿

聯絡電話：(日)＿＿＿＿＿＿＿＿　(夜)＿＿＿＿＿＿＿＿

E-mail：＿＿＿＿＿＿＿＿＿＿＿＿＿＿＿＿

延伸閱讀

孫康宜文集(全套5冊不分售)

孫康宜 著／定價 12000 元

孫康宜文集全套五卷，各卷分別為：第一卷中西文學論述；第二卷文化散文、隨筆；第三卷自傳、性別研究、及其他；第四卷漢學研究專輯I；第五卷漢學研究專輯II。內容包含孫康宜先生的學術觀念、研究風格與散文思想中「現代」與「古典」的二重性。涵蓋孫康宜先生治學以來所有代表性著述，是研究中國古典文學、六朝文學、晚明文學必備之書！

孫保羅書法：附書信日記

孫保羅 著、孫康宜 編註／定價 890 元

本書由耶魯大學孫康宜教授親自整理父親孫保羅的書法、書信、日記、手跡及照片，並以親切的口吻寫下精彩的文字及註解。孫保羅在艱難的日子裡發揮基督信仰，把渴慕神的心，用傳統的書法藝術表現得淋漓盡致。本書除了見證他在歷經「白色恐怖」後破繭重生的使徒歲月，更是上個世紀獨特的歷史記錄。

一粒麥子(修訂本)

孫保羅 著、孫康宜 編註／定價 450 元

《一粒麥子》原書寫於一九九八年，是孫保羅為了紀念妻子陳玉真逝世週年，而根據多年在美國傳講聖經的內容所寫的靈修文集。本書由耶魯大學孫康宜教授整理父親孫保羅《一粒麥子》原書及父親生前親自增補與修訂的內容，並由孫教授寫下精彩的註解。從中目睹孫保羅有如一粒「落地」的麥子般，竭力實踐一個真正基督徒不能止於當初的「重生」，更應當不斷努力往前走去、不斷改進自己。

「文人之間的書信往來常常會引起連鎖反應的效果，而這種『連鎖的反應』乃是研究文人傳記最寶貴的材料。」

——孫康宜〈《施蟄存先生編年事錄》序言：重新發掘施蟄存的世紀人生〉

完整呈現施蟄存與孫康宜往來共73封書信
感受兩位文壇巨擘的時代風采

本書內容分為上下兩輯。上輯為孫康宜與施蟄存從1986年至2000年初，橫跨中美兩地往返之信件，內容涵蓋中西文學、明清文學、女詞人研究，以及和當代學者張充和、錢歌川與康正果等人往來的情形。下輯則收錄了孫康宜根據自身研究方向與施蟄存往來收穫的知識成果，撰寫之施蟄存生平傳記、創作成果、詩詞研究，以及評論其自傳式詩作〈浮生雜詠〉等相關著述，亦有許多當時的照片穿插其中。

值得一提的是，信內除了呈現施蟄存晚年重要的學術活動——編輯《詞學》「海外詞學特輯」並擬籌備學術會議，以及孫康宜在美約稿的過程，也記錄了孫康宜的重要著述《情與忠》、《傳統女作家選集》的學術經歷，與對柳如是評介的深入過程，兼及美國漢學界的研究活動，在在反映出當代中國文人的學術軌跡。

本次臺灣版特別收錄孫康宜短篇近作：
〈有關幼年的施蟄存與女詩人陳小翠的故事〉（由朱雯琪譯成英文）。